# Der Duft der Liebe

ein sinnlich – spiritueller Roman

Autor: Carolin Gruber
Herausgeber: Mag. Carolin Gruber
Kontakt: www.carolingruber.at oder Systemisches Institut,
Wipplinger Straße 13, 1010 Wien
Deutsche Erstauflage 2020


ISBN 978-3-9504506-6-8

„Sie ist angerichtet!"
„Hans, Du bist geschmacklos!" Aaron kam mit einem Handtuch um die Hüften aus der Dusche.
„Es ist angerichtet!"
„Lass das, bitte. Alles wie besprochen? Geduscht? Ohne Seife? Kein Parfum? Wer ist es diesmal?"
„Cybill. Kaffeebraune Haut, lange Beine, eine Schönheit, wie Sie Dir gefällt."
Hans deutete eine kleine Verbeugung an und ging.
Aaron schnürte den Gürtel seines seidenen Morgenmantels enger, fuhr sich durch die Haare und holte tief Luft, bevor er die Tür zum Schlafzimmer öffnete.
Würde es diesmal soweit sein? Wäre er endlich am Ziel seiner langen Suche angelangt? In dem großen französischen Bett lag sie am weißen Satin, wie eine Brise Kakao auf Milchschaum.
Bei ihrem Anblick übernahm eine bisher verdrängte Traurigkeit sein Herz. Er spürte, es ging etwas dem Ende zu. Er wusste, er hatte in dieser Sekunde etwas für immer verloren und würde niemals finden, was er sucht.
Er näherte sich dem Bett, während er anfing, den Knoten seines Gürtels zu lösen. Sie sah ihn erwartungsvoll an. Er ließ die Seide von seinem Körper gleiten und kniete sich neben Sie. Sie legte sich zurück, streckte eine Hand nach ihm aus, bereit, sich ihm hinzugeben. Aaron nahm sanft ihren Kopf in seine Hände und näherte sich ihrem Hals, er saugte sich mit seiner Nase an ihrer Haut fest, um ihren Duft wahrzunehmen.

„Erna, Erna!“ Valerie würde ewig weiter nach ihr rufen, wenn sie nicht antwortete. Dabei war sie eben gerade so tief ins Quantenfeld eingetaucht, hatte sich so wunderbar warm und weit gefühlt. In ihrer Vorstellung lief ihr Zimmer gerade mit warmem Wasser voll, wie eine überdimensionale Badewanne.
„Was ist denn?“ Erna war herausgerissen aus ihrer Meditation.
„Tim kommt heute noch vorbei, und ich hab´ Dienst im Kaffee, wenn ich nicht früh genug da sein kann, machst Du ihm auf, bitte?“
Erna murmelte ein grantiges „Ja, ja“ und versuchte sich wieder auf das allumfassende Bewusstsein zu konzentrieren. Aber ihre Gedanken ließen sich nicht mehr beruhigen. Sie sah ihre Mitbewohnerin vor sich, wie sie heute Nacht wieder hemmungslos ihre Sexualität ausleben würde, während sie alleine in ihrem Bett lag. Wie sollte sich ein Mensch in so einer Umgebung spirituell weiter entwickeln?
Sie ließ das Abtauchen in ihre Trance für heute sein, rappelte sich aus dem Schneidersitz hoch, legte das rote Kissen auf seinen Platz neben der Zimmerlinde zurück und ging in die Küche. Dort saß Valerie in Jeans und einem offenherzigen Top, mit den nackten Füßen auf der Tischkante und sah Erna mit einem Blick an, den sie immer als angriffslustig und lüstern empfand. Ganz sicher war sie sich nicht, ob Valerie nicht vielleicht auch Fantasien mit Frauen in ihrem nymphomanen Kopf hatte und sie fürchtete manchmal Teil dieser abwegigen Gedanken zu sein.
„Tim also. Kenn ich den schon? War der schon mal hier?“
„Nö. Premiere. Sei lieb zu ihm, der ist ein wenig schüchtern!“
„Wo Du immer die ganzen Männer herhast. Ich sehe in meinem Laden als Laufkundschaft ja nicht so viele Typen wie hier in deinem Schlafzimmer.“

„Neidisch?“ Valeries Augen wurden jetzt dunkler und ihr verstohlenes Grinsen zeigte, wie sehr sie die Provokation genoss. Sie schien in Wahrheit alles zu genießen. Am meisten sich selbst.
„Neidisch? Ich? Auf deinen Sex-Auflauf? Nein danke, ich habe andere Vorstellungen. Bei mir muss das schon mit Liebe zu tun haben, mit Tiefe, mit Vertrauen.“
„Oh je, mir schlafen gleich die Füße ein!“ Valerie überdrehte die Augen. „Du traust Dich einfach nicht, oder? Du redest Dir ein, Du würdest es so wollen. Gut, ist deine Sache. Ich glaube, Du belügst Dich selbst, so wie Millionen anderer Frauen, die glauben, Sex wäre was für den Einen, Wahren, für den sie sich aufsparen oder nur was für eine anständige Beziehung. Mir wird schlecht, bei der scheinheiligen Moral. Tu doch nicht so erhaben. Du bist nicht besser als ich, weißt Du? Ich stehe wenigstens zu dem wie ich bin und was ich will.“
„Ach ja? Meinst Du? Ich bin nicht erhaben oder besser, das hab` ich nie gesagt, aber in meinen Augen tust Du nicht, was Du willst. Du bist getrieben, es ist wie eine Sucht, die Du nicht im Griff hast. Das ist was anderes als freier Wille. Hast Du schon mal Innigkeit erlebt? Eine Verschmelzung zweier Körper und deren Seelen? Das Gefühl erlebt, Dir im anderen zu begegnen?“ Ernas Herz pochte, sie unterdrückte ihre aufsteigende Wut.
„Aus welchem esoterischen Handbuch hast Du das denn? Es geht ums Ficken. Basta. Und Innigkeit? Keine Ahnung. Bis jetzt habe ich nichts vermisst.“
„Man kann nicht vermissen, was man nicht kennt!“
„Ach ja? Und Du hast das schon erlebt? Was?“ Jetzt sah Valerie Erna mit großen Augen offen an.
Erna dachte nach. Hatte sie es denn selbst schon erlebt, von dem sie da sprach? Oder es nur gehört, irgendwo aufgeschnappt, geträumt oder war es eine Ahnung, dass es das geben müsste?

Die beiden Frauen schwiegen und waren in diesem Moment vereint in ihren Gedanken darüber, ob sie etwas vermissten, dass sie gar nicht kannten.
Der Frühling wehte frische, blütengetränkte Luft in die Küche. Erna schwitzte leicht und sie sog den Duft ihrer Haut auf. Er vermengte sich jetzt mit dieser kühlen Brise und ihrem frischen Schweiß, was eine Duftmischung in ihre Nase trug, die sie fast erregte.
Als ob Valerie es spüren könnte, sah sie plötzlich zu Erna hoch. Ihr Blick wanderte zu Ernas Brüsten und zu ihren Hüften, die sich unter dem dünnen Stoff des Kleides abzeichneten, das sich sanft um ihren Körper schmiegte. Ernas Erregung wuchs auf einmal, ihr Schoß fing ein wenig an zu pochen.
Sie ging schnell aus der Küche in ihr Zimmer.
Schon oft hatten sich die beiden Frauen wegen Valeries freizügig ausgelebten Trieben, offen die Meinung gesagt. Sie waren das gewohnt. Dass Valeries oberflächliche und unbändige Lüsternheit vor nichts Halt machen würde, wohl irgendwann nicht einmal mehr vor Erna selbst, schien ihr schon eine Weile klar zu sein. Warum Valeries Blicke sie erregen konnten, schob Erna auf ihre lang unterdrückte Sinnlichkeit. Wenn sie nachts alleine in ihrem Bett lag und sie Valerie nebenan stöhnen hörte, passierte es schon mal, dass ihre Hand langsam zwischen ihre Beine glitt und sie sich vorstellte, wie zuerst der Mann nebenan und dann auch Valerie sie streichelten und überall küssten, bis sie irgendwann Valeries Kopf zwischen ihren Schenkeln sah. Nach einem erlösenden Orgasmus fragte sie sich jedes Mal, warum sie diese Fantasien so in Fahrt gebracht hatten.
Valerie hatte ihr einmal in der Küche beim Kochen die Hände an die Hüften gelegt, anders als eine Freundin das tun würde. Doch das empfand sie nur als unangenehm. Sie fühlte sich noch nie zu Frauen hingezogen.

Warum war sie nicht schon längst ausgezogen, weg von dieser Verwirrung an Erregung und dem Wahnsinn einer Sexsüchtigen? Wohl, weil sie bis auf diese paar Stunden der sexuellen Belästigung ihre Ruhe hatte und sie dieses Viertel so liebte. Den Garten, die großen Bäume und die Wohnung mit den alten Holzböden. Im Sommer duftete der Eichenboden besonders süß und erdig. Sie mochte es, abends von der Arbeit über die schönen Pflastersteine nach Hause zu gehen, vorbei an den kleinen Restaurants voll plaudernder Menschen an den Tischen. In den Sommermonaten rauschten die Blätter der alten Bäume wie das Meer. Sie wollte hierbleiben. So lange, bis das Universum ihr deutlich einen anderen Platz zuweisen sollte.

„Hans, setz dich zu mir. Ich muss mit jemandem reden. So geht es nicht weiter. Ich stecke fest. Ich habe meine Hoffnung verloren".
Hans setzte sich auf die große Ledercouch im Kaminzimmer. Aaron schenkte ihnen Bourbon ein, dann lehnte er sich im Sessel gegenüber weit zurück und legte seinen Kopf auf die Lehne. Er sah lange an die Decke. Hans drehte sein Glas in der Hand und wartete.
„Ich habe mich auf dieser unendlich scheinenden Suche irgendwie selbst verloren. Vielleicht hatte ich mich aber auch nie gefunden. Ich weiß es nicht mehr. Ich spüre mich nicht mehr. Ich bin unzufrieden. Der Weg, den ich gerade gehe, der führt ins Leere. Ein inneres Gefühl, ja nahezu ein Drang, sagt mir, ich müsste einen neuen Pfad einschlagen, ich soll etwas versuchen, das ich noch nie versucht habe. Wenn ich mich selbst finde, finde ich vielleicht auch Sie. Oder ich werde es los, diesen Fluch, der auf mir lastet. Denkst Du, ich werde es jemals los?"

Hans zuckte mit den Schultern „Ich weiß nicht, Aaron. Vielleicht ist es an der Zeit für Veränderung, denn mittlerweile hat sich Verzweiflung breit gemacht, die ist kein guter Berater".
„Ja, das sehe ich auch so." Aaron stand mit einem Ruck auf. „Und deshalb habe ich beschlossen, auf Reisen zu gehen!"
„Auf Reisen? Ja, aber das bist du doch ständig? Ich verstehe nicht?"
„Anders. Ich möchte unbequem, arm, ohne Plan reisen, mich dem Fluss hingeben. Die Welt als ein Niemand, ein Normalbürger betreten. Ich will ohne Geld auskommen, mich durschlagen, das echte Leben spüren"
„Du willst Trampen?"
„Wie gut du mich immer gleich verstehst", Aaron lächelte begeistert.
Hans sah ihn noch immer verständnislos an. Er überlegte still, ob er ihm diese absurde Idee ausreden sollte.
„Aaron, denkst du wirklich, dass würde dich dir näherbringen? Ist das nicht ein Klischee? Das Abenteuer, unerkannt und einfach in die Welt zu gehen, mit Nichts in der Tasche? Das erinnert mich an Filmgeschichten, aber nicht ans echte Leben und schon gar nicht an dein Leben."
„Nicht umsonst sind so viele Geschichten darüber erzählt worden. Es wird mich verändern, ich weiß es, ich spüre es. Es wird mich mir selbst nahebringen und endlich diesen Bann lösen. So ist das Leben nicht mehr lebenswert für mich, nicht wirklich!"
Hans wusste, wenn Aaron sich etwas einbildete, war er nur schwer wieder davon abzubringen. Dieses Leuchten in seinen Augen hatte er lange nicht mehr gesehen. Was immer es war, dass Aarons zunehmende Niedergeschlagenheit verbessern könnte, würde er letztlich begrüßen. Er liebte Aaron wie einen Sohn. Er wollte sein Bestes. Vielleicht würden ein paar Tage trampen Aaron wieder in die Realität zurückholen und ihm wenigstens andere Flausen in den Kopf treiben, als diese verbissene Suche.

„Wenn Du nur reist, um es zu finden, dann lass es bleiben. Wenn Du reisen willst, um das nicht mehr zu tun, dann mach es!"
„Wie klug du bist, Hans!"
Aaron spazierte pfeifend aus der Bibliothek.
Hans lehnte sich jetzt zurück und ließ die malzfarbene Flüssigkeit langsam aus dem schweren Kristallglas in seinen Mund fließen. Was nutzte ihm seine Klugheit. Er konnte Aaron kein Vater sein, maximal ein Berater, aber letztlich machte Aaron immer das, was er wollte.

Sanne wartete schon im Café. Erna fand, ihre Freundin besaß die Schönheit und Aura einer kühlen Göttin, aber in ihr pochte ein trauriges Herz. Sie hätte sofort als Model Millionen verdienen können, aber sie mochte Paragraphen. Erna würde nie verstehen, wie man diesen trockenen Beruf lieben konnte, aber Sanne schien zumindest mit ihrer Arbeit sehr zufrieden zu sein. Glücklich war sie aber trotzdem nicht und das sah man ihr gerade meilenweit an.
„Na, Süße? Ich frag gar nicht, wieder nichts?"
Sanne schüttelte den Kopf und schaute ganz ernst in die Ferne.
„Es tut mir leid, Sanne, aber Du kennst meine Einstellung. Und ich weiß, es wird klappen. Aber nicht so."
Sanne nickte, eine Träne tropfte auf das Tischtuch.
„Ach komm her, es sollte nicht so hart klingen, nur aufmunternd." Erna nahm Sanne in den Arm.
„An dem musst Du noch arbeiten", Sanne lachte jetzt verzweifelt und versöhnlich.

„Wie soll daraus ein Kind werden, wenn ihr es nicht aus Lust und Liebe tut, sondern an einem berechneten Tag auf Druck etwas fabriziert werden soll? Kinder kommen aus Leidenschaft. Und sie kommen, wenn sie wollen und nicht, wenn sie müssen. Ich bin sicher, es gibt einen Grund, warum es nicht funktioniert. Sanne, Du musst es Dir erschaffen. Du musst eine Vision von Dir als Mutter haben, die Dich mit Glück und Freude erfüllt, Du musst dein Kind schon jetzt fühlen, dein Muttersein leben, bevor es da ist."
„Ach, Erna, nicht schon wieder, bitte, verschon` mich mit deinem spirituellen Quatsch."
„Ja, ich weiß, wie du darüber denkst, aber du wirst auch noch verstehen. Wir erschaffen unsere Welt. So ist das nun mal. Wir sind Schöpfer."
„Dann sag mir mal wo dein Reichtum bleibt, für den du schon so lange rumvisionierst? Und dein Traummann und dein glückliches Leben?"
„Das ist unfair."
„Keineswegs. Wenn es funktioniert, warum lebst Du dann noch nicht das Leben, das Du Dir erträumst?"
„Weil der richtige Zeitpunkt noch nicht da ist, weil ich noch Zweifel habe und die muss ich selber erst ausräumen, aber ich weiß, dass es so sein wird und unvermeidbar kommen wird, wenn ich erst 100% daran glaube."
Sanne schwieg in ihre Kaffeetasse.
„Weißt Du Erna, um eines beneide ich Dich wirklich. Um deinen unerschütterlichen Glauben an dieses Zeugs."
„Das Zeugs, das sind Lebensgesetze. Du ziehst an, was du bist, was du denkst, du erschaffst mit deinen Gedanken und Worten deine Realität. Der andere ist ein Spiegel deiner selbst."
„Ja, genau, und was siehst Du dann in mir? Wenn ich dein Spiegel bin?"
„Darüber habe ich bis zu diesem Moment tatsächlich noch nie nachgedacht."

Erna fragte sich, warum sie eher die wilde Valerie als ihren Spiegel sah, ihre unterdrückten sexuellen Wünsche ausgelebt von der Frau vor ihrer Nase, sich aber nie in Sanne wiedererkannt hatte. Sich nie gefragt hatte, was ein unerfüllter Kinderwunsch, eine langweilige Beziehung, deren Leidenschaft lange erloschen war, ihr als Spiegel eigentlich zu sagen hätte. Bin ich denn wie Sanne? Oder zeigt mir Sanne etwas, das ich nicht zulasse? Aber was ist das?
„Ich komm jetzt nicht darauf, aber es ist mit Sicherheit bedeutend und auf jeden Fall schön, dass du mein Spiegel bist, ich mag dich sehr gerne, mein Spiegel!"
Für ein paar Sekunden fiel der Schatten von Sannes Augen, und die alte Freundin, die als Studentin so lebenslustig gewesen war, blitze kurz wieder auf. Aber schon gleich legte sich die Traurigkeit und Ernsthaftigkeit wieder über sie wie eine geheimnisvolle Decke. Erna tauchte kurz ab in die Erinnerung, an durchtanzte Nächte, gemeinsamen Liebeskummer, lange Sommer und das Gefühl der unendlichen Freiheit. Wie sehr sie diese Zeit der Leichtigkeit vermisste.

„So, jetzt geht´s ab ins Abenteuer. Ab sofort bin ich auf mich gestellt und sehe, wo mich das Leben hin schwemmt."
Aaron strahlte über das ganze Gesicht.
„Ich halte es nach wie vor für keine herausragend gute Idee, aber wenn es dir Freude macht, dann wünsche ich bon voyage. Wohin geht es denn los?"
„Ich lasse den Zufall entscheiden. Ich drehe mich einfach mit ausgestrecktem Zeigefinger ein paar Mal um mich selbst, bleibe dann stehen und da, wo ich hinzeige, da fahr ich hin."
Bevor Hans noch etwas einwenden konnte, stand ein vierzig jähriger Millionär wie ein Lausbub mit geschlossenen Augen und ausgestrecktem Arm am Bahnhof und drehte sich. Als er auf einmal stoppte, rief er „Hans, schau nach, wo zeige ich hin?"

„Auf einen Imbiss-Stand!"
Aaron machte die Augen auf. Nach einem Moment rief er begeistert „Ist das herrlich? Was für ein lustiger Wegweiser!"
Hans sah Aaron verwundert an.
„Ja, siehst Du das denn nicht? Es ist so klar!"
„Tut mir leid, nein, was sollte ich denn da Spezielles sehen?"
„Na, lies doch die Tafel, da steht : Heute ist Bayern in Wien, Münchner Weißwürste und Weißbier" – ich soll nach München fahren!"
„Was für ein Abenteuer, von Wien nach München, bist Du sicher, dass Du dieses Wagnis eingehen willst?"
„Ach, Hans, sei doch nicht so ein Spielverderber. Es ist ja erst der Beginn. Ich wäre auch lieber nach Berlin gefahren, oder nach Budapest, aber wenn das Leben es so will, dann soll es schlicht und einfach das bezaubernde München sein. Vielleicht lerne ich im Zug einen Amerikaner kennen, der nach Salzburg fährt?"
„Aaron, Du vergisst, dass du jetzt die stinknormale zweite Klasse nehmen musst, keine Privilegien, Annehmlichkeiten und keine Lounge mehr. In der Holzklasse sitzt kein reicher Tourist."
„Das macht gar nichts!" Aaron klang übermütig, als würde er eben im Hafen ein großes Schiff betreten, das ins Nichts fährt, dabei stand er auf dem Wiener Bahnhof und trat eine Zugreise an, die nur vier Stunden dauern würde. „Dann treffe ich eben in München auf weitere Hinweise. Man weiß es nie. Es gibt nichts, das es nicht gibt, oder, Hans?"
Die gute Laune Aarons angesichts seiner bayrischen Destination ging Hans langsam auf die Nerven. Andererseits beruhigte es ihn, dann müsste er nicht so weit fahren. Denn er hatte längst geplant, Aaron hinter her zu fahren und in seiner Nähe zu bleiben. Das Leben in freier Wildbahn traute er dem verwöhnten, weltfremden Freund einfach nicht zu, nicht einmal, wenn es nur über die Grenze wäre.

Sie umarmten sich kurz. Hans klopfte Aaron auf die Schulter. „Mach es gut, mein Junge. Ich hoffe, Du findest, was du suchst in dir! Komm gesund wieder!"
Aaron nickte und ging mit beschwingten Schritt Richtung Bahnsteig. Hans sah ihm nach. Plötzlich merkte er ein Ziehen im Bauch, das ihm etwas sagen wollte. Er konnte nicht sagen, ob es drohendes Unheil war oder die Ankündigung eines Aufbruches in ein ganz neues Kapitel. Hans hatte den Mietwagen hinter dem Bahnhof geparkt. Er musste gleich losfahren, denn wenn es Stau gab, würde er Aaron bei der Ankunft in München verpassen und aus den Augen verlieren.

„Haben Sie denn nichts mit Kirschblüte hier?"
Erna kannte die Kundin schon lange Zeit und jedes Jahr fragte sie nach einer neuen Blüte. Sie suchte sich meistens sehr exotische Pflanzen aus, Kirschblüte schien im Vergleich dazu fast normal.
„Nein, Frau Kommerzialrat, Kirschblüten habe ich bisher nicht verarbeitet, aber ich schreibe mir das als neue Idee in mein Planungsbuch."
„Was machen Sie denn dann Neues?"
„Im Moment ist gar nichts Neues geplant, mögen Sie denn gar nichts hier? Haben Sie schon am Eisenkraut geschnuppert?"
„Na, liebe junge Frau, Eisenkraut trink ich lieber als Tee. Ich mag nicht, wenn´s in meinem Bad so nach Zitrone riecht, da kann ich mir ja gleich einen Klostein hineinstellen, gell?"
Die alte Dame zog jedes Wort nasal in die Länge und stützte sich auf einen Gehstock, der vorwiegend als Accessoire diente, um damit wie mit einem Säbel herum zu fuchteln. Sie sah sich verzweifelt um und wartete auf eine Reaktion. Erna kannte das Spiel schon und wusste, die mürrische Kundin würde am Ende doch etwas Kleines kaufen, sie brauchte davor nur dieses Geplänkel, um Aufmerksamkeit zu bekommen.

„Wie wäre es denn mit Zimt? Der wärmt."
„Geh` verschonen´s mich mit dem Weihnachtsschmarrn. Das g´hört in den Apfelstrudel, aber nicht in meine Hände."
Erna lächelte gutmütig und fragte geduldig weiter.
„Vielleicht gefällt Ihnen eine von den Seifen ja optisch, und die Badepulver sehen auch schön aus in den Glasbehältern, das könnten Sie an die Wanne stellen."
Die Alte schaute und brummte. Dann drehte sie sich herum und sah sich alles an, als wäre sie das erste Mal im Geschäft. Erna leerte währenddessen getrocknete Blüten in eine Deko-Schale.
„Die sind aber interessant, haben´s nicht mit denen eine Seife?"
„Aber ja, hab ich. Schaun´ sie, wir haben doch etwas für Sie gefunden. Sie sind halt nicht so leicht zufrieden zu stellen."
Erna ging zum Regal und nahm eine der weißen Seifen mit den rosa Blüten heraus. Sie wickelte sie in ein zartes Seidenpapier, dann legte sie das kleine Knäuel liebevoll in eine Faltschachtel aus gepresstem Papier.
„Das sieht aber wirklich schön aus, junge Dame! Vielleicht sollten´s Schachteln verkaufen?"
Erna musste sich ein Lachen verkneifen, dass ihr das ausgerechnet eine alte Schachtel riet.
Schon sechs Uhr. Jetzt konnte sie zusperren und endlich das restliche Pulver vom Orangenblütenbad umfüllen. Im Hinterzimmer des kleinen Ladens staubte es orange, und der Ort füllte sich mit dem intensiven, süßlichen Geruch der Blüten.
Heute Abend würde sie sich die Brause abduschen, die auf Arme und Beine gestaubt war und genießen, wie das duftende, orange gefärbte Wasser unter ihren Füßen ablief.

Pepesto, Ernas Guru und Heiler, saß wie immer im weißen Leinengewand und verknoteten Beinen auf dem hell gebeizten Dielenboden seines Energietempels. Er schloss seine Augen, legte die Hände zusammen und schwieg. Erna saß gegenüber und wartete. Pepesto öffnete langsam die Augen und zündete eine große Kerze an, die neben ihnen am Boden stand. Er blickte lange in die kleine Flamme. Dann schloss er wieder seine Augen und drehte sein Gesicht in Ernas Richtung.
„Ich spüre dich“, sagte er ruhig.
„Ja“, hauchte Erna ehrfurchtsvoll. Sie konnte die Minuten, bis er mit der geistigen Welt Kontakt für sie aufnahm heute kaum ertragen, da ihr ihre Unzufriedenheit wieder so in der Seele brannte.
„Du sollst ins Vertrauen gehen, Erna. Du hängst am Mangel, wie an einem alten Freund, den man nicht verlassen darf. Aber Du musst ihn verhungern lassen, wenn die Fülle für dich kommen soll. Es geht nicht ums Abwenden, von dem, was wir nicht wollen, es geht ums Zuwenden zu dem, was wir wollen!“
Erna wurde ganz unruhig und zappelte mit ihrem Fuß. Wenn ich mich doch schon ständig und immer hinwende, und nichts passiert, was soll ich denn noch machen? Mir ist schon klar, dass ich mich selbst blockiere, aber wenn ich es anders könnte, würde ich es längst tun! Die Gedanken rasten heute pfeilschnell und aggressiv durch ihren Kopf.
„Es ist ganz nah, Erna, ganz nah. Wende Dich nicht wieder dem zu, das es verhindert.“
Erna überdrehte die Augen, Pepesto hatte die Augen geschlossen und würde es nicht sehen.
Es folgten ein paar Minuten Stille. Der Raum war erfüllt von vielen unterschiedlichen Düften, die sich aus Blütenessenzen, ätherischen Ölen und Räucherstäbchen zusammengetragen hatten. Sie verschmolzen zu einem Gesamtgeruch, den Erna für immer mit den Sitzungen mit ihm verbinden würde.

Sie sah ihn gerne an. Seine drahtigen grauen Haare und sein weißer Bart machten ihn auch äußerlich zu einem Guru, der mit Engeln und dem Universum sprechen konnte. Der leere Raum bot keine Ablenkung. Ein heller Fußboden traf auf weiße Wände, nur durchbrochen von einer hellgrauen Couch, einem hellblauen Stoffsessel und ein paar grauen Decken und Kissen. An der Seite stand ein kleines asiatisches Schränkchen aus dunklem Holz, in dem Pepesto seine Fläschchen mit Essenzen aufbewahrte. Der Sommer hatte mit der Mittagssonne den Dachraum aufgeheizt, Erna rann wie so oft in der Hitze hier oben ein Schweißtropfen über die Stirn.
„Wo ist dein Fokus?“ Jetzt sah er sie an und riss sie mit der Frage aus ihren Gedanken.
Sein Blick durchdrang sie auf einmal unangenehm, sie fühlte sich ertappt und ihr wurde noch heißer.
„Mein Fokus ist da, wo ich hinwill, da bin ich mir sicher!“ Sie sagte das klar und ruhig, obwohl sie bei den Worten, die sie da sagte, zu zweifeln anfing.
„Irgendwas ist zwischen Dir und deinem Fokus. Es sind die Felsen, die du dort hingelegt hast. Du stehst noch davor. Wollen wir nicht drum herum gehen?“
„Ich verstehe nicht?“
Erna konnte manchmal mit seinen Erklärungen wenig anfangen. Mittlerweile kannte sie ihn aber schon gut genug und traute sich, nachzufragen. Sie wollte es wissen. Es verstehen.
„Du kannst vor deinen Blockaden stehen bleiben. Du kannst sie mit aller Kraft aus dem Weg räumen wollen. Es wird dir kaum gelingen. Alles, das großer Anstrengung Bedarf, ist nicht in der richtigen Energie. Es darf Freude und Kraft angewendet werden, es darf aus einem Brennen ein Tatendrang entstehen, aber Anstrengung ist eine niedere Frequenz, die dich abhält vom Höchsten. Es bleibt also der leichte Weg, drum herum zu gehen.“ Er lächelte sanft.

„Ich verstehe, aber wie mache ich das?“ Erna wusste, es würde keine einfache Antwort geben, auch wenn es denn angeblich so leicht und einfach sein müsste.
„Die Kunst ist es, den Fokus zu bewahren, während man im Gelände auf seinen Tritt achten muss und die Umwege braucht, um wieder auf den richtigen Weg zu kommen. Wir entwickeln uns nicht, wenn wir nur schnurgerade gehen. Wir brauchen die Kreise, die Drehung, den Rückwärtsschritt, die Verirrung, aber das geht nur, wenn wir den Fokus behalten und das Vertrauen in unseren Kompass. Das Wissen, dass wir unaufhaltsam am Weg sind, auch wenn uns etwas aufhält.“
Pepesto schloss wieder die Augen und wies Erna an, es auch zu tun. Sie verstand die Worte, sie hatte die Bilder vor sich und doch pochte in ihr die Frage, was das denn jetzt für ihren Alltag zu bedeuten hatte. Sie spürte aber, sie hatte mehr verstanden, als ihr Kopf im hier und jetzt zu verstehen im Stande war. Sie wusste, da gab es etwas, das er ihr inneres Wesen und manchmal ihr höheres Selbst nannte. Das wusste sicher, worum es hier ging. Ihr irdisches Ich musste nicht alles verstehen. Auch wenn sie sich so sehr wünschte, die Geheimnisse des Universums zu durchschauen, die Lebensgesetze zu verstehen, um alles erschaffen zu können, was sie wollte.

Sie sog die nach warmem Asphalt riechende Sommerluft ein und ging beschwingt über die Pflastersteine. Bei der Bäckerei am Eck holte sie sich zwei Stück Schokotorte und schlenderte dann über den kleinen Platz mit den Kastanien. Die Blätter begannen sich langsam zu bräunen und man konnte die ersten giftgrünen Bälle erkennen, die im Herbst die Kastanien ausspucken würden. Es raschelte und der warme Wind streichelte ihre nackte Haut. Sie genoss es, im Sommer nur knappe Tops oder Kleider mit Spaghettiträgern anzuhaben, damit sie möglichst viel von der Wärme und dem Wind des Sommers spüren konnte. Es war, als würde man ständig gestreichelt werden. Eine Brise hob kühlend ihre Haare vom verschwitzen Nacken. Sie seufzte. Der kleine steinerne Springbrunnen vor der Kirche plätscherte gemütlich und sie setze sich an seine Stufen und sah um sich. Wie schön das Leben war, sie müsste es viel mehr genießen. Doch jetzt ging es erst einmal zurück in den Laden, die Mittagspause war gleich um.

Die tiefgrüne, satte Landschaft, die am Fenster vorbeigezogen war, hatte in Aaron ein eigenartiges Gefühl von Sehnsucht und Heimat ausgelöst.
München empfing ihn freundlich mit emsigen Radfahrern, die in Scharen um den Marienplatz zogen.
Touristengruppen sammelten sich vor der Marienkirche und warteten auf das Glockenspiel. Es duftete nach Weißwurst und Bier. Er fühlte sich am richtigen Platz und setze sich in ein Bräu, um etwas zu essen. Die frische Breze schmeckte mit großem Hunger noch besser als erwartet. Aaron überlegte, wo er als nächstes hingehen sollte. Wo würde er heute übernachten? In einer Herberge? Damit kannte er sich gar nicht aus. Vielleicht könnte er es wie die Obdachlosen machen und auf einer Wiese im Park nächtigen.

Er spürte die feuchte Kleidung an seinem Körper kleben, seine pochenden Füße und das von der Hitze gerötete Gesicht. Er hatte das Bedürfnis, sich zu waschen. Der Schlafplatz wäre das geringere Problem, aber wo könnte er sich heute noch duschen? Eine Jugendherberge schien ihm die beste Lösung zu sein. Er wollte sich unbedingt noch irgendwo Seife kaufen, um ein paar Euro, ein ehrliches Waschstück, das zu seinem Abenteuer des einfachen Lebens passte. Er sah in seine kleine, lederne Geldtasche, die er sich aus einem Fundus alter Sachen von Hans geborgt hatte. Mit den fünfzig Euro musste er jetzt so lange auskommen, bis sein Abenteuer ihm den Weg zu anderen Lösungen weisen würde. Essen in teuren Restaurants wäre ab sofort gestrichen. Maximal etwas ganz Günstiges im Supermarkt könnte er kaufen. Der Rest würde sich aber schon finden. Aaron zahlte und ging in die erste Abzweigung der Fußgängerzone. Von dort suchte er nach immer kleineren Gassen, weg vom Touristengetümmel.

Adele, die Aushilfskraft in Ernas Laden putzte fleißig die Regale.
„Schön, dass du dich darum kümmerst, Adele" strahlte Erna sie an.
„War auch Zeit" piepste die rothaarige Lockenmähne aus einer gebückten Haltung, während sie mit einem Putzlappen schnaufend die hintersten Regalteile säuberte. Adeles breites Hinterteil streckte sich Erna unter einem Rock entgegen, der mit seinen Plisseefalten die Rundungen noch grösser erscheinen ließ. Erna fand diese breiten, runden Pobacken wunderschön und irgendwie aufreizend. Es irritierte sie, wie sie Weiblichkeit zunehmend sinnlich empfand.
„Möchtest Du auch einen Kaffee?"
Wieder piepste Adele zustimmend.

Erna ging in die kleine Teeküche im hinteren Teil des Ladenlokals, legte den Schokokuchen ab und drehte die italienische Kaffeemaschine auf, um sie mit dem Kaffeepulver zu füllen. Sie liebte diesen Duft. Längst hatte sie den Plan, eine Kaffeeseife zu kreieren, die man dann gegen schlechte Gerüche verwenden könnte. Aber noch war ihr kein zufriedenstellendes Ergebnis gelungen.
Die Klingel an der Ladentür bimmelte. Erna hörte eine Männerstimme nach einer Seife fragen.
In dem Moment fiel ihr ein, sie hatte die Preisschilder in der neuen Auslage vergessen. Sie musste es sofort tun, sonst würde sie es wieder vergessen. Sie nahm die vorbereiteten Zettel und ging hinaus in den Laden. Sie nahm den Mann, der hinter der Verkaufstheke stand, kaum wahr und ging zur Auslage. Im Vorbeischweben berührte der Lufthauch ihres Schrittes Aaron.

Aaron stand vor den Seifen und nahm auf einmal etwas wahr, das er zuerst nicht zuordnen konnte, das sich aber so tief und schön anfühlte, wie etwas, an das er sich nur ganz dunkel erinnern konnte. In Sekunden sah er sich als kleinen Jungen, die Leintücher an den Wäscheleinen am Seeufer, er spürte das Gefühl des absoluten Glücks, das wie eine Sternschnuppe einmal durch sein Innerstes gezogen war, um dann für immer an einem geheimen Ort zu verschwinden. Er zitterte und Gänsehautschauer liefen ihm über die Arme. Es brauchte ein paar weitere Sekunden, bis er annähernd verstehen konnte, was eben passiert war. Es war ein Duft, ein Geruch, der ihn eben gestreift hatte. Ein Geruch, der ihn an dieses Glück erinnerte. Es verwirrte ihn, denn er konnte all das nicht einordnen.

Erna ging wieder an ihm vorbei und wieder nahm er ganz unterschwellig die Ahnung eines Duftes wahr. Duftete diese Frau so? Konnte jemand so gut riechen, dass er in dir dein schönstes Glücksgefühl, die Erinnerung an ein paar Stunden Seligkeit in der Kindheit hervorzaubern konnte? Aaron schloss die Augen und versuchte, sich diesen Duft einzuprägen, damit er ihn nie wieder vergessen würde, auch wenn er längst wieder von hier fort war, am Weg auf seiner langen Reise. Er stand stumm da.

Erna bemerkte erst jetzt den Mann, der mit geschlossenen Augen und einem seltsamen Lächeln in ihrem Laden stand und sich nicht mehr rührte. Erna und Adele wechselten Blicke und zuckten mit den Schultern. Erna räusperte sich laut, um den Fremden aus seiner Starre zurück zu holen.

Aaron machte die Augen wieder auf, nahm irgendein Stück Seife, das ihm am nächsten lag, zahlte und verließ verwirrt den Laden.

Er fühlte sich ganz benommen. Was war das gerade eben? Konnte es denn möglich sein, er hätte Sie gefunden? Die Frau, die er riechen konnte? Riechen wollte und musste, vierundzwanzig Stunden lang für den Rest seines Lebens? Konnte ihn der Geruch einer Frau wirklich so anziehen, süchtig machen, dass er hineintauchen wollte, baden in ihrem natürlichen Parfum? Aber war es ihr Duft gewesen? Irrte er sich vielleicht? Das Geschäft war geladen von Gerüchen, sie selbst trug vielleicht ein Parfum oder wusch sich ständig mit den selbst gerührten Seifen, wie sollte er in dieser Dichtheit und Fülle an allem, was seine Nase aufnehmen musste, ihre ganz eigene Note wahrgenommen haben? Aber es gab diese Ahnung, dieses Erlebnis, diese Lust, genau das wieder zu riechen, was er eben erschnuppert hatte in der wilden Mixtur aus Seifen, Holz, Pulvern, Blüten und den beiden Frauen. Wäre er schon am ersten Tag seiner Reise am Ziel angekommen? Könnte es so schnell gehen? Aaron setzte sich an die Stufen eines Springbrunnens und dachte nach. In der Kirche dahinter, könnte er sich vielleicht später etwas ausruhen? Die schmalen Bänke wären aber wohl zu unbequem dafür.

Hans stand verschwitzt hinter dem Drehregal einer kleinen Trafik und sah zu Aaron hinüber. Er war ihm vom Bahnhof weg gefolgt und beobachtete jetzt, wie Aaron vor sich hinlächelte und offensichtlich über etwas nachdachte. Da es bereits später Nachmittag war, würde Aaron wohl heute nicht mehr weiterfahren und sich eine Unterkunft suchen müssen. Hans hoffte, Aaron würde seine Reisepläne bald aufgeben und wieder zur Vernunft kommen, denn ihn weiter zu verfolgen, würde anstrengender werden als erwartet.

Erna sperrte den Laden ab und die Hitze des Tages stieg von den Pflastersteinen hoch unter ihren Rock. Sie liebte dampfige, warme Sommerabende. Vielleicht würde Valerie sie auf ein Glas Wein begleiten. Sanne schien ihr derzeit zu niedergeschlagen. Und Pepesto hatte ihr geraten, den Kontakt zu negativen Menschen zu meiden. Sie wollte ihr Ziel nach Reichtum und ihre spirituelle Ausrichtung durch nichts gefährden, solange sie selber noch ihr Vertrauen in diese geheimnisvolle geistige Welt stärken musste. Valeries Anzüglichkeiten würden ihr heute nichts ausmachen, für Gesellschaft an diesem traumhaften Sommerabend würde sie Kompromisse eingehen.

Der Rioja funkelte kirschfarben im Kerzenschein der Windlichter. Ein großer Kastanienbaum raschelte mit seinen Blättern. Die warme Luft legte sich wie eine zarte Decke auf die Schultern.

„Es ist hier wie in Italien. Warum habe ich trotzdem so Fernweh? Woher kommt diese Unzufriedenheit?"

„Ach Erna, du grübelst einfach zu viel. Lebe, jetzt und hier, dann willst du auch nicht dein Glück irgendwo anders suchen."

Manchmal gab Valerie tatsächlich brauchbare Lebensweisheiten von sich. Nur war das, was sie da vorschlug, nicht leicht umzusetzen.

„Leben, ja! Aber wie macht man das, Valerie?"

„Man tut es einfach."

„Ich weiß offenbar nicht, wie das geht."

„Jeder weiß das. Jeder kann das. Du lässt es nur nicht zu."

„Ich lasse alles zu, aber es passiert nichts."

„Bei mir passiert immer was. Ich denke eben nicht so viel nach. Folge meiner Nase und dem, was mir Spaß macht."

„Vielleicht hast du ein angeborenes Talent für Glück."

Valerie grinste und prostete Erna zu „Das klingt schön."

„Nur in der Liebe, da hast du noch kein Glück gehabt", Erna konnte es sich nicht verkneifen.

„Ich liebe, ständig. Nur weil ich keinen Spießerfreund habe, heißt das nicht, dass ich nicht liebe."

„Liebe und Sex sind für mich aber schon unterschiedliche Dinge."
„Mag sein." Valerie schlug die Beine übereinander und presste die Lippen zusammen.
Erna wusste, sie hatte ins Schwarze getroffen und Valerie keine Ahnung von dem Gefühl, das sie unter Liebe verstand.
„Bei dir klappt es aber auch nicht, trotz deinem Guru und deinem ganzen Schnick Schnack."
„Weil meine Vision eine andere ist. Mein Ziel ist Reichtum und nicht Liebe. Ob die kommt oder nicht, das ist mir egal."
„Du hast doch sicher auch Sehnsucht nach einem Mann?"
„Nicht so sehr, wie nach finanzieller Freiheit. Männer sind nur eine Enttäuschung. Eine Beziehung ist keine Garantie. Aber wenn Du genug Geld hast, dann bist du frei, kannst alles tun, was du willst. Das ist schöner und mehr wert als jeder Mann."
„Hinter deiner Fassade der romantischen, konservativen Seifenmacherin würde man diese nüchterne Weltsicht gar nicht vermuten. Ich wundere mich jedes Mal, warum du so hinter dem Geld her bist. Das macht auch nicht glücklich, das sag ich dir, du bist eine Träumerin und versäumst dabei das richtige Leben. So wie den süßen Typen da drüben auf den Stiegen."
Erna wollte noch erwidern, dass Valerie selbst so gar keine Ahnung vom richtigen Leben und schon gar nicht von Geld hatte, als der Anblick vom Mann am Springbrunnen gegenüber sie ablenkte. Sie kannte ihn. Er war heute Nachmittag mit geschlossenen Augen im Laden gestanden.
„Seltsamer Typ. War heute im Laden. Mit dem stimmt was nicht. Was macht der überhaupt hier?"
Während sie das sagte, musterte sie ihn eingehend. Sein leicht graues Haar glänzte unter der Beleuchtung der Kirche hinter dem Brunnen. Die leicht gebräunten Unterarme sahen stark aus. Sie konnte aus der Entfernung seine Bewegungen wahrnehmen, die irgendwie edel wirkten. Sie konnte bis zu ihrem Platz seine kraftvolle Ausstrahlung spüren.

„Sieht aus wie ein Tourist. Hast du mit ihm gesprochen? Erna?"
Erna hörte nicht hin, sie saß versunken da.
„Ernaaaa!"
Valerie wollte nach Hause. Sie war müde von der letzten turbulenten Nacht. Erna war froh, heute offenbar einmal Ruhe von Valeries Ausschweifungen zu haben.

Aaron sah in den Abendhimmel, lauschte dem Plaudern der vielen Menschen in den gegenüber liegenden Cafés und genoss die Wärme in der Innenstadt. Bei diesen Temperaturen könnte er vielleicht irgendwo draußen übernachten. Sich auf eine Parkbank oder auf eine Wiese legen. Er wollte nur eine Nacht herumbringen, um diese Frau noch einmal zu sehen, zu riechen.
Es konnte nicht so einfach sein, dass ein Traum in dem Moment wahr wird, in dem man ihn verabschieden will. Er wollte nicht weiter darüber nachdenken, um mit seinen Gedanken die Magie nicht zu vertreiben. Er nahm seinen Rucksack und ging planlos los, um sich einen passenden Schlafplatz zu suchen.

Valerie hantierte im Bad herum. Erna saß in der Küche und trank ein Glas heiße Milch. Das beruhigte sie, wenn sie zu aufgeregt war, um zu schlafen. Sie konnte sich nicht erklären, woher ihre Aufregung heute überhaupt kam. Die Wärme der Milch breitete sich in ihrem Körper aus.
Sie ging hinüber in ihr Zimmer und schlüpfte unter die Bettdecke. Dann nahm sie wie jeden Abend den Block zur Hand und begann zwei Kreise zu zeichnen. Einen kleinen in der Mitte und einen großen drum herum. In den kleinen Kreis schrieb sie zum ungezählten Mal: „Finanzieller Überfluss, Reichtum, Wohlstand und Fülle." Sie atmete tief ein.

Wieder stiegen die Angst und die Beklemmung der Vergangenheit aus der Dunkelheit in ihr Herz und machte ihr das Atmen schwer. Sie spürte die alte Verzweiflung, erinnerte sich an den Stallgeruch, die Kälte im Haus, klamme Bettlaken und das Zittern beim Einschlafen. Sie sah wieder ihre Mutter vor sich, die still in der Küche saß und mit ihrem leeren Blick wortlos zu erkennen gab, dass sie sich und dieses Leben aufgegeben hatte.
Die Erkenntnis, Geld hätte Alles retten können, stach ihr ins Herz, weil es ihr so ungerecht erschien. Wie ohnmächtig hatte sie sich damals gefühlt. Diese Ohnmacht klebte bis heute an ihr. Das wollte sie nicht mehr ertragen. Sie musste es endlich von sich absprengen, der Panzer um ihr Herz schmerzte zu sehr.
Sie wusste ganz genau, das einzige Heilmittel gegen dieses innere Gefängnis war Geld. Erna atmete noch einmal tief ein und aus, um die alten Erlebnisse wegzuschieben. Dann begann sie den Zwischenraum der beiden Kreise in tortenähnliche Stücke zu teilen. Ins erste dieser Dreiecke schrieb sie: „Ich kann es schon fühlen, wie es ist, reich zu sein. Wie gut es mir geht und wen ich verwöhne oder helfe mit meinem Geld.“ In das zweite Dreieck schrieb sie: „Ich erlaube mir Wohlstand und Geld im Überfluss.“ Dann sickerte ihr der Schlaf in die Augen. Sie dachte noch nach, wie sie ihren Fokus auf ihr Ziel verstärken könnte und woran es lag, dass der Geldfluss noch immer von einem unbekannten Widerstand aufgehalten wurde. Wer oder was war dieser Widerstand. Sie musste darüber mit Pepesto reden.

Aaron kaufte sich ein Ticket und nahm die erste S-Bahn, die kam. S8 Richtung Kreuzstraße. Der Waggon bewegte sich schnell durch die Vorstadt, bald zogen an den Fenstern nur noch die Dämmerung und Wiesen vorbei. In einem der Vororte wollte er ein Haus mit Garten suchen, dessen Besitzer offensichtlich auf Urlaub waren, um auf der Terrasse zu schlafen. In öffentlichen Plätzen würde man ihn verscheuchen oder nach seinen Papieren fragen. Er stieg irgendwo aus. Inzwischen war es dunkel geworden. Aaron bog von der Hauptstraße des Ortes in eine Seitengasse ein und spazierte suchend durch die Gartenidylle der Vorstadtsiedlungen. Haus stand an Haus, umgeben von gepflegten kleinen Gärten. Eine tiefe Sehnsucht stieg in Aaron auf, das Bild von Sesshaftigkeit, Geborgenheit und Familie nahm sein Herz und drückte es zusammen, als wäre es ein Schwamm. Seine Einsamkeit stand plötzlich vor ihm, wie eine Statue aus kaltem Stahl. Als hätte er es übersehen oder vergessen, wie alleine er sich die ganzen Jahre über gefühlt hatte. Die Nächte, Haut an Haut mit fremden Frauen, deren Geruch er nicht mochte, die Turnübungen im Bett für die schnelle Befriedigung, die Langeweile, die aus dem Nicht-gebraucht-werden wuchs, das hinterließ jetzt einen bitteren Schmerz. Wo war die Dichte, die Tiefe in seinem Leben? Das wahre Gefühl, das in deine Blutbahn eindringt und unaufhaltsam zum Herzen wandert, wo es sich für immer einnistet? Ein einziges Mal hatte er das erleben dürfen, in jenem Sommer am See, wo er ein freies, zufriedenes Kind war. Wo es nur darum ging, wie schnell man nach dem Frühstücksei zum See laufen wollte, ob es abends Spaghetti oder Grillwürstchen geben würde, die frische Wäsche auf der Leine als Irrgarten diente und man mit einem Plastikschwert die Drachen hinter der Buche vertrieb. Dieses Gefühl von damals saß in seinem Herzen, wie eine alte Schatzkiste in der tiefsten Kammer eines Schlosses. Behütet von einem Zauber, den niemand brechen konnte. War er auf der Suche nach diesem Gefühl?

Er stand jetzt vor einem Haus, das ihn an ein Hexenhäuschen erinnerte. Ein großer, spitzer Giebel thronte über Mauern, es konnte nicht mehr als ein Wohnraum darunter liegen. Eine kleine Terrasse mit einem Tisch, Stühlen und einer Gartenliege schmiegte sich an eine Seite. Die Rollos waren heruntergelassen, von der Liege und den Stühlen hatte man die Pölster entfernt. Die Möbel standen kahl da, als ob niemand sie benützen wollte. Heute würde wohl keiner mehr hierherkommen. Ein niederer Holzzaun und eine rostige Gartentür boten kein Hindernis. Aaron konnte das Türchen ganz einfach öffnen, es war nicht einmal versperrt. Er ging zügig über die Wiese und setzte sich auf die Liege. Er sah um sich, ob ihn jemand beobachten konnte. Die Sicht zum nahen Nachbarhaus wurde durch dichte, hohe Büsche unterbrochen. Wenn er kein Licht machen würde, sollte ihn keiner bemerken. Er wollte sich noch einen billigen Rotwein und etwas Käse vom Kiosk holen, an dem er vorher vorbeigekommen war, der bis spät geöffnet hatte und es sich dann hier gemütlich machen. So ließe sich diese Nacht gut überstehen. Gleich morgen Früh wollte er wieder in das Seifengeschäft gehen, um diese Frau noch einmal zu sehen und an ihr zu schnuppern.

„Pepesto, wie komme ich endlich zu Geld?“ Erna zupfte an ihrem Kleid.
„Du zeigst Widerstand.“ Der Guru sah ruhig in die Kerze, die vor ihm stand.
„Ja eben. Wie werde ich ihn los?“
Erna sah auf die Uhr. Die Stunde schien heute zu verfliegen und er hatte ihr noch keine befriedigende Antwort gegeben. Sie wollte heute aber nicht eher weggehen, als sie einen Plan in der Tasche hatte, wie sie ein für alle Mal Geld in ihr Leben ziehen könnte. Es blieben nur noch fünfzehn Minuten bevor sie den Laden aufsperren musste.
„Was du unbedingt loswerden willst, bleibt an dir hängen, genauso stark, wie du es abschütteln willst.“

„Soll ich den Widerstand denn haben wollen?"
„Aushungern, ignorieren, auf andere Dinge konzentrieren. Dann fällt er von dir ab."
„Das versuche ich doch schon so lange!"
„Du versuchst zu lange, etwas haben zu wollen, das du nicht hast. Du steckst im Mangel fest. Du denkst immer an deinen Mangel. Damit verstärkst du ihn."
„Wie soll ich das ignorieren, was mich mein ganzes Leben verfolgt? Wie soll ich mich ablenken vom brennendsten Wunsch?"
Er schwieg. Erna rutschte mit den Pobacken am Boden hin und her. Der Schneidersitz wurde nach fünfzig Minuten richtig unangenehm und zwängte ihr das Blut in den Beinen ab.
Sie merkte, wie ihr erstmals Ärger aus dem Bauch hochstieg und ihr Herz zum Klopfen brachte. Hatte sie so viele Stunden umsonst hier gesessen und Unmengen an Geld bezahlt für die Erkenntnis, dass sie das, was sie will, nicht wollen darf?
„Erna. Vertraue." Er sah sie lange an. Seine blaugrünen Augen schimmerten warm, wie ein tiefer Edelstein. Jedes Mal in diesen langen Augenblicken dachte Erna, dahinter müssten Paralleluniversen versteckt sein, Schatzkammern und Abenteuer aus anderen Leben. Seine Iris schien nur ein farbenprächtiger Vorhang zu sein, durch den man in andere Welten gehen konnte.
„Du kannst es. Du kannst wollen, ohne an den Mangel zu denken. Du darfst expandieren, ohne den Widerstand festzuhalten. Du wirst wissen, wie der Weg dahin ist, denn du weißt jetzt schon alles, was du wissen musst. Deine Quelle wird dich führen. Folge den Impulsen und Zeichen. Aber nur, wenn es sich gut anfühlt. Wenn du dich schlecht fühlst, dann sagt dir deine innere Weisheit, dass du dich von dir entfernst und wieder an Mangel und Herabsetzung deiner selbst gedacht hast."

Seine Worte klangen schön, die Energie, die aus Pepesto strahlte, tat Erna gut, aber diesmal fühlte sie sich unbefriedigt und ratlos.
Der Gong erklang, die Stunde war um. Erna stand umständlich auf, schüttelte ihre Füße aus, um wieder Blut hineinlaufen zu lassen und verabschiedete sich schweigend mit einer kleinen Verbeugung.
Wo waren sie, die Impulse und Zeichen? Und was fühlte sich gut an? Sie würde heute danach Ausschau halten.

Aarons Körper fühlte sich nach der Nacht auf der Gartenliege ausgekühlt und steif an. Er fror und einige Stellen an seinem Körper schmerzten dumpf vom Liegen auf dem harten Holz. Die Nächte im Voralpenklima waren kühler als erwartet, trotz Sommer. Seine dünne Jacke konnte nicht genug Schutz gegen den Tau bieten, der sich feucht über die Natur und über seine Liegestätte gebreitet hatte. Die Jeans klebte an seinen Beinen. Sein dünner Pullover und das T-Shirt rochen nach einer Mischung aus Schweiß und Holz, auf dem er gelegen war. Aaron sammelte alles ein, was vom Vorabend noch herumstand. Er wollte keine Spuren hinterlassen und damit jemanden erschrecken. Er packte die leere Flasche und die Hülle vom Käse in eine Tüte, griff nach seinem Rucksack und schlich rasch aus dem Garten auf die Straße.
Wie gerne würde er jetzt duschen und sich etwas anderes anziehen. Er war erst den zweiten Tag unterwegs und fühlte sich schon jetzt, als hätte er Tage unter einer Brücke verbracht. Sein Haar sah strubbelig aus. Wenn er so in den Laden käme, was würde sie sich dann denken? Aber wäre es nicht egal? Er würde sie schon überzeugen von sich, falls sie die Eine war, die Frau mit dem Duft, nach dem er gesucht hatte. Er würde herausfinden, ob sie ihn mochte, ihn, so wie er war, so wie er duftete, ohne den Duft des Geldes.

Er stellte sich vor, wie er an ihrem Nacken roch, ihr zärtlich mit der Nase die Haut entlang strich und ihre Erregung an ihrer Gänsehaut erkennen würde; wie er ihr mit der Hand in den Nacken fasste, zärtlich, und dabei hinter ihrem Ohr das einsog, was ihr Körper an dieser Stelle so intensiv verströmte. Seine Erregung stieg und er ging immer schneller. Am Ende lief er den Rest des Weges zur S-Bahn. Er wollte keine Minute mehr versäumen, um ihr wieder nahe genug zu sein und seiner Hoffnung weiter Nahrung zu geben.

Hans saß im Café gegenüber der Kirche und rührte schon minutenlang in seinem Kaffee. Er starrte in den mittlerweile fast vollständig aufgelösten Rest von Milchschaum und schüttelte immer wieder den Kopf. Er war ein alter Mann geworden und hatte es bis gestern Abend nicht einmal bemerkt. Als er eingeschlafen war, auf der von der Sonne des Tages aufgeheizten Sitzbank aus Stein. Wie konnte er so wenig Disziplin aufbringen und seine Müdigkeit nicht überwinden, wenn er doch auf Aaron aufpassen musste? Wer weiß, wo der Wind ihn heute Früh hingetrieben, welchen Zug oder Flieger er genommen hatte. Und er, der alte Idiot, blieb hier zurück, abgehängt wie ein Waggon. Weil er zu alt war, um wach zu bleiben. Ein Greis, mit 58. Wer sonst, als ein Greis würde am frühen Abend auf einer Bank einschlafen?
Der Sommermorgen ging an ihm vorüber. Er bemerkte nicht das rege Treiben um ihn, die Lieferanten, die in die Geschäfte der Umgebung ihre Ware brachten. Die Sonne stand noch tief, es roch nach Stein, dem Grün von Blättern, Kaffee und frischem Brot. Eine leichte Brise kühlte den Platz ab. Alles schien friedlich und am Aufwachen für die Aufregung des geschäftigen Nachmittages.

Hans sah, wie eine kleine Brünette mit weiblicher Figur in einem flatternden Sommerrock an ihm vorbei spazierte. Etwas an ihr tat ihm gut, weckte in ihm einen Hauch guter Laune und lenkte ihn für ein paar Sekunden von sich ab. Die kleinen Blumen auf dem Rock wirbelten mit jedem Schritt in verschiedene Richtungen, als ob ein Stück Sommerwiese hier an ihm vorbei tanzte. Kurz darauf stieg wieder die Enttäuschung über sich selbst in seiner Kehle hoch und machte sein Herz schwer. Seine Gedanken kreisten wieder um Aaron, als Hans neben sich eine Stimme hörte. Sie sprach mit der Kellnerin. Er spürte eine Frau in seiner unmittelbaren Nähe sitzen und wagte nicht, hinzusehen. Denn die Stimme allein drückte eine fordernde Kraft aus. Eine Provokation, die ihm in die Glieder schoss. Er drehte sich langsam zu der Stimme um. Er sah in zwei dunkle Augen, die zu glühen schienen und ihm gerade mitten in seine tiefsten Sehnsüchte sahen, die er bis dahin noch nicht einmal selbst gekannt hatte. Die schwarzen, kurzen Locken umrahmten ein schmales Gesicht, der Körper wirkte zerbrechlich. Doch der Schimmer dieser Augen versprach die Kraft von Naturgewalten. Sie sah ihn an, ohne den Blick abzuwenden. Hans drehte sich schnell um. Sie hatte ihn gerade ausgezogen und erkannt, wie sehr er sich schämte. Dieses Schamgefühl kam aus dem Nichts. Es gab keinen Grund dafür. Aber er fühlte es so stark in diesem Moment. Als ob er sich schon jetzt für etwas entschuldigen müsste, was er erst tun würde. Beim Griff zur Kaffeetasse zitterte seine Hand, er zog sie sofort zurück, sie sollte seine Aufregung nicht sehen. Er kannte dieses Gefühl nicht, sie machte ihn schwindlig, er hatte Aaron kurz vergessen. Er dachte nach, was er tun sollte, um diesen Augenblick hinauszuzögern. Er blickte sich noch einmal um zu ihr. Sie hatte jetzt Sonnenbrillen aufgesetzt und schien auf den Platz zu blicken. Er schätzte sie zwanzig Jahre jünger. Sie erinnerte ihn an junge Wildpferde, an einen streunenden Hund, an Rosengärten in einem Schloss, an Eichenfässer, einen Teich im Frühsommer, an Nebelherbst und

Zuckerwatte. Er wollte diese Frau lieben, sie haben, sie kennen, ihr nahe sein. Als ob man in einer Sekunde spüren könnte, wenn das Schicksal vor einem säße. Er, ein ewiger Einsamer, ein Verfechter der alten Werte, ein prüder Mann, der seine besten Jahre überschritten hatte. Was würde sie an ihm finden können? Nur ein Vaterkomplex könnte ein Argument für ihn sein. Oder er musste ihr Retter sein. Er hoffte, sie wäre in großen Schwierigkeiten und er könnte sie väterlich retten.
Er hatte bis jetzt Aarons verzweifelte Suche nach etwas, das er an einer Frau haben wollte, nie verstehen können. In diesem Moment verstand er, dass er auch auf etwas gewartet hatte, das ihm bis jetzt nicht bewusst gewesen war. Sic hatte es. Er musste es bekommen.
Hans rief nach der Kellnerin, um zu zahlen. Dann würde er an ihren Tisch gehen. Bis dahin musste ihm etwas einfallen, das sie überzeugen könnte, ihm so lange Zeit zu geben, bis er sie retten konnte. Von irgendetwas musste doch jeder Mensch gerettet werden.
Fast wäre er zu ihr hingegangen, als ihn der Mut verließ und er nicht daran glaubte, diesem wundersam anziehenden Wesen jemals näher zu kommen, als hier an diesem Tisch in dem Café.
Noch konnte er nicht aufstehen und weggehen. Er sah noch einmal auf den Platz, als er Aaron vorbei spazieren sah. Sah er jetzt Gespenster? Aaron schien, ihn nicht bemerkt zu haben.
Wie aus einem alten Reflex stand er auf, legte einen zehn Euro Schein auf den Tisch und ging, um Aaron zu folgen. Schon jetzt wusste er, er würde es ewig bereuen, sie nicht angesprochen zu haben. Ein verpasster Moment, der das Kapitel eines neuen Lebens aufschlägt und es auch gleich wieder beendet.

Aarons Magen hob sich beim Klingelton der Ladentür. Sein Mund wurde trocken, sein Herzschlag zu schnell, er schwitzte.
Sie empfing ihn diesmal gleich an der Ladentheke und lächelte ihn freundlich an. Aaron gab vor, Seife kaufen zu wollen und dachte nach, wie er ihr näher kommen könnte, um an ihr zu riechen.
Erna wunderte sich über den Mann, der in derselben Kleidung mit ungekämmten Haaren schon vormittgas wieder in ihrem Laden stand und ein zweites Stück Seife kaufen wollte. Sie erkannte in ihm auch den Mann, der gestern abends auf den Stufen vor der Kirche gesessen war. Aaron bat sie, ihr ein paar Seifen zu zeigen, in der Hoffnung, im Vorüberschweben einen Hauch von ihr erschnuppern zu können.
Sie ging an ihm vorbei, doch er konnte nichts wahrnehmen. Zu viel süßlicher Orangenduft lag in der Luft mit einem Rest frisch gebrühten Kaffees.
Als Erna vor einem Regal stand, um nach einer Seife zu greifen, ging Aaron sehr nah seitlich an sie heran und tat so, als ob er ganz interessiert die Ware betrachten wollte. Die vielen Seifen verströmten hunderte verschiedene Gerüche und von Ernas Ärmel kam nur der Duft nach einem Waschmittel. So würde er nicht weiterkommen. Wie konnte er ihren ursprünglichen, reinen Duft erkennen, den er gestern scheinbar für eine Sekunde wahrgenommen hatte?

Erna wurde etwas nervös, als der Fremde ihr so nahekam. Sie sah zur Seite und ihm in die Augen. Er blickte sie geradewegs an. Hielt ihrem Blick stand und für ein paar Sekunden schien ihr, als würde die Welt sich verändern. Als gäbe es einen Ruck in ihr und im Universum, der alles gerade eben für ein paar Millimeter verschoben hätte, und daher nichts mehr war, wie vorher. Verunsichert griff sie nach einer Seife aus Vetiver. Der würzige, erdige Duft würde gut zu ihm passen.

Kaum war Aaron zur Tür hinausgegangen, band Erna ihre Schürze ab und sagte zu Adele, sie müsse kurz etwas erledigen. In Wahrheit wollte sie kurz alleine sein. Irgendetwas ging in ihr vor, dass sie durcheinanderbrachte. Als hätte der Fremde etwas in ihr angezündet, hervorgeholt, sie an etwas erinnert, dass sie immer schon in sich trug, aber vergessen hatte. Es zog in ihrem Herz, es drückte in ihrem Magen, ihr wurde flau. Ein Gefühl durchströmte sie, das sie so noch nicht kannte. Sein Blick hatte ihr so tief in einen Winkel ihres Seins gesehen, als ob jemand für sie in die dunkelste Kammer ihrer Seele gestiegen wäre.
Wieso kam ein Mann in ihre Wahrnehmung, der obdachlos zu sein schien. Warum kroch er in sie hinein, wie ein Röntgenstrahl und legte etwas bloß, dass sie selbst noch nicht kannte? Wenn sie ehrlich zu sich war, hatte sie dieser eigenartige Mensch angezogen. Die Lebensgesetze sagten, du ziehst das an, was in dir vorgeht, deine Schwingung entspricht dem, was dir begegnet. Ihre Schwingung entsprach einem seltsamen, armen Fremden, der in ihr fast Panik auslöste. Da lief etwas total schief. Sie wollte sich einreden, nicht so hysterisch zu sein und nicht jede kleine Begebenheit ihres Lebens ihrer spirituellen Lupe zu unterziehen. Aber, wenn sie etwas machte, dann richtig. Keine halben Sachen. Wenn sie ihre Reise zur Fülle ernst nahm, dann war das hier ein ganz großes Alarmzeichen und etwas lief nicht rund in ihrem Universum, das sie dringend geraderichten musste. Sie wollte sofort mit Pepesto reden, wie sie so etwas anziehen konnte, wo sie doch so sehr Reichtum und Fülle in ihr Leben ziehen wollte. Sie machte etwas ganz grundlegend falsch. Der Spiegel, der ihr vorgehalten wurde, erschreckte sie. Falls ihre Seele mit ihr ein lustiges Spiel treiben wollte, würde sie nicht weiter mitspielen wollen.

Aaron roch an der Seife und sah gedankenverloren den Platz hinunter. Die wenigen Euro, die er noch hatte, würde er für eine letzte ordentliche Mahlzeit verwenden und sich dann überlegen, wie er dieser Frau nahekommen könnte. Ohne Geld und Unterkunft würde er hier aber nicht bleiben können und sie nicht kennenlernen.
Er könnte jetzt ebenso gut in ein Hotel ziehen, sie beobachten und dann wie zufällig treffen. Solange, bis er wusste, ob ihr Duft es war, nach dem er ein Leben lang suchte.

Erna schnaufte die Stiegen ins Dachgeschoss zu Pepestos Praxis hinauf, während sie ihren geblümten Rock mit einer Hand nach oben zog. Jede Treppe nahm sie als Waffe gegen ihre zunehmenden Rundungen, sie musste sich endlich mehr bewegen. Sie klingelte und ihr Herz pochte vor Aufregung. Wo blieb er so lange?
Er öffnete endlich die Türe.
„Der Atem, Erna. Der Atem ist das, was uns am meisten mit der Welt verbindet. Nichts sonst greift so tief in uns ein, an jeder Zelle, in jede Zelle, bringt uns das Leben und trägt uns mit jedem Hauch auch in diese Welt hinaus. Und alles, was du einatmest, trägt Information und andere Leben mit sich. Jeder Atemzug ist ein Kuss des Lebens. Es ist verliebt in Dich, es will Dich dauernd küssen."
Während seiner Worte rang Erna mit hochrotem Kopf nach Luft und versuchte, sich zu beruhigen. Sie zog ihre Sandalen aus und ging barfuß über den warmen Holzboden in die hintere Ecke des großen Raumes, wo schon zwei Sitzkissen, eine Kerze und Räucherstäbchen vorbereitet waren.
„Eigentlich müsstest Du wissen, warum ich komme. Weißt Du schon, was ich Dich fragen möchte?"
Pepesto schmunzelte. „Ich spüre die energetische Essenz und deine Schwingung, aber keine Details. Du wirst mich bestimmt mit deinen Fragen überraschen. Aber nicht mit ihrem energetischen Inhalt."

„Was wäre dann der energetische Inhalt?" Sie provozierte ihn heute, als ob sie ihre tiefe Verunsicherung wieder gut machen könnte, indem sie seine hellseherischen Fähigkeiten bestätigt bekam.
„Deine Schwingung ist nieder und schwerfällig. Aber noch nicht lange. Du strahlst einen tiefen Zweifel aus, einen Rückzug und ein Abkommen von deinem Weg, auf dem Du schon gut unterwegs warst. Aber Gedanken und Zweifel, die dir nicht dienen, haben dich heruntergeworfen. Du kommst, weil Du wissen willst, warum du nicht am Weg bist."
Erna wollte nicht unhöflich sein und ihm sagen, dass das ja nun keine Schwierigkeit sei, das festzustellen, warum sollte sie denn sonst da sein.
„Im Detail geht es um meinen Fokus auf Reichtum. Und dass ich, obwohl ich dachte, ich mache alles richtig, scheinbar komplett daneben liege."
„Wie hat es sich bis dahin angefühlt und warum denkst du, du wärst abgekommen? Ich sage dir, du bist nicht abgekommen. Du warst gut unterwegs. Ich sehe deinen leuchtenden Pfad und deine Füße leuchten noch vom darauf Schreiten. Du bist erst seit ganz kurzer Zeit davon weggegangen, aber nur, weil du dachtest, du wärst falsch."
Leuchtende Füße? Manchmal schien er zu übertreiben. War das eine Show oder sah er wirklich so etwas? Oder sollte das nur ein Bild sein?
„Deine Füße leuchten wirklich."
Erna erschrak. Jetzt konnte er sogar Gedanken lesen.
„Keine Sorge, ich kann keine Gedanken lesen."
Erna wollte ab jetzt jeden Gedanken vermeiden, den Pepesto nicht lesen sollte.

„Ein Mann. Ein seltsamer, armer Mann. Kein Geld. Weniger als kein Geld. Ein ganz eigenartiger Typ. Warum kommt so jemand in meine Wahrnehmung? Und warum trifft mich sein Blick, als wäre er der Messias? Was habe ich übersehen? Was ist da nur los? Wie kann denn ein obdachloser Spinner in mein Geschäft kommen und mir bis in meine Seele blicken, wenn ich längst in der Frequenz von Reichtum sein sollte? Ich versteh es nicht!"
Pepesto schloss die Augen. Erna wartete. Das Räucherstäbchen qualmte vor sich hin. Sie sah in die Flamme der Kerze und fragte sich still, warum nicht alles so warm, leicht und golden sein könnte, wie dieses Kerzenlicht.
„Das, was wir sehen und zu wissen glauben, ist oft etwas ganz anderes als das, was dahintersteht. Unsere Wahrheit ist eine andere Wahrheit. Es gibt viele Wahrheiten und doch nur eine."
Wut drückte ihr jetzt auf den Magen. So sehr sie an ihren Guru glaubte, ihn bewunderte und seine Führung erhoffte, so wenig konnte sie heute mit diesem kryptischen, philosophischen Kauderwelsch anfangen. Welche Wahrheiten, viele und doch nur eine? Was sollte das denn bitte wieder heißen?
„Die Dinge sind oft nicht so, wie sie scheinen, und was wir zu wissen glauben, ist nicht so." Er hatte die Augen noch immer geschlossen, seine tiefe Stimme brummte durch den Raum.
Jetzt schloss auch Erna die Augen, sie war von der Hitze und der Aufregung müde geworden.

„Du warst am Weg, Erna. Ich bekomme immer das gleiche Bild. Deine leuchtenden Füße am leuchtenden Pfad, dessen Ende schöner und heller strahlt, als dein Radar Dir jetzt zu vermitteln fähig ist. Deine Aufgabe heißt Vertrauen und weiter gehen, nie mehr an Dir und deinem Instinkt zweifeln, sonst wirst du immer wieder abkommen. Das Einzige, was du falsch machst, ist dein Glaube, etwas falsch zu machen. Ohne Vertrauen fehlt dir dein Kompass. Im Zweifel fehlt dir das Gespür, wo der Weg weiter geht, wo du deinen Schritt hinsetzen sollst. Ich frage Dich, woher weißt Du, was der nächste Schritt ist und dass er dich weiter auf deinem Pfad führt und nicht in die Nacht? Woher, Erna? Wie kannst du es wissen, wenn du es nicht sehen kannst? Wie leuchtet er?"
Sie wusste selber nicht, wie sie das machte. Was sagte ihr denn wirklich, wie sie jeden Tag, Sekunde für Sekunde dahin ging, wo ihr Fokus war? Wie entschied sie die hunderten Dinge, die täglich entschieden werden mussten? Verhielt sie sich ferngesteuert? Lief da ein automatisches Programm? Hatte ihr Verhalten damit etwas zu tun? Wem oder was folgte sie? Wann hatte sie zuletzt bewusst auf ihre innere Stimme gehört? Auf Zeichen geachtet? Musste sie das denn?
„Bringt mich mein Fokus nicht ans Ziel? Kommt nicht alles auf mich zu, wenn ich in der richtigen Energie bin?"
Während sie die Frage stellte, spürte sie ein tiefes Ziehen im Bauch. Sie wusste, so würde es nicht funktionieren. Aber wie dann?
„Du weißt es." Er sah sie jetzt an. Mit klaren, hellen Augen stieg er in ihren Geist ein und durchleuchtete sie.
Sie begann an ihren Fingern zu ziehen, während sie in ihren Gedanken nach der Antwort suchte.
„Was habe ich Dir gesagt, Erna? Es gibt ein Navi und einen Kompass."
„Mein Gefühl?"
Er nickte zustimmend „Und weiter?"

„Wenn es sich gut oder leicht anfühlt, dann bin ich am richtigen Weg. Wenn Gedanken sich schlecht anfühlen, dann denke ich falsche Gedanken, die mich wieder abbringen vom Weg. Jetzt erinnere ich mich wieder."
„Was noch, was noch, was noch? Es fehlt etwas Bedeutendes!" Seine Augen schienen jetzt Funken zu sprühen.
„Ach ja, die Sache mit den Impulsen und Hinweisen. Ich soll den Impulsen und Ideen folgen, die kommen, wenn sie sich gut anfühlen. Wenn ich mich dabei gut fühle. Ich soll darauf achten, wie es mir geht und wenn es mir schlecht geht, schreit das Navi Stopp, falsche Richtung."
„Du weißt alles, was du wissen musst, Erna. Nur, du bist in deinem Denken faul und nicht diszipliniert. Du vergisst die Basis. Das Leichte empfinden wir so viel bedeutungsloser als den Kampf. Wir stecken wie fette Waschbären in unseren alten Pfaden unserer Denkmuster und Glaubenssätze fest. Neue Wege zu gehen, erfordert Konzentration, sonst schlitterst du in die alte Spur und das Drama nimmt seinen Lauf. Die Arbeit kann ich Dir nicht abnehmen!"
Erna wollte das nicht hören. Sie strengte sich so an und jetzt bezeichnete Pepesto sie als faul?
„Ich strenge mich so an, wo soll ich denn bitte noch disziplinierter sein?" Erna sah beleidigt aus dem Fenster.
„Du sollst dich nicht mit Kraft am falschen Ort anstrengen, Erna. Das ist der falsche Weg. Ich spreche von deiner Gedankendisziplin! Du darfst dich von dem, was gerade in deinem Leben ist, nicht ablenken lassen. Folge nicht blind deinen Gewohnheiten. Entlarve alte Muster. Disziplin kann Freude machen und leicht gehen. Das Richtige fühlt sich, selbst wenn es schwierig ist, gut an.

Es geht um deine Entscheidung für einen neuen Weg. Deine Aufmerksamkeit bestimmt, wo Du hingehst. Wie man täglich Zähne putzt, so musst Du Dich täglich kümmern, deine Welt neu zu erschaffen."
Sie begann zu verstehen. Es musste aber noch etwas sickern.

„Erzähl mir von dem Mann, der dich so aus der Fassung gebracht hat. Welches Gefühl hat er in Dir ausgelöst? Welche Energie hast Du wahrgenommen?“ Pepesto sah sie jetzt sehr liebevoll an.
Erna dachte an den Moment im Laden, als er sie so angesehen hatte.
„Er löste eigentlich ein gutes Gefühl in mir aus. Es wurde warm und weit, gleichzeitig bebte es und verunsicherte mich, aber es fühlte sich aufregend an. Er machte mich neugierig. Und doch machte es mir Angst. Seine Energie war sehr stark, sie zog mich an. Ich kann mich nicht erinnern, ob ich jemals so etwas in Sekundenschnelle gefühlt habe.“
Pepesto nickte und brummte zustimmend. Dann schloss er wieder die Augen.
Nach einer langen Pause sprach er langsam: „Du darfst niemandem erlauben, dich von deinem Weg und deiner Energie auf diesem Weg abzubringen.
Du darfst niemanden übersehen, der Teil dieses Weges ist und Deine Energie deshalb durcheinanderbringen muss.
Die Entscheidung liegt darin, welchen Impulsen und Gedanken Du folgst.
Du bist am Weg Erna, vertraue. Mehr brauchst Du nicht zu wissen.“

Erna ging unzufrieden zum Laden zurück. Sie verstand nicht, was er ihr damit sagen wollte. War der Mann nun jemand, der sie abbringen wollte, und sie durfte es nicht zulassen? Oder war er jemand, der zu ihrem Weg gehörte? Sie wollte sich nicht durcheinanderbringen lassen, um ans Ziel zu kommen. Wo war der Erfolg, den sie mit Händen greifen konnte? Das Geld, in Scheinen, das in der Bank lag? Jetzt dachte sie wieder an den Mangel und schämte sich dafür. Was sollte sie jetzt machen? Würde er wiederkommen? Wie würde sie auf ihn reagieren? Vielleicht würde sie ihn nie wiedersehen, dann müsste sie sich darüber keine Gedanken mehr machen. Was aber, wenn er doch wiederkam und sie wieder so ansah? Würde es bei diesen Blicken bleiben? Was sollte sie mit einem verwahrlosten Mann anfangen, oder einem Spinner? Würde er ihre Energie dann nicht stören? Zeigte er ihr, dass sie am Weg war oder davon abkam? Es drehte sich alles in ihrem Kopf, in ihrer Stirn schien sich ein Knoten zu bilden. Sie musste sofort aufhören, sich in diesen Gedanken zu verirren.

„Sanne, ich bitte Dich, Du musst mich ablenken."
„Du, ich sitze gerade in einem Meeting, ist es lebenswichtig?"
„Ich werde noch irre, heute Abend ein Glas irgendwo?"
„Ich könnte um sieben in der Wunder-Bar sein."
„Gut! Du musst mich vor mir selbst retten, ich fange an zu spinnen mit meinen ganzen spirituellen Weisheiten, ich brauche eine normale Unterhaltung."
Als Erna später im Laden stand, ertappte sie sich dabei, immer wieder auf die Straße hinaus zu starren, mit leerem Kopf und einem traurigen Gefühl. Als ob sie etwas suchte, aber sie wusste nicht was.

„Hans, du musst etwas für mich tun." Aaron stand inzwischen in der Lobby des Five Seasons und checkte ein. Der Rezeptionist beobachtete jeder seiner Bewegungen und versuchte, herauszufinden, ob sich eben ein Herumtreiber einen Scherz mit ihm erlaubte.
„Ich bin nicht weit gekommen."
Hans verbiss sich einen Kommentar und blieb still.
„Ich bin in München und werde hier noch eine Weile bleiben. Ich habe sie vielleicht schon gefunden. Eigentlich kann es ja nicht so einfach sein, aber Hans, es ist magisch. Jedenfalls, ich brauche Geld, ich komme anders hier nicht weiter."
„Ich dachte du wolltest bescheiden reisen?" Hans bereute bereits seinen kritischen Unterton.
„Vergiss mein Geschwätz von gestern. Ich will hier etwas herausfinden, das mein Leben verändern kann. Dazu brauche ich Zeit und einen gewissen Komfort, sonst erschrecke ich sie. Ich stinke schon."
„Ich kann in etwa vier Stunden da sein", log Hans. Trotzdem freute er sich, dass Aaron nicht weitergereist war und im sicheren München offenbar schon sein großes Abenteuer würde ausleben können. Es war ihm ganz recht, so könnte er noch einmal nach dem wundersamen Wesen im Café Ausschau halten und sein eigenes Abenteuer in Angriff nehmen.
„Pack mir ein paar Sachen zusammen, aber solche, die nicht nach Geld aussehen."
„Das wird schwierig, das sind alles ausgesuchte Designerstücke."
„Gut, dann bring mir nur das, was ich unbedingt brauche. Du weißt das ja besser als ich, und ich werde mich dann hier entsprechend einkleiden. Überlege bitte, wo ein Mann ohne Geld seine Kleider kauft."

Hans überlegte, wie er, ohne nach Wien zurückfahren zu müssen, für Aaron die gewohnten Toilettenartikel, Unterwäsche und Schlafanzug besorgen konnte. Wie sollte er Aaron erklären, warum er ihm nicht seine persönlichen Sachen brachte?
Die Ausrede brauchte einen wirklich guten Einfall.
Er würde Aaron einreden, er müsse sich wie ein Mann ohne Geld fühlen, um auch so agieren zu können. Dazu gehöre auch, billige Unterhosen zu tragen und Kosmetik in der entsprechenden Preisklasse zu benützen. Hans sah in der Kaufingerstrasse ein großes Kaufhaus. Er kannte Aaron und hatte dessen Kreditkarten und Laptop in weiser Voraussicht mitgenommen.

Valerie stand angelehnt an der Küchenarbeitsplatte und pustete in ihre Teetasse: „Guten Morgen".
Erna murmelte ein schlappes: „Morgen" und drückte Kaffeepulver in den Filterkorb der italienischen Espressomaschine.
„Ich muss endlich dieses Rezept für eine Kaffeeseife hinbekommen."
„Davon redest du jetzt schon lange."
„Irgendwas stört mich bisher, ich weiß nicht, was."
„Dann lass es doch einfach, hast du nicht schon genug Seifen kreiert?"
„Wann ist es denn genug? Ich möchte etwas Neues, Einzigartiges erfinden. Einen Verkaufsschlager. Wenn du Sellerie schneidest, dann kriegst du den Geruch einen ganzen Tag nicht mehr von den Fingern. Aber mit meiner Kaffeeseife bist du es mit einmal Waschen los. Was glaubst du, wofür man die überall verwenden kann. Man könnte eine ganze Serie machen, für den ganzen Körper und Waschmittel. Vielleicht entdeckt mich eine große Drogeriekette, nur klauen dürfen sie mir die Idee nicht."
„Verstehe." Valerie starrte auf den Fußboden und nickte.
„Deine Geldquelle."

„Könnte sein. Irgendwas muss ich ja versuchen, um aus dem Laden rauszukommen." Erna drehte jetzt den Filter fest zu. Valerie blies weiter in ihren Tee und sah über die Tasse hoch zu Erna.
„Ich dachte, du liebst deinen Laden."
„Tu` ich auch. Aber ich kann nur so und so viele Seifen machen und so und so viele Stunden verkaufen. Wenn ich nichts in Masse mache, werde ich nie zu Geld kommen. Ich hab` es so satt, dass alles immer so knapp ist."
„Wem sagst du das. Ich muss los, um meine Knappheit auch ein wenig aufzufetten. Bis am Abend, machs gut, Schatz."
Erna setzte sich mit einem Espresso an den Küchentisch und sah in den Morgenhimmel. Sie wollte einfach zum Flughafen fahren und irgendwohin fliegen. Das Fernweh packte sie heute besonders und die Enge ihres Lebens lag ihr schwer auf der Brust. War es Fernweh oder etwas anderes, das ihr heute auf der Seele lag?

Adele kam wie immer mit roten Wangen und gut gelaunt in den Laden. Als sie sich mit ihrem tiefen Ausschnitt über die Ladentheke beugte, um die Wechselgeldrollen in die Kassenlade zu legen, konnte Erna ihre weichen, großen Brüste einladend vor sich sehen. Wieder bemerkte sie eine plötzliche Erregung und den Wunsch, sie anzufassen. Als Adele sich etwas später in dem schmalen Durchgang zum Hinterzimmer an Erna vorbeidrückte und mit ihren Brüsten an Ernas Arm vorbeistrich, jagte Gänsehaut über ihren Körper.
War sie schon zu lange mit keinem Mann mehr zusammen gewesen, dass sie jetzt schon auf jeden Reiz so reagierte? Sie tat es ab, als eine Art Notstand und wollte sich damit nicht mehr beschäftigen.

Aaron stand am Balkon mit Blick auf die Innenstadt. Was sollte er dieser Frau erzählen, wer er war und womit er sein Geld verdiente? Es durfte nur ein Beruf sein, der nicht viel hergab und von dem sie annehmen musste, er würde Aaron maximal ein bescheidenes Auskommen ermöglichen. Wie konnte er sie näher kennenlernen? Ob sie einen Freund, Mann oder Kinder hatte? Dieser Gedanke fuhr ihm wie ein Schreck durch den Körper, dass die Frau, die er immer gesucht und jetzt vielleicht gefunden hatte, in einem Familienidyll leben würde.
Irgendetwas sagte ihm aber, dass dem nicht so wäre. Ihre Art, ihr Blick im Laden, diese Verbindung, die er zu ihr gespürt hatte, das konnte alles kein Zufall sein. Er würde mit Hans gemeinsam überlegen, wie er jetzt weiter vorgehen sollte.
Jetzt freute er sich auf ein ausgedehntes Bad, Friseur und Maniküre. Er fühlte sich nach diesen zwei Tagen, wie ein Mann unter der Brücke. Wie konnte man sich nach so kurzer Zeit so fühlen? Wie musste es Menschen gehen, die wochenlang im Freien lebten? Er spürte auf einmal eine Mischung aus tiefer Dankbarkeit für sein Leben und einer Angst, ihm könnte es jemals schlechter gehen. Kannte er das richtige Leben? Hatte er bisher nicht in der Glocke seiner gesicherten Existenz als reicher Erbe gelebt? Sein Leben schien ihm oft leer und langweilig. Das Abenteuer der Armut wollte er dagegen aber niemals eintauschen müssen. Er nahm sich eine Flasche Bier aus der Minibar und prostete der Stadt zu, die ihm diese Frau geschenkt hatte.

Hans musste noch zwei Stunden Zeit verstreichen lassen. Es zog ihn magnetisch zu dem Café, wo er diese wundersame Frau gesehen hatte. Die Wahrscheinlichkeit, dass sie mitten am Tag dort auftauchen würde, war allerdings gering. Trotzdem wollte er dort sein, wo er sie das erste Mal gesehen hatte. „Du bist ein alter Trottel, was soll sie von dir wollen?“ Nicht einmal dieser Gedanke konnte ihn von dem Gefühl abbringen, sie haben zu wollen, egal wie.

Er saß beim zweiten Cappuccino und lehnte sich zurück, nachdem er verkrampft jeden Tisch und alle vorbeigehenden Fußgänger nach der Frau abgesucht hatte. Er musste sich ein paar Minuten entspannen und seinen Augen etwas Erholung gönnen. Er sah ins Leere und nahm nur mehr ungenau die Bewegungen um sich wahr. Als er den Blick wieder zu schärfen begann und am Kaffee gegenüber an einem großen weißen Pudel hängenblieb, sah er im Augenwinkel einen schwarzen Lockenkopf. Mit einem Ruck setzte er sich auf und war hellwach. Sie war es. Sein Herz pochte ihm bis zur Schädeldecke, wieviel Glück er doch hatte. Sie arbeitete im Kaffee gegenüber. Mehr Gelegenheit konnte es für ihn nicht geben, sie zu erobern. Sein Herz stolperte nur mehr vor Aufregung. Zitternd nahm er einen Schluck Wasser und überlegte, was er jetzt tun sollte. Ihm blieb noch eine halbe Stunde bevor er ins Hotel zu Aaron aufbrechen musste.
Als er zehn Minuten später auf Valerie zuging, dann aber doch wieder abbog, hasste er sich selbst für seine Feigheit. Sein Leben sollte also doch allein und einsam, als Aarons Kindermädchen enden. Es würde ihm recht geschehen. Er hatte mit seiner Schwäche nichts anderes verdient. Dieses Geschöpf brauchte einen Retter, einen Kerl, einen richtigen Mann und keine Lusche, die sich nichts traute. Enttäuscht schlurfte er mit den Einkaufstaschen und Aarons Aktenkoffer Richtung Five Seasons.

„Hans.“ Aaron umarmte ihn als hätten sie sich ewig nicht mehr gesehen. „Wie schön, dich zu sehen.“
„Weit bist du aber nicht gekommen? Was hat dich hier schon aufgehalten?“
„Unvorstellbar, so unwirklich, aber es kann tatsächlich sein, dass ich sie schon hier gefunden habe.“

„Das große Abenteuer und deine weite Reise beginnt und endet in München? Irgendwie enttäuscht mich das jetzt."
Hans schmunzelte und tat so, als ob er Aaron gewünscht hätte, mehr Erfahrung in der Welt zu sammeln.
„Ich kann es auch nicht glauben und es ist ein ganz komisches Gefühl. Ich weiß ja auch noch nichts über sie, aber es ist etwas passiert. Ich kann es noch nicht ausdrücken, so in mir drinnen, da ist etwas neu. Ich habe gefunden, wonach ich immer gesucht habe, aber ich weiß noch gar nicht, was es genau ist. Ihr Duft, ich glaube, es ist ihr Duft."
„Du glaubst? Ich dachte, dessen bist du dir sicher?"
„Nein, ich habe etwas erahnt, nur konnte ich sie bisher nur umgeben von tausend anderen Düften erschnuppern. Aber ich kann, nein, ich will mich nicht täuschen. Es muss so sein."
„Wer ist sie?"
„Sie arbeitet in einem Seifengeschäft, voll mit tausend Gerüchen."
Hans musste laut auflachen. „Das ist absurd. Das ist so, als ob du ein Goldwäscher wärst, der ohne Sieb in einem verschlammten Flussbett einen Krümel finden will."
„Ich weiß, Hans, aber genau deshalb muss ihr Duft noch überirdischer sein, als alles, was ich bisher kenne. Wenn sie selbst in dieser Umgebung, in mir diese Gewissheit auslöst."
„Ich wünsche es dir, aber steigere dich nicht zu sehr hinein. Es wird dich sonst langsam vernichten. Ich mache mir Sorgen. Deine Besessenheit, das ist nicht mehr gesund, Aaron."
„Vertrau mir, Hans. Ich weiß, was ich tue. Diesmal ist es anders."
Hans sah das Lachen in Aarons Augen, die Hoffnung, die Euphorie, endlich am Ziel zu sein.

Er hatte Angst vor dem Aufwachen und den Schmerzen, wenn Aaron erkennen müsste, dass es diese Frau und diesen Duft nicht gab. Es war eine Sucht. Die Suche nach etwas, das es wohl nicht gab, hatte sich zu einem krankhaften Verhalten entwickelt. Hans wollte an ein Wunder glauben. Er musste sich einreden, alles würde ein gutes Ende nehmen. Warum nicht gerade in München.

Sanne stand bei einer Gruppe am Eingang des Towers. Der Wind blies durch die leeren, gepflasterten Plätze in der Bankensiedlung.
„Wow, du siehst gut aus, Erna."
„Ich bin ehrlich gesagt einmal froh, meine Arbeitsklamotten los zu sein und mich anders zu fühlen." Das schwarze Cocktailkleid und die Stilettos hatte Erna das letzte Mal vor einem Jahr zu einem Opernabend getragen.
In der großen Lobby waren mehrere Bars aufgebaut. Elektronische Housemusik plätscherte mit ein paar Springbrunnen um die Wette. Weiße und blaue Lichtpunkte tanzten auf den Gesichtern. Männer in Anzügen und Frauen in Abendkleidern standen in kleinen Runden zusammen.
„Komm, Erna. Ich brauche was zu trinken, ich muss dir was erzählen." Sanne orderte vier Tequila und kippte zwei davon nacheinander hinunter.
„Irgendwas stimmt nicht. Ich habe Angst, meine Ehe geht kaputt."
„Erzähl." Erna schnappte sich einen Barhocker und nippte am bitteren Schnaps, während Sanne sich einen weiteren in den Mund warf.
„Peter ist so komisch in letzter Zeit. Er kommt sehr spät nach Hause und er, also, er schläft nicht mehr mit mir."
„Hat ihm die Kindersache zu viel Druck gemacht? Manche Männer reagieren darauf mit Abwehr und Trotz."
Sanne schüttelte den Kopf.

„Nein, er verweigerte bisher nur immer, wenn ich den Eisprung hatte, sonst hatten wir unsere drei Mal Sex die Woche. Langweilig, aber verlässlich und solide"
Erna staunte weniger über Sannes Offenheit, als über die Nüchternheit in ihrer Stimme.
„Und was denkst du, was los ist?"
Während Sanne dem Barkeeper ein Zeichen für eine weitere Order gab, sagte sie trocken „Na, dass er mich betrügt, was denn sonst."
„Um Gottes Willen, denkst du wirklich? Peter? Er liebt dich doch abgöttisch."
„Vielleicht nicht mehr, ach was weiß denn ich. Erna, es fühlt sich so mies an."
„Hast du schon mit ihm geredet?"
Sanne schüttelte den Kopf, nahm jetzt auch einen Barhocker und sank darauf in sich zusammen. Der Alkohol zeigte Wirkung.
Beide saßen sprachlos da, jede mit ihren Gedanken beschäftigt.
Erna begann, die Leute zu beobachten, während Sanne an ihrer Schulter lehnte und weinte. Hier versammelten sich heute Männer aus dem Bankenbusiness, Rechtsanwälte, Immobilienmakler und Baulöwen. Sie trugen teure Uhren und Schuhe. Jeder hatte entweder eine junge Frau als Accessoire bei sich oder seine Ehefrau an der Seite, die mit Argusaugen jede seiner Blicke verfolgte und ihn bei zu ausschweifendem Gieren nach den jungen Kellnerinnen, sofort zeigte, wo er hingehörte. Die Ringe und Ketten der Frauen hier mussten in Summe in die Millionen gehen. Erna nahm die Dichte an Reichtum den Atem, gleichzeitig pochte ihr die Aufregung bis in den Schädel. Sie stellte sich vor, auch so ein Leben führen zu können, an der Seite eines reichen Geschäftsmannes.
„Warum eigentlich nicht", murmelte sie vor sich hin.
"Warum was nicht?" Sanne setzte sich wieder gerade und bestellte Kaffee.

„Ach, warum soll ich mir Reichtum nicht über einen reichen Mann beschaffen?"
„Du schon wieder mit deinem Geld. Das macht auch nicht glücklich. Willst du allen Ernstes so einen Kerl haben? Das bist doch nicht du. Außerdem, nicht böse sein, aber die haben ein anderes Beuteschema, meine Liebe."
„Ich weiß", seufzte Erna. „Aber vielleicht unter hunderten dieser Männer gibt es einen, der zufällig so etwas wie mich mag?"
„Schon möglich. Mensch, ich hab zu viel getrunken, ich sollte auf einem Firmenevent nicht so ausfallen." Sie bestellte einen weiteren Kaffee.
„Sanne, du musst mit ihm reden. Kläre das, ich meine, das ist doch keine erträgliche Situation."
„Ja, ich weiß. Er wird mich aber anlügen. Aber er soll wissen, dass ich nicht dumm bin und es merke."
„Vielleicht hast Du es mit deinem Kinderwunsch übertrieben? Den Termin auf der Klinik habt ihr ja schon drei Mal verschoben, das bedeutet etwas. Vielleicht will er einfach nicht."
„Das wäre das Schlimmste, was mir passieren kann. Morgen rede ich mit ihm. Halte mir die Daumen, dass es nicht das ist, was ich befürchte."
Erna umarmte Sanne und sie hielten sich für eine Weile fest. Dann mischten sie sich unter die Leute und Erna lernte, wie man sich mit nichtssagendem Smalltalk durch die Menge arbeitete.
Die ganzen Menschen hier erzeugten in Erna kein gutes Gefühl. Sie konnte sich nicht erklären warum. Sie hatte das Gefühl, nicht dazuzugehören und es nie zu können. Mit Ärger und Enttäuschung im Bauch fuhr sie nach Hause. Die Welt des Geldes erforderte entweder Zugangscodes oder verweigerte ihr bisher aus eigenartigen Gründen den Zutritt. Aber sie glaubte an ihren Fokus, an ihren Wunsch. Immerhin konnte sie Reichtum schon an so einem Ort erleben. Das war der erste Schritt. Wie es weitergehen würde, das sollten ihr die Zeichen zeigen.

„Hans, ich habe eine Idee, wie ich sie kennen lernen kann. Ich behaupte, freier Reporter bei einem privaten kleinen Fernsehsender zu sein und eine Geschichte über Seifensieder zu machen.“ Aaron lächelte, als hätte er die brillanteste Idee aller Zeiten.
„Wie kommst du nur auf so eine Idee?“
„Wie es das Leben so will, hat mich gestern ein Privatsender um Sponsoring kontaktiert. So kam ich auf den Einfall. Ist doch genial, oder? So kann ich mich ihr nähern und wir verbringen Zeit miteinander.“
„Aber du hast doch keine Ahnung von Fotographie, Kameras oder Journalismus.“
„Ach, Hans. Wie kannst du immer noch so klein denken? Ich bezahle ein Team und ich brauche sie ja nur zu befragen und zu beobachten.“
„Soviel Aufwand? Frage sie doch einfach, ob sie mit dir Essen geht?“
„Aber was, wenn sie ablehnt? Und dann kann sie mich nicht kennen lernen. ich habe schon ewig nicht mehr um eine Frau buhlen müssen, ich bin vollkommen aus der Übung. Das muss ich anders angehen und mir Zeit verschaffen.“
„Und warum sollte ein Wiener Journalist von einem Wiener Sender über einen kleinen Seifenladen in München berichten? Eher unglaubwürdig.“
„Du unterschätzt mich, immer wieder. Ich bin die ganze Nacht wach gelegen und habe mir die Geschichte dazu ausgedacht. Die Weißwurst ist der Schlüssel.“
„Die Weißwurst? Ich verstehe nur Bahnhof.“
„Bahnhof genau!“
Hans sah Aaron nur verständnislos an.
„Erinnerst du dich nicht? Am Bahnhof, das Zeichen, der Weißwurst-Imbissstand! Das ist es doch. Das Würstelland Österreich schaut seinem bayrischen Nachbarn über die Schulter, was es mit der Weißwurst auf sich hat!“
„Gut, Aaron. Aber wo ist der Konnex zur Seife?“
„Lass dich überraschen, du wirst schon sehen.“

Hans schüttelte den Kopf, aber er wusste wie immer, wenn Aaron eine Idee ausleben wollte, konnte ihn niemand mehr davon abbringen.
Immerhin war die Gefahr gebannt, Aaron würde sich irgendwo anders auf der Welt in einen gefährlichen Unsinn stürzen. Als erfundener Reporter in Bayern war er erst einmal sicher und Hans konnte sich der neuen Begierde seines Herzens widmen.
Seit dem Moment der ersten Begegnung schien er wie besessen. Er kannte diese Art der Energie nicht, die jede Zelle seines Körpers in Besitz nahm. Die Gier nach einem Gefühl. Der Drang nach einem Erlebnis. Die Sicherheit einer inneren Weisheit, man müsse etwas Bestimmtes tun.
„Ich werde mich hier ein paar Dingen widmen, Aaron. Ich werde mir daher einige Stunden frei nehmen."
„Wie du meinst, Hans, solange ich dich nicht brauche für die Organisation meines Feldzuges, bist du frei, zu tun, was du willst."
Offenbar interessierte es Aaron keine Spur, welchen Dingen sich Hans widmen wollte.

Die Ladentür klingelte. Erna war heute alleine im Geschäft. Gerade noch hatte sie ihre Hände in Kaffeepulver gesteckt gehabt, um es mit ein paar weiteren Gewürzen und ätherischen Ölen zu vermengen.
Sie wischte sich die Hände schnell mit einem Geschirrtuch ab und ging mit noch braun gefärbten Händen nach vorne. Als sie den Mann vom letzten Mal wieder im Geschäft stehen sah, erschrak sie etwas. Wurde sie jetzt Zielscheibe eines Stalkers? Immerhin trug er diesmal andere Kleidung und schien gepflegter. Das beruhigte sie etwas.
„Ja bitte?" Ihr Ton kam weniger freundlich heraus als beabsichtigt.
„Guten Tag. Ich war ja schon einmal hier, falls sie sich erinnern."
„Ja, schon." Erna blieb hinter der Kassentheke stehen und verschränkte die Arme.

„Ich möchte mich gerne vorstellen. Mein Name ist Aaron Meier. Sie wundern sich vielleicht, warum ich schon wieder da bin, weil so viel Seife braucht man nicht in drei Tagen."
Er lachte etwas unsicher.
Erna sagte nichts und schaute ihn abwartend an.
„Ich bin freier Reporter bei einem Privatsender, ich komme aus Wien."
„Aha?" Erna konnte noch nicht verstehen, warum er ihr das erzählte, aber das Wort Reporter und Fernsehsender zündete ihr Interesse etwas an.
„Sehen sie, wir machen hier eine Reportage über Weißwürste. Wir sind ja in Wien bekannt für alle möglichen Würstel, also die man essen kann, nicht die Männer." Aaron lachte auf. Erna versuchte ihm zu folgen.
„Weißwurst haben wir aber keine, also keine wienerische und deshalb machen wir da jetzt eine Geschichte draus. Wir drehen ja überhaupt viel über Handwerk und Einzelunternehmer."
„Ja, schön. Es geht also um die Wurst." Jetzt musste Erna auch lachen über ihren Witz, den sie so gar nicht machen wollte.
„Ja, genau, so ist es. Aber jetzt habe ich da ein Problem und da kommen sie ins Spiel."
„Ich?"
„Na, stellen sie sich vor, ich bin nur in Brauereien, Gasthöfen und Schlachtereien unterwegs und da hat`s immer so einen Gestank oder komische Gerüche. Ich brauch` da eine Abwechslung, weil ich habe eine sehr empfindliche Nase."
In Erna begann es einen kleinen Klick zu machen, als ob ein Uhrwerk angeworfen werden würde. Es ratterte noch sehr langsam, aber das Drehmoment begann.
„Na, und da wären sie ja die perfekte Gelegenheit. Ich habe mir gedacht, weil ich auch noch Zeit überhabe, ich könnte doch einen Beitrag über sie und ihre Seifen machen."

Jetzt ratterte die Mühle schneller und immer schneller. In Blitzen sah Erna einen Artikel übers sie, eine Fernsehsendung, die Vermarktung ihrer Kaffeeprodukte und den Vertrag mit einer großen Drogeriekette. Sie begann schnell zu atmen und in ihr stieg Hitze auf.
„Ich würde sie ein paar Tage oder halt so lange ich in München bin, bei ihrer Arbeit begleiten und sie erklären mir, was sie genau machen. Wir halten das fest, was sagen sie dazu?"
Erna versuchte ihre innere Erregung nicht zu zeigen. Sie witterte eine riesen Chance auf Öffentlichkeit und damit auf einen riesen Schritt in Richtung Erfolg und Geld.
„Ja, warum eigentlich nicht. Ich hab` da auch eine ganz spezielle Idee, vielleicht können sie dazu dann auch etwas sagen?"
„Selbstverständlich, ich bin gespannt. Wann kann es losgehen?"
Erna band sich die Schürze ab, kam vor die Theke und schüttelte Aaron die Hand. Ihn zu berühren, elektrisierte sie fast. Die Wärme seiner Haut prickelte in ihrer Hand und weiter bis in ihre Haarspitzen hinein.
Dann sah er sie wieder an, so durchdringend, als würde er bis in die hinterste Kammer ihrer Seele blicken. Sie freute sich und gleichzeitig machte er ihr noch immer Angst.
„Und wie geht das genau vor sich? Werden sie hier filmen?"
Aaron ließ jetzt erst ihre Hand wieder los und räusperte sich ein paar Mal. Dann stotterte er: "Ja, äh, zuerst beginnen wir beide alleine, also ich muss mir ja erst einen Eindruck von allem machen, damit ich dann weiß, was wir filmen werden, überhaupt, also, nicht, also, wir beginnen so, dass ich ihnen einfach einmal über die Schulter schaue, bei allem, was sie machen."
„Na gut, dann sagen sie mir, wann sie kommen möchten?"
Erna zitterte jetzt schon, wie das alles vor sich gehen würde und überlegte, was sie ihm zeigen sollte.
„Morgen? Sagen sie mir, wann sie beginnen. Ich werde da sein."

„Um Sieben? Dann zeige ich ihnen einmal den ganzen Ablauf hier, wie ich mich vorbereite und was es alles zu tun gibt. Ich muss mir das jetzt auch erst einmal genau überlegen."
„Wunderbar. Das wird großartig. Ich bin sehr neugierig auf ihre Arbeit."
„Wann wird es gesendet? Wie heißt der Sender?" Die Worte platzen aus Erna, die Neugier und Aufregung hatte das Ruder übernommen.
„Das besprechen wir alles morgen in Ruhe. Der Sender heißt Oktopus."

Aaron stolperte so schnell er konnte aus dem Laden, denn fast hätte er sein Vorhaben torpediert, weil er sich ein paar Einzelheiten vorher nicht gut genug überlegt hatte.
Heute Nacht müsste er seine Hausaufgaben machen und Einiges recherchieren. Hans sollte sofort ein Kamerateam oder zumindest einen Fotografen aufstellen. In der ganzen Schauspielerei hatte er ganz vergessen, auf ihren Duft oder Einzelheiten an ihr zu achten. Er bemerkte nur dieses unglaublich gute Gefühl, wenn er in ihrer Nähe war. Ihr Lächeln und ihre Art, sich zu bewegen, zogen ihn an. Der Duft in dem kleinen Laden war so dicht und geschwängert von Gerüchen, er war noch ganz benommen davon.

Hans schlenderte durch die Gassen in der Nähe des Kaffees, wo sie arbeitete. Seine Gedanken kreisten nur um die eine Frage, wie er dieses schöne Geschöpf für sich gewinnen könnte.
Als er an der Kirche am Platz vorbeikam, ging er hinein und setzte sich in die erste Bank. Er schloss die Augen und faltete seine Hände.

„Herr“, sprach er innerlich. „Auch wenn ich ein Gotteshaus seit Jahrzehnten nicht betreten habe und höchstens einmal in einer Notlage nach dir gerufen habe, so hoffe ich doch, dass du jetzt für mich da bist und mir zeigst, wie ich diese Frau erobern kann. Ich will sie lieben, ihr guttun, sie kennen lernen und sie mit allem, was ich bin, beschenken. Bitte erlaube es mir und weise mir den Weg. Wie mache ich es bloß? Bitte, Herr, hab Erbarmen.“
Hans saß da und tauchte tief in seine innere Stille ein. Er lauschte, ob er von Gott eine Antwort erhalten würde. Jetzt war der Zeitpunkt in seinem Leben gekommen, wo er göttliche Führung brauchte und schließlich ging es um die größte Macht im Universum, um die Liebe.
Hans sah nach innen, hörte hin, aber er erhielt keine Antwort. Er wurde langsam nervös und ein wenig ärgerlich, dass Gott so gar keine Hilfe zu sein schien. Als er schon aufstehen wollte und sich lächerlich vorkam, Gott um Hilfe zu fragen, kam ein Mann mit einem kleinen Mädchen herein. Sie fragte den Mann, den sie laut mit Papa ansprach, mit großen Augen nach dem Namen einer Heiligenfigur.
Und jetzt strömten Sätze in ihn ein, Bilder tauchten auf. Er sah die Frau vor sich als kleines Mädchen, das seinen Vater anbetete, der aber von ihr fortging.
„Sie wurde von ihrem Vater verraten und verlassen, seither hat sie große Angst und trägt die Wunde und die Sehnsucht nach einem Vater in sich.“
Hans wusste nicht woher diese Worte kamen und was da zu ihm sprach. Es schien, als würde er die Lebensgeschichte dieser Frau vor sich sehen und der Schlüssel zu ihrer Seele sich ihm offenbaren.
„Wenn du dich ihr sicher zeigst, beharrlich bleibst und ihr das Väterliche gibst, das sie vermisst, dann wirst du Erfolg haben. Bleibe ruhig und besonnen. Dann wird sie sich dir öffnen.“

Ergriffen von dieser Fülle an überirdischer Information, verließ Hans dankbar die Kirche. Vielleicht hatte der Besuch der Kirche seine Intuition geöffnet oder er hatte dies alles bei ihrem Anblick einfach gespürt.
Er wusste auf einmal, wie er sein Alter und seine Lebenserfahrung einsetzen konnte. Seine emotionale Kontrolle, die er als Butler jahrzehntelang gelernt hatte, käme jetzt zum Zug.
Er ging ins Hotel, um seinen besten Anzug anzuziehen. Nahm seine größte Uhr aus dem Etui und sprühte sich mit dem teuren Eau de Toilette ein, das er bei seinem Einkauf für Aaron besorgt hatte. Er kaufte am Weg eine Zeitung und ein Buch über Gesellschaftspolitik, denn er würde sie auch mit seinem Intellekt und seinem Weltverständnis beindrucken. Zuletzt besorgte er sich in der Trafik kleine Zigarillos. Sie sollten ihm einen noch männlicheren Touch geben und einen auffallenden Geruch verbreiten, falls das nicht sein Eau de Toilette erledigen würde.
So bewaffnet setze er sich an einen der freien Tische im Kaffee und hoffte, sie würde bald an seinen Tisch kommen, um eine Bestellung aufzunehmen.
Nur sein Mut, der dürfte ihn nicht wieder verlassen, wenn es darauf ankam. Wer weiß, wie viele Chancen ihm das Leben bieten würde.

„Ja bitte?“ Sie stand vor ihm und ihre dunklen Augen funkelten ihn an, wie zwei geschliffene Vulkansteine. Die Lava fing in ihm zu brodeln an, er konnte seine Erregung kaum kontrollieren.
„Einen Cappuccino, ein Glas Wasser und ein Treffen mit ihnen, bitte.“
Sie sah ihn einige Sekunden starr an, dann fragte sie:
„Wie bitte?“

„Ich habe sie vor zwei Tagen das erste Mal gesehen und seither kann ich an nichts anderes mehr denken, als sie kennen zu lernen. Ich werde hierherkommen, wenn es sein muss, bis an den Rest meines Lebens. Solange, bis sie mir ein Abendessen mit ihnen gewähren. Nur ein Essen. Ich werde nicht Ruhe geben, bis ich das mit ihnen erleben darf."
„Guter Mann, ihr Ehrgeiz in allen Ehren, aber sie sind nicht meine Altersklasse. Außerdem mag ich es nicht, wenn man mich bei der Arbeit anmacht!"
Ihre ruppige und flapsige Sprache störte ihn nicht. Im Gegenteil, es spornte ihn noch mehr an, dieses junge Fohlen einzufangen und zu zähmen.
„Das ist keine Anmache, junge Frau. Das ist der tiefe Wunsch meines Herzens, sie kennen zu lernen. Ihr Geheimnis zu entdecken, Teil ihrer Welt sein zu können. Sie kennen mich nicht. Sie können nicht wissen, woher ich komme und wer ich bin. Aber ich kann ihnen garantieren, dass ich nicht scherze und so etwas noch nie gefühlt oder zu jemanden gesagt habe. Ich verstehe ihre Verwirrung und ihre Ablehnung, aber ich werde hartnäckig bleiben. Denn ich fühle mit Gewissheit, dass uns etwas verbindet, das wir noch nicht kennen und sie noch nicht einmal ahnen. Das aber in meinem Herz schon Wahrheit geworden ist."
„Sie reden, als hätten sie das aus einem Roman auswendig gelernt. Klingt wie ein Theaterstück. Blasiert. Wenn sie aus ihrem Kino wieder aufgewacht sind, schicke ich ihnen dann meine Kollegin zum Zahlen."
Sie drehte sich um und ging davon.
Hans saß überrascht und belämmert von seinem eigenen Mut da und konnte nicht mehr klar denken. Warum hatte er auch so geschwollen dahergeredet und sich nicht wie ein normaler Mensch aus diesem Jahrhundert verhalten? Er wollte sie beeindrucken, aber ihr nicht das Gefühl geben, er wäre ein realitätsferner Spinner. Er konnte aber nichts anderes tun, als es weiter zu versuchen. Er würde jeden Tag seine Strategie verbessern und sie irgendwann doch noch weich kriegen.

Aaron stand um sieben, wie vereinbart ,vor Ernas Laden. Obwohl er die halbe Nacht recherchiert hatte und ihm Schlaf fehlte, hielt ihn die Aufregung, Erna heute ein paar Stunden für sich zu haben, hellwach.
Er hatte am Abend noch ein langes Telefonat mit einem Sendeverantwortlichen des Privatsenders Oktopus geführt. Für die Zusage einer fetten Spende wurde er kurzfristig dort als freiberuflicher Reporter in die Mitarbeiterliste aufgenommen. Ein Filmteam, das die Filmakademie München zur Verfügung stellen würde, kostete ihn ein Vermögen. Er hatte sich einen Plan zurechtgelegt, was er denn als echter Reporter in einem Beitrag über Ernas Laden bringen würde und was einen Zuseher interessieren könnte. Schließlich sollte nicht ungenügende Vorbereitung seine Eroberung boykottieren.
Erna kam auch schon mit einem Lächeln auf ihn zu. Die frische Morgenluft schluckte jeden anderen Geruch. Außer eines kühlen Lufthauches, konnte er nichts Besonderes wahrnehmen, als Erna vor ihm die Tür aufsperrte.
„Wir beginnen hinten im Arbeitsraum und Lager."
Sie legte ihre Tasche auf einen Holzstuhl und nahm eine Schürze vom Haken.
„Da, ziehen Sie die bitte an." Erna reichte Aaron auch eine Arbeitsschürze.
„Die brauchen sie auch." Sie hielt ihm jetzt noch eine weiße Haube aus Gazestoff hin.
„Sollen ja keine Haare in der Seife landen."
Sie lächelte ihn sanft an und durch ihre Freude, die sie jetzt ausstrahlte, wurde ihm ganz warm ums Herz,.
Offenbar liebte sie ihre Arbeit und freute sich auf jeden Handgriff, den sie hier machte.

Sie öffnete die Tür zu einem weiteren Raum. In hohen Regalen standen große, bauchige Gläser mit Blüten und Kräutern gefüllt, Kartons, Flaschen mit Chemikalien und Verpackungsmaterial. Es roch süß, würzig und fruchtig zugleich. Manchmal erkannte Aaron Orangen, dann Rosmarin und Lavendel, dann wieder Rosen und andere Blütendüfte.
„Das ist mein Herzstück, darauf bin ich besonders stolz." Erna zog ein dunkles Glas hervor und öffnete es. Aaron stieg ein intensiver, süßer Duft in die Nase. „Das sind Blüten aus den Tropen. Selten und schwer, zu konservieren. Ich konnte sie mit einer Mischung aus Wachs und Zucker haltbar machen."
„Wunderbar." Aaron staunte über die Vielfalt der Essenzen, die sich nach und nach auf den Etiketten zu erkennen gaben. „Die ätherischen Öle, machen sie die selber?" Aaron war unglaublich stolz über diese fachmännische Frage, schließlich hatte er die halbe Nacht über die Herstellung von Duftölen, Parfums und Seifen nachgelesen.
„Nur zum Teil, das ist mir hier in dem kleinen Geschäft zu aufwendig. Für den Großteil habe ich hervorragende Lieferanten, die musste ich aber auch erst finden."
Aaron notierte sich ein paar Stichworte auf einem Notizblock. Es musste echt wirken und wer weiß, ob er wirklich einmal in irgendeiner Form diese Informationen brauchen würde.
„Später werden wir zusammen etwas herstellen oder sollen wir das machen, wenn das Kamerateam da ist?"
„Gerne, Frau - wie heißen Sie eigentlich mit Nachnamen? Ich kenne ja nur ihr Ladenschild - „Seifenbauer"?"
„Ja, Bauer. Erna Bauer, das ist ein Wortspiel, von meinem Namen und weil ich ja auch Seifen baue, quasi."
„Ah, verstehe, ja, das macht Sinn. Also Frau Bauer, es wäre gut, wenn sie mir den Vorgang einmal zeigen, damit das Team dann weiß, worauf es achten muss."
Aaron stand vor den Gläsern und schrieb ein paar Bezeichnungen der Etiketten ab.

„Die Kräuter sammle ich fast alle selbst.“ Ernas Ton klang jetzt sehr stolz. Aaron sah auf zwei Etiketten „Wiesenkräuter“ und „Almkräuter“ stehen.
Sofort sah er sich in seiner Vorstellung mit Erna auf einer entlegenen Almhütte, wo sie nur einen Wassertrog vor der Türe haben würden. Nach einem langen Tag des Aufstieges würde dann ihr ganz ursprünglicher Geruch in seine Nase strömen. Die Vorstellung erregte ihn so sehr, dass er Sorge hatte, sein Glied könnte hier und jetzt zu steif werden und ihn wie einen Perversen dastehen lassen.
Der Plan, mit ihr zusammen Almkräuter zu sammeln und dann mit ihr auf einer Hütte zu nächtigen, war jedenfalls gefasst. Und was Aaron sich einbildete, das setzte er durch, immer.
Die beiden gingen aus dem Lager zurück in einen Arbeitsraum, der sich hinter dem Verkaufsraum anschloss. Aaron sah sich auch hier genauer um. Auf einem breiten Holztisch standen mehrere große, hohe Töpfe und zwei Kochplatten. An der Seite lehnten drei durchsichtige Plastikbehälter. Unter dem Tisch stapelten sich Geräte in offenen Körben.
Ein zweiter, kleinerer Tisch bot Fläche für eine große Kaffeemaschine und verschiedene Dosen mit Dekorationsgegenständen.
„Wir werden zusammen eine Seife machen, wenn sie wollen.“
„Das wäre extrem spannend, sehr gerne.“
„Wir müssen aber gleich anfangen, sonst bleibt zu wenig Zeit.“
Bitte stellen sie drei Töpfe bereit. Einen können sie auf die erste Herdplatte links stellen und die Temperatur auf 3 einschalten. Wir müssen noch Handschuhe anziehen und bitte passen sie auf, wenn wir mit der Lauge arbeiten. Die ist ätzend und darf nicht in Augen oder auf die Haut gelangen. Atmen sie es auch nicht ein.“

Erna verschwand im Lager und kam mit drei Blöcken in gelblicher und weißlicher Farbe zurück. Wir schmelzen jetzt die Butter ein. Das da ist Kakaobutter. Als Erna Aaron einen Block entgegenstreckte berührten sich ihre Finger und Aaron durchlief wieder ein Schauer. Erna zog die Hand sofort zurück. Als sie sich beide kurz später über den Topf beugten und Aaron die schmelzenden Fettblöcke langsam umrührte, streifte sie ihn am Arm. Jede Berührung dieser Frau versetzte seinem Körper einen Freudenstoß. Er wollte sich noch gar nicht vorstellen, was passieren würde, könnte er dieses Weib einmal vollständig in seinen Armen halten. Aaron genoss das Hantieren mit Erna so sehr, dass er völlig darauf vergaß, an ihr zu schnuppern.
Nach ewigem Rühren in drei Töpfen, dufte Aaron nun endlich den Seifenschleim in die vorbereitete Form füllen. Die weißgelbe Masse ruhte in einem Kasten aus durchsichtigem Plastik. Erna gab ihm jetzt eine kleine Schale mit Blüten in die Hand. „Jetzt dürfen sie die Blüten hineinstreuen, machen sie es behutsam und mit viel Liebe." Dabei sah sie ihn geradeaus an und ihm war, als wollte sie ihm über diese Worte hinaus etwas mitteilen, das nur sein Herz verstand. Zitternd nahm er eine Hand voll Rosenblüten und streute sie über die Seifenmasse. Erna nahm einen Holzlöffel und rührte die Blüten ein.
„Jetzt darfst Du noch ein paar Tropfen davon hinein träufeln." Erna reichte ihm ein kleines Fläschchen mit einer Duftmischung.
„Jetzt decken wir sie zu und dann darf die Seife schlafen. Die Verseifung dauert bis morgen."

„Hier." Sie streckte ihm eine Tasse entgegen.
Der kleine Laden wurde vom Geruch des frisch aufgebrühten Kaffees erfüllt.

„Sie waren ein hervorragender Seifenassistent, danke." Sie strahlte ihn an, ihre Backen waren rot angelaufen von der Hitze und der Arbeit. Aaron genoss jede Sekunde neben Erna und konnte nicht erwarten, mehr über sie und ihr Leben zu erfahren.
„Interessiert es sie auch, wie ich hier im Laden verkaufe oder nur die Seifenmacherei?"
Eigentlich hätte er gerne sagen wollen, dass ihn alles an ihr interessierte, bis in ihr tiefstes Mark, jede Pore, jede Zelle, jede Faser ihres Körpers und ihrer Seele. Er wollte eintauchen in dieses Leben und irgendwann in ihren einzigartigen Duft, den er noch immer nicht erfassen durfte.
„Alles um ihr Geschäft eignet sich für eine Geschichte. Der Zuseher hat sicher Spaß daran, ihnen auch beim Verkauf ein wenig über die Schulter zu schauen. Vor allem die schönen Verpackungen, daraus können wir auch eine nette Nebenstory machen."
Erna lächelte ihn zufrieden an.
„Gut, dann bleiben sie einfach hier. Mittagspause ist von eins bis zwei Uhr, dann können wir gemeinsam in der Nähe etwas essen gehen und sie können mir Fragen stellen. Ach ja, und ich bin Erna", sie streckte ihm die Hand entgegen.
„Aaron", er schüttelte ihr etwas zu fest die Hand, um sich nicht noch weiter zu verraten und sah schnell woanders hin. Am liebsten hätte er sie an Ort und Stelle verschlungen. Ihren Nacken geküsst, seine Nase in ihre Haare vergraben und dann in ihren Schoss gedrückt, um sie da zu riechen und zu schmecken, wo sie ganz Frau war. Bei dem Gedanken fuhr ihm wieder die Geilheit in sein Glied und er verabschiedete sich mit der Ausrede, aufs Klo zu müssen, aus ihrem Blickfeld.

Erna ging nach vorne, um am Ladentisch alles vorzubereiten. Dabei fragte sich, worauf sie sich da nur eingelassen hatte und warum sie jetzt auch noch mit ihm zum Mittagessen ging. Je weniger Zeit sie mit ihm verbrachte, desto besser. Er war ihr irgendwie nicht geheuer und hatte etwas an sich, das sie irritierte. Es fühlte sich an, als ob er etwas verbergen würde. Gleichzeitig fühlte sie sich so zu ihm hingezogen, dass jeder Blick und jede Berührung in ihr kleine Erdbeben auslösten.
Was sollte sie aber mit einem freien Reporter aus Wien anfangen? Das wäre ja das Dümmste, dass sie sich jetzt antun könnte. Eine Fernbeziehung mit einem Freiberufler beim Privatfernsehen, was kein gutes Einkommen bedeuten konnte. Der Sender Oktopus war eher etwas für eine sehr kleine Sehergemeinde. Trotzdem hoffte sie, dass jemand auf sie aufmerksam werden könnte. Aaron war eine Nummer zu klein für sie, auch wenn er etwas an sich hatte, das ihre Chemie zum Lodern brachte.
Aaron kam aus der Toilette und meinte überraschend, er müsste etwas erledigen, er käme erst in etwa zwei Stunden wieder. Bevor sie noch genauer nachfragen konnte, war er schon aus der Tür.
Sie wollte nicht auf ihn hereinfallen, nur weil sie seit zwei Jahren keinen Mann und keinen Sex mehr an sich herangelassen hatte. Und schon gar nicht wollte sie aufgrund dieser Durststrecke den ungeeignetsten Kandidaten auswählen. Sie brauchte dringend einen anderen Mann, oder überhaupt mehrere Männer, um sich von Aaron und dem, was er in ihr anzündete, abzulenken. Am Weg zum Laden heute Morgen hatte sie ein Plakat für Internetdating gesehen. Da würde sie sich einfach anmelden und dort einen Mann mit Geld suchen. Er konnte ruhig älter sein und er müsste in ihr auch nicht die große Liebe hervorrufen. Wenn man sich arrangierte, wäre das mehr wert, als ein Strohfeuer an Leidenschaft, das dann in der Armut des Alltages schnell erstickt. Noch heute Abend würde sie sich anmelden.

Hans saß wieder am gleichen Tisch im Café und bestellte erneut Cappuccino und ein Treffen bei der dunkeläugigen Schönheit.
„Sie sind wie ein Wildpferd. In ihnen tobt Leidenschaft und Leben, aber sie sind ungezügelt. Sie haben keinen Halt. Sie werden durchs Leben geworfen. Ich kann ihr Fels sein. Ihre Sicherheit. Ihnen die andere Seite der Klippe zeigen." Er sah sie fest und sicher an. Ihr lockenumrahmter Mund zuckte kurz, sie hob ihre Augenbrauen, dann ging sie davon. Als Hans bezahlte, fragte er sie nach ihrem Namen.
„Wieso soll ich ihnen meinen Namen sagen?" zischte sie ihn an.
„Damit das Kind einen Namen hat", grinste er sie provokant an.
„Das Kind? Stürzen sie sich doch von ihrer Seite der Klippe und lassen sie mich in Ruhe."
„Das kann ich nicht. Sie verstehen nicht. Ich werde nicht aufhören, sie zu bitten und sie zu fragen. Denn ich weiß mehr als sie. Ich kenne sie besser als sie denken. Ich möchte ihnen etwas geben, das sie bisher nicht kennen."
„Eingebildet sind sie wohl gar nicht? Ein bisschen zu sehr von sich überzeugt für meinen Geschmack. Was soll ich mit einem alten Sack wie ihnen anfangen? Ist ihnen das direkt genug?"
„Das Väterliche, das sie suchen, meine Liebe, das werden sie bei einem Jüngeren nicht finden und danach sehnen sie sich im tiefsten Inneren. Ich kann ihr Liebhaber, ihr Freund und ihr Vater sein. Denken sie darüber nach."
Er lehnte sich zurück und schlug seine Zeitung auf. Hans wusste, dass nur seine Selbstsicherheit, die er zur Schau stellte, zum Ziel führen konnten.
Sie wischte die Platte des Nebentisches ab. Hans senkt kurz seine Zeitung.
„Dann nenne ich sie Krimhilde, das passt zu ihnen."
„Valerie, ich heiße Valerie", schnaubte sie beleidigt und ging zurück in die Küche.

„Na bitte", dachte sich Hans, „geht doch".
Er wunderte sich, was da aus ihm hervorkam. Wie ungeniert und taktisch er auf einmal sein konnte und wie sehr sie auf ihn reagierte. Es machte ihm Spaß und Angst zugleich, denn er wusste, falls sie jemals weich werden würde, dann käme mehr auf ihn zu, als er vielleicht tragen konnte.

Erna drückte Sanne ein Glas Rotwein in die Hand und beide beugten sich über den Laptop am Küchentisch. Die warme Sommernacht fiel durchs offene Fenster herein.
„Der sieht doch ganz nett aus. 55, Business Manager."
„Diese verschwommenen Bilder bringen ja gar nichts. Das ist ein Ratespiel! Ich erkenne nur eine Glatze, nein, das gefällt mir nicht!" Erna verschränkte die Arme.
„Willst du Geld oder Haare?" Sanne grinste und nahm einen großen Schluck.
„Geht denn nicht beides?" Erna klickte sich durch die Partnervorschläge.
„Ich konnte nicht mit ihm sprechen. Ich würde es nicht ertragen, wenn es so wäre." Sanne platzte auf einmal damit heraus, während sie die verschwommenen Bilder ansahen.
„Hat sich denn nichts geändert? Du kannst nicht mit dieser Ungewissheit herumlaufen. Ihr müsst das klären." Erna machte sich Sorgen um Sanne. Was würde passieren, wenn sie wirklich Recht hätte?
„Ich weiß, aber ich trau mich nicht. Was mache ich, wenn er mich wirklich betrügt oder wenn er mich verlassen will? Dann stehe ich da, ohne Mann und ohne Kind und dann bin ich zu alt für etwas Neues."
„Blödsinn, Sanne. Es ist nie zu spät und jetzt male dir nicht solche Horrorszenarien aus. Eine Frau wie dich betrügt man nicht. Niemals."
„Der da, der Kaufmann. Der sieht richtig gut aus." Sanne zeigte jetzt auf den Bildschirm.
Ein Kaufmann, 53, hatte sein Bild freigegeben.
„Der hat eine Sonnenbrille auf und macht einen Schmollmund, der spinnt doch." Erna schüttelte den Kopf.

„Aber er sieht gut aus, also den würde ich anschreiben. Komm mach, jetzt gleich."
Sanne überredete Erna, gleich ein Treffen mit ihm zu vereinbaren.
„Schreiben bringt nichts, du musst den Typen sehen, dann weißt du erst, ob die Chemie stimmt."
„Mag sein, aber in Wahrheit bräuchte ich seine Bankauszüge und seine Geschäftszahlen, das wäre mir lieber."
„Ich staune immer wieder, wie sehr du aufs Geld fixiert bist. Aber irgendwie beneide ich dich auch, du weißt so genau was du willst und du wirst es dir holen. Geld ist leichter zu kriegen als ein Kind, so viel ist sicher."
„Man kriegt das leicht, was man am wenigsten will, habe ich langsam das Gefühl." Erna spürte plötzlich Enttäuschung in der Magengrube.
„Dann lass uns nicht Wollen, Prost." Sanne streckte Erna ihr Glas entgegen.
„Wie läuft es eigentlich mit dieser Reportage über dich? Wie kam es überhaupt dazu, erzähl!"
„Ja, der stand auf einmal in meinem Laden, zuerst war das ganz komisch. Ich dachte, der ist obdachlos. Dann fängt der mit der Fernsehsendung an. Ich denke, es ist eine große Chance. Aber ehrlich gesagt, der Reporter, also Aaron, der macht mich nervös."
„Nervös? Sag an. Ist er gutaussehend? Gefällt er dir?"
„Ach Sanne, was soll ich sagen, wenn er mich nur hauchzart berührt, fliegen in mir die Fetzen, es ist unfassbar. Ich hasse das. Was soll ich denn mit so einem? Der hat kein Geld und wohnt in Wien. Ich mache mich doch nicht unglücklich."
„Man weiß nie, Liebes. Wer weiß, ob er dich glücklich machen kann? Eine Fernbeziehung hat auch ihre Vorteile."
„Nein, das kommt nicht in Frage. Mein Lebensentwurf sieht anders aus. Es steckt zu tief, der Stachel, den werde ich ziehen und ihn nicht weiter in mein Fleisch treiben durch so einen Blödsinn."
Inzwischen antwortete der Kaufmann und bestätigte das erste Treffen.

Valerie steckte ihren Kopf zur Küche herein und grüßte. „Noch was vom Wein für mich über?"
Erna stand auf und holte ein Weinglas aus dem Schrank, Valerie setzte sich in üblich lässiger Manier an den Tisch und legte ihre Füße auf die Platte.
„Mann, tut das gut. Den ganzen Tag stehen und laufen ist der Wahnsinn." Erna schenkte ihr Wein ein und die drei Frauen prosteten sich zu.
„Na, Valerie, alles ok bei dir? Was tut sich in der Männerwelt? Noch immer die femme fatale, die ich kenne?" Sanne lächelte sie an.
„Na ja, ich lass es mir gut gehen, wie sonst auch." Sie zwinkerte Sanne zu.
„Aber jetzt mache ich gerade die Erfahrung der etwas anderen Art. Ich glaube ich habe einen neuen Stalker. Das ist so ein Typ, der mich seit Tagen anmacht, im Kaffee. Ein alter Mann. Aber irgendwie süß, wenn er sich so bemüht. Chancen hat der bei mir aber keine", dann sah sie verträumt an die Decke. Legte ihren Nacken in die Hände und streckte sich.
„Vielleicht habe ich doch einen Vaterkomplex und habe bisher zu junge Männer gehabt", sie sah noch immer an die Decke.
Sanne und Erna sahen sich an und nickten.
„Da könnte was dran sein. Aber was heißt alt?" Sanne liess nicht locker.
„Um die sechzig schätze ich. Aber er hat Stil und er traut sich was. Ich bin mir noch nicht sicher, ob er mich beeindruckt oder mir auf die Nerven geht."
Dann stand sie auf und ging mit dem Weinglas aus der Küche „Nacht Mädels", rief sie noch aus dem Flur.
„Ich werde jetzt auch los. Morgen habe ich eine Verhandlung. Und mir graut so vor dem Gespräch mit Peter."

„Ich verstehe Dich, Liebes. Gute Nacht und ruf jederzeit an."
Erna brachte Sanne zur Tür, dann stellte sie die Gläser zum Waschbecken und korkte die Flasche wieder zu. Die laue Nacht zog sie zum Fenster, sie sah in den Sternenhimmel hinaus und ließ die Gedanken kommen.
Ein Kaufmann statt Liebe, Sicherheit statt Leidenschaft? War es schwarz oder weiß? Oder gab es auch ein Grau dazwischen?
Sie musste Aaron ausweichen, so gut es ging. Hoffentlich würde der Kaufmann ihr so gut gefallen, dass ihre Fantasien nicht mehr an Aaron klebten und sie nicht mehr von ihrem Weg abgelenkt wurde.

Erna sprach mit einer Kundin und fühlte Aarons Blicke. Er saß hinter der Kassentheke und beobachtete sie. Wenn er sie ansah, schien es, als würden aus seinen Augen Bände an Geschichten fließen, die er ihr gerne erzählt hätte. Sie wurde eingesogen in ein anderes Universum, das ihr Tiefe und Abenteuer versprach. Ihre Angst, die sich in ihre liebevollen Gefühle mischte, schien, ihr etwas sagen zu wollen. Sie konnte aber nicht erfassen, ob es eine Warnung oder eine Aufforderung war.
Im Geschäft staute sich die Hitze, die Kräuter, Seifen und Öle verströmten noch intensiver ihren Duft. Fast betäubte diese satte, stickige Luft die Sinne. Erna trug ein trägerloses Top und ihr rann der Schweiß die Arme hinunter. Sie sprühte deshalb jede halbe Stunde ein Deodorant unter ihre Achseln und hoffte, sie würde Aaron nicht mit Schweißgeruch belästigen. Mit ihm kam es ständig zu Situationen, in denen er ihr sehr nahekam.
Und manchmal schien es ihr, er würde an ihr schnuppern. Sie konnte sich nicht entschließen, ob sie sich mit ihm aufgeregt oder alarmiert fühlte.

Aaron saß auf dem Hocker und dachte darüber nach, wie er sie nur ein einziges Mal ohne diese ganzen Duftladungen erwischen könnte. Bei dieser Hitze versuchte jede Frau, ihren natürlichen Geruch noch mehr zu überdecken. Wie lange würde er das noch aushalten und warten können?
Die Kundin ging, ohne etwas zu kaufen. Sie waren wieder allein.
„Erna, ich fände eine Wanderung fantastisch, wo Du mir zeigen könntest, wie du Almkräuter sammelst. Ich gebe dem Team Bescheid, dass sie uns einen Tag begleiten. Gibt es irgendwo eine Hütte, die man als Ziel und zur Rast ansteuern könnte?"
Erna dachte kurz nach. Ihre Almkräuter sammelte sie nicht an einem Wanderweg und da gab es keine Hütte in der Nähe.
„Da müssten wir dann aber eine Route wählen, die ich sonst nicht gehe, ich fahre normalerweise mit dem Auto zu einem kleinen Weg und bin da nur zwei, drei Stunden."
„Verstehe." Aaron kaute auf den Lippen. Er wollte es so einfädeln, dass sie irgendwo übernachten mussten. „Für den Beitrag wäre eine kleine Almhütte mit einer Wiese davor schon der Hit."
„Ich denke nach." Erna verstand zwar nicht, warum er so auf eine Hütte pochte, vertraute aber seiner Erfahrung.

Hans trank in Zeitlupe den dritten Kaffee und ein Glas Wein. In den vier Stunden hatte er eine Zeitung ausgelesen und Valerie beobachtet. Manchmal glaubte er, ein Schmunzeln auf ihren Lippen zu entdecken, wenn sie zu ihm sah. Vielleicht müsste er ewig hier sitzen, bis sie nachgab. Was wäre, wenn er wirklich nur ein alter Sack war, der bei ihr keine Chancen hatte? Irgendetwas sagte ihm aber, dass etwas in Valerie nach etwas suchte, das er ihr geben konnte.
Sie stand plötzlich vor ihm.
„Also gut. Ein Abendessen, im teuersten Restaurant der Stadt, jetzt gleich, bevor ich es mir anders überlege."

Valerie rollte mit den Augen und verschränkte die Arme. Hans legte einen Geldschein auf den Tisch und sprang auf. „Dann los. Welches das teuerste Restaurant der Stadt ist, müssen Sie mir aber sagen, ich bin nicht von hier."
Sie nickte nur kurz und ging voraus, ohne auf ihn zu warten. Hans musste schneller gehen, um sie einzuholen. Sie machte sehr große Schritte, Hans ging neben ihr her.
„Ich freue mich, dass sie uns diese Chance geben."
„Mal sehen, ob ich mich freue. Besser Sie sagen jetzt nichts mehr, sonst überlege ich es mir noch anders. Nach den ersten zwei Gläsern Prosecco können Sie mir dann ja ihre Lebensgeschichte erzählen. Aber eines ist klar, nach diesem Essen lassen sie mich in Zukunft in Ruhe!"
„In Ordnung. Machen wir es so."
In Hans überschlugen sich die Gedanken und seine Aufregung, dass Valerie so plötzlich ein gemeinsames Essen zuließ. Er dürfte das jetzt nicht verpatzen. Er dachte wieder an Gott und dass er ihn wohl im Minutentakt um Hilfe bitten würde. Sein Herz stolperte vollkommen außer Takt in seinem Brustkorb herum. Er fürchtete, jetzt vor der Erfüllung seiner Sehnsucht an einem Herzinfarkt zu sterben.

Erna sperrte die Ladentüre zu, während Aaron auf sie wartete. Sie spürte seine Blicke auf ihrem Körper.
„Willst du noch ein Glas Wein trinken gehen, es ist so ein schöner Abend? Auf mich wartet nur das Hotel", er lächelte sie erwartungsvoll an.
„Warum nicht", die Worte flossen aus ihrem Mund, bevor ihr Kopf sich einschalten konnte. Warum wollte sie bei ihm sein, mehr über ihn erfahren? Sie durfte nichts mit ihm anfangen, sich nicht in ihn verlieben. Es würde nur kompliziert werden und am Ende alle verletzen.
Der Spätsommerabend empfing sie mit einem warmen Schleier, der sich feucht über Haut und Kleidung legte. Aus den aufgeheizten Straßen stieg die Hitze des Tages hoch. Sie schien, einen zu tragen.

„Die Leichtigkeit des Sommers genieße ich immer sehr." Aaron machte einen kleinen Sprung.
„Es ist das satte Leben. Fülle. Ich liebe diese Jahreszeit auch am meisten." Erna fühlte sich wohl.
„Der Winter kann auch schön sein, aber nicht, wenn man alleine ist. Im Winter fühle ich mich oft einsam."
Erna wusste nicht, ob sie jetzt antworten sollte, wie gut sie dieses Gefühl kannte. Die Nächte alleine, wenn man so gerne jemanden zum Wärmen und Kuscheln hätte. Die Feiertage zu Weihnachten und Silvester, wenn überall Familien und Paare ihre Liebe zelebrieren. Das tat ihr richtig im Herz weh. Doch sie wollte sich ihm nicht so zeigen.
„Ein Mann wie sie alleine? Liegt das an ihrem Beruf?" Sie lenkte von sich ab und wollte wissen, was hinter seiner Fassade steckte. Er sah gut aus, zu gut für einen Einsiedler. „Oder sind sie so ein „Einsamer Wolf" Mann? Einer, der lieber seine Freiheit genießt und sich nicht binden will?"
Aaron schwieg eine Weile.
„Ich habe die Richtige einfach noch nicht gefunden, das ist Alles." Erna spürte jetzt, wie er sie von der Seite eindringlich ansah. Sie tat aber so, als würde sie es nicht bemerken.
Im Gasthaus zwei Straßen weiter fanden sie noch einen Tisch im Freien, mit Blick auf einen kleinen Park. Bunte Glühbirnen hingen an Seilen über den Tischen.
Aaron las in der Karte, so konnte Erna ihn mustern. Zuerst fiel ihr der schlappe Kragen seines Hemdes auf, dann seine leicht grauen Haare. Sie wanderte mit ihrem Blick über seine kräftigen Unterarme, seine schön geformten Fingernägel, zurück zu seinen Schultern und seinen Ohren. Er gefiel ihr und mit jeder Minute, die sie in seine Aura eintauchte, zog er sie mehr an. Sie spürte dieses Kribbeln in ihrem Schoss, das leichte Heben in der Magengrube. Die kleinen, leisen Schauer am Rücken und im Nacken, was ihr so unmissverständlich zeigte, sie würde sich gerade verlieben. Das steigende Verlangen, seinen Körper zu spüren, würde irgendwann ihre Geistesgegenwart löschen.

„Fokus, Erna, Fokus. Du bist eine Kriegerin am Weg zu deinem Ziel. Vermassel` Dir das jetzt nicht mit einer unglücklichen Affäre, die dir weh tut und ins Nichts führt."
Aaron merkte ihre Blicke, hob den Kopf und sah sie mit seinen blauen Augen an, als wollte er in ihre Gedanken eindringen.
Ihre Lippen begannen zu zittern, ihr Körper ein wenig zu beben. Sie sah in die Karte und versuchte, sich nichts anmerken zu lassen.
Sie wäre jetzt gerne mit einem Mann im maßgeschneiderten Anzug in einem Sternerestaurant gesessen. Stattdessen musterte sie bei einem billigen Mexikaner die klebrige Speisekarte in Gesellschaft eines Mannes, der wie ein Student aussah.
Sie wollte den Abend trotzdem genießen und für ein paar Stunden den ganzen Kampf um ihre Zukunft vergessen. Einmal nur fallen lassen und nicht alles abwägen müssen, sie würde sich das für einen Moment gönnen.
Sie klappte die Karte zu und lächelte Aaron befreit an.
„Weißt du was, ich bestelle uns eine Flasche Wein. Ich lade dich ein! Lass uns den Sommer genießen, er ist so schnell vorbei."
„Das macht mich gerade sehr glücklich." Aarons Augen zeigten jetzt eine sanfte, liebevolle Bedürftigkeit, die Erna im Herzen traf.

Hans hatte alles ausgepackt, was er aus seinem Leben als Butler pressen konnte. Die Reisen mit Aaron, die vielen Partys, der ungewöhnliche und luxuriöse Alltag. Er stellte es so dar, als würde er im Prinzip genau so leben wie Aaron, nur eben nicht ganz so frei. Er verschwieg ihr, dass er an dem ganzen Leben schon lange kein Interesse mehr gezeigt und sich mehr und mehr zurückgezogen hatte. Dass er jeden Abend früh in seinem Appartement verschwand, sich mit etwas Sport und Lesen begnügte und den Wunsch nach einer eigenen Familie lange Zeit begraben hatte, das ließ er einfach aus.

Valerie kippte ein Glas Wein nach dem anderen hinunter. Er hoffte, der Alkohol würde sie entspannen, aber nicht umhauen. Er erkannte, wie ihre Angriffslust und ihr Sarkasmus eine Schutzmauer darstellten, die jeden Eindringling abhalten sollten.
„Wie wäre es mit einem Zimmer im Luxushotel? Ich habe gerade den Impuls, mit Dir zu schlafen, nur dieses eine Mal. Damit Du Dich für immer an etwas erinnern kannst“, sie lallte schon.
Den ganzen Abend hatte er geredet, sie hatte schweigend zugehört und dabei zu viel getrunken. Jetzt ärgerte er sich, dass er nicht mehr über sie gefragt hatte. Sie würde das als fehlendes Interesse auslegen. Sollte er die Situation ausnützen, wenn sie nur in ihrem Rausch unvernünftig werden wollte?
Hans wusste, die Gelegenheit käme so nie wieder und er würde sie nützen, mit aller Behutsamkeit, die ihm möglich war.
„Das Luxushotel ist schon unseres. Ich wohne gerade da.“ Er winkte dem Kellner. Valerie musterte ihn, als ob sie noch feststellen müsste, ob er es auch wert wäre.

„Darf ich deine Hand nehmen?“ Aaron ließ vorsichtig seine Hand über den Tisch gleiten. Erna sah ihn erschrocken an und zog ihre Hand ein wenig zurück.
„Bitte, nur einen Moment. Es gehört zum Sommer dazu, eine Hand zu halten, weißt du? Es wird nichts Schlimmes passieren.“
Aaron wollte sie so gerne berühren und ihre Haut spüren, wenn er sie auch noch immer nicht hautnah riechen konnte. Sie verströmte heute einen Duft nach Rosen und Frangipani. Ein berauschendes Blütenmeer, aber zu stark, um ihren reinen, ursprünglichen Duft vollkommen aufnehmen zu können. Und doch wuchs in Aaron die Gewissheit, dass er ihren Duft liebte. Jeder Hauch, der von ihr zu ihm hinüberschwebte, löste pures Wohlgefühl in ihm aus.

Er rückte jetzt Salzstreuer, Gläser und eine Kerze auf die Seite und griff entschlossen nach ihrer Hand. In seinem Bauch drehte sich ein Karussell. Eine wonnige Schwäche fuhr ihm durch die Beine, als würde er in einem Wolkenbett stehen.
Erna sah verlegen auf den Tisch und dann wieder zu ihm, sie wurde rot um die Wangen. Er sah sie nur an und dankte für diesen Augenblick. Was hatte er die letzten Jahre getan, wonach gesucht und wann hatte er seine Lebenswahrnehmung auf den falschen Sender gestellt? An einem Ort mit einer Frau, die er sich so niemals ausgemalt hätte, erfuhr er den intensivsten und schönsten Moment seit Jahrzehnten. In diesem Glücksbad öffnete sich sein Herz wie eine Knospe und streckte sich Erna entgegen, als ob sie die Sonne wäre.
„Es ist so schön mit dir. Ich finde gerade keine Worte. Ich kann dir nur sagen, es kommt für mich so unerwartet, wie für dich und es bedeutet mir sehr viel".
Ernas Blick wurde auf einmal ernst und scheinbar auch etwas traurig. Sie zog ihre Hand zurück.
„Aaron, es tut mir leid, wenn ich dir etwas anderes signalisiert habe, aber mir geht das jetzt zu schnell. Ich möchte das, was wir gerade beruflich zusammen machen, nicht mit etwas anderem verbinden."
„Ich gebe Dir Zeit, Erna, solange du willst. Ich kann warten."
„Manchmal reicht Zeit nicht." Sie sah ihn nicht mehr an.
„Ich habe verstanden, alles ist gut. Mach dir keine Sorgen." Er versuchte, beherrscht zu bleiben und sie nicht zu bedrängen. Er hörte ihre Worte, spürte aber etwas anderes. Diesem Gefühl würde er vertrauen und sich nicht von dem abbringen lassen, was sie gerade vorschob. Sie schien, Angst zu haben. Er würde ihr Vertrauen gewinnen, irgendwann. Aber vor allem, musste er sie endlich einmal riechen, ohne den ganzen Duftvorhang um sie herum.
„Ich freue mich auf unseren Almausflug." Aaron lächelte sie an und wollte auf ein anderes Thema lenken.

„Die Kelten wussten ja einiges über die Heilkraft der Kräuter, hast du dieses Wissen auch?"
„Da kann ich dir Einiges erzählen, das ist mein Lieblingsthema", jetzt leuchteten ihre Augen wieder und sie entspannte sich.

Kaum hatten sie das Zimmer betreten, zog Valerie Hans zum Bett und begann sein Hemd aufzuknöpfen. Sie küsste seine Brust und fuhr mit ihren Händen an seinem Bauch entlang. Hans irritierte ihre Forschheit, doch er wollte mitspielen und ihrer Führung folgen. Sie setzte sich auf die Bettkante und begann, seinen Gürtel aufzumachen. Als sie seinen Hosenknopf öffnete, nahm Hans ihre Hand und führte sie nach oben zu seinem Nacken. Mit sanfter Kraft wies er ihre Zielgerichtetheit ein wenig ab. Dann zog er ihr Gesicht zu sich heran und küsste sie. Valerie erwiderte den Kuss mechanisch und drückte ihre schnell rollende Zunge gegen seine. Hans ließ wieder ab und schob ihren Körper langsam nach hinten. Er zog ihr die Kleider aus. Dabei liefen die Gedanken durch seinen Kopf, wie das Textband einer Kamera. In seinen Dreißigern hatte er viele Frauen gehabt und sie hatten ihn mit etwas Kostbarem beschenkt. Sie hatten ihm gezeigt, was ihnen gefiel. Damals war er ein guter Liebhaber gewesen. Aber jetzt, nach fast zwanzig Jahren ohne nennenswerte Begegnungen mit Frauen wäre er sicher aus der Übung. Er fragte sich, ob er überhaupt noch konnte. Valerie zog Hans jetzt auf einmal Hans die Hose von den Beinen, dabei erwischte sie mit einem Griff auch gleich die Unterhose. Hans spürte in jeder ihrer Bewegung ihre Erfahrung, es wirkte aber auch wie ein einstudiertes, automatisch ablaufendes Theaterstück. Valerie schien gar nicht richtig anwesend zu sein. Sie hatte die meiste Zeit ihre Augen geschlossen, und wenn sie sie einmal öffnete, sah sie ins Leere. Während sie an seinem Hals saugte und er ihre Brüste liebkoste, entfernte Hans sich immer mehr aus seinem Körper und sah sich selber zu. Valerie agierte wie ein Roboter, Hans konnte keine Erregung aufbauen. Valerie stöhnte bei jeder Berührung auf, doch für Hans fühlte es sich nicht echt an.

„Valerie, Valerie“, sie hörte ihn zuerst gar nicht, dann nahm er sie an den Händen und stoppte sie.

„Hör auf, ich bitte dich, das ist ja grauenhaft. Wir beenden jetzt dieses Desaster.“

„Was meinst du?“ Valerie setzte sich kerzengerade hin und sah ihn jetzt an.
„Das ist nicht das, was ich mit dir erleben möchte. Das ist ein mechanisches Abspulen von Berührungen, so will ich das nicht.“
„Wie bitte?“ Jetzt wachte sie auf und schüttelte den Kopf. „Bei mir hat sich noch nie jemand beschwert.“ Sie sprang auf und begann ihre Kleidungsstücke vom Boden aufzuheben.
„Warte, bitte, komm wieder her. Ich möchte dich spüren, ich möchte wirklich mit dir schlafen, aber nicht so. Das bist doch nicht du. Du hast was Besseres verdient als das.“
„Was willst du denn von mir? Was soll das überhaupt?“ Sie wurde jetzt lauter und begann hastig, ihre Unterwäsche anzuziehen.
„Komm her, bitte.“ Hans saß noch am Bett und streckte ihr die Hand entgegen. „Bitte.“ Er sagte es so sanft er konnte. Valerie biss sich auf die Lippen und sah ihn an, während sie sichtbar einen inneren Kampf ausfocht.
Dann kam sie langsam auf Hans zu und nahm seine Hand „Und jetzt?“
„Jetzt werden wir nur hier liegen und ich halte dich. Dann werde ich deinen Kopf streicheln und einfach nur bei dir sein.“
„Du spinnst doch“, dabei sank sie auf das Bett und kroch unter die Decke. „Ich bin zu müde, um über diesen Schwachsinn nachzudenken. Dann liegen wir eben nur hier. Du bist halt ein alter Mann, ich wusste es ja.“
Hans sagt nichts, zog seine Unterhose wieder an und legte sich zu ihr. Valerie drehte sich zur Seite, Hans zog sie an sich, drückte sich seitlich an sie und legte den Arm um sie. Er spürte sie schnell atmen. Er hielt sie noch fester und küsste ihr Schulterblatt. Dann hob er seine Hand an ihren Kopf, begann, sanft ihre Haare zu streicheln und schließlich, ihren Kopf zu kraulen. Noch hob und senkte sich ihr Brustkorb sehr schnell. Nach ein paar Minuten atmete sie tiefer, bis sie schließlich in seinen Armen einschlief.

Aaron begleitete Erna nach Hause. Seit er sie mit der Hand berührt hatte, wollte sie mehr von ihm spüren. Sollte sie ihre ganzen Regeln und Wünsche einfach über Bord werfen? Wäre es eine Nacht mit ihm wert, danach zu leiden? Bei jedem Schritt in Richtung ihrer Wohnung wurde der Gedanke, ihn zu küssen, immer stärker. Würde er es versuchen? Sollte sie ihm nachgeben? Sie sprachen seit ein paar Minuten nicht mehr und gingen schweigend nebeneinander durch die Nacht.
Aaron blieb auf einmal stehen. Er zog Erna zu sich, nahm ihren Kopf in seine Hände und drückte sanft seine Lippen auf ihre. Erna durchfuhr ein Gefühl von Schwerelosigkeit und Lust. Sie sah Sternenfeuer, hörte Musik, ihre Knie gaben nach, ihr Herz raste, feuchte Erregung schoss ihr zwischen die Beine. In diesem Moment war sie nur noch Gefühl, als ob ihr ganzes Sein auf eine Essenz des Glücks komprimiert worden wäre.
Aaron umarmte sie jetzt und drückte seinen Kopf in ihren Nacken, roch an ihrem Hals, vergrub sich darauf in ihrer Schulter, und hielt sie an sich gedrückt. Erna ließ alles geschehen, konnte sich nicht wehren, wollte es auch nicht und saugte jede Empfindung ein, wie einen kostbaren Tropfen Lebenselixier. Dann lies er von ihr ab.
„Gute Nacht, Erna." Er schaute wieder in die Tiefen ihres Inneren hinein. Aaron dreht sich um, winkte noch mit einer Hand und ging davon.
Erna taumelte wie betrunken zur Türe. In der Wohnung angekommen, setzte sie sich auf den Sessel in der Küche. Sie starrte in die dunkle Nacht zum Fenster hinaus, tauchte immer wieder in den Augenblick mit ihm ein und spürte diesem Kuss nach.

„Guten Morgen." Hans flüsterte Valerie ins Ohr, als sie begann, aufzuwachen.
Sie brummte und rieb sich die Augen.
„Ich muss los", piepste sie und kroch aus der Bettdecke.

Hans drehte sich auf den Rücken.
„Alles in Ordnung?“ Er musterte ihren zarten Körper.
„Ja, denke schon. Schwerer Kopf von gestern. Mir ist das hier zu intim, sowas kenne ich nicht“, sie zog sich schnell an.
„Gut, ich verstehe. Ich will dich trotzdem widersehen. Wir sollten das von gestern noch zu Ende bringen.“
„Ich sagte eine Nacht. Du wolltest es nicht. Das ist jetzt dein Pech. Desaster hat noch niemand zu mir gesagt. Also, mach`s gut!“
Er hörte die Zimmertüre ins Schloss fallen.
„Ich werde sie schon noch weichkriegen, sie soll sich erst einmal beruhigen“, sagte Hans vor sich hin. Er würde ihr noch viel zeigen können, so viel war sicher.
Sein Handy klingelte.
„Hans, ich bin verliebt. Ich bin so glücklich.“
„Frühstück? Unten in 20 Minuten?“
„Ja, gerne. Du wirst staunen, was ich dir zu erzählen habe. Aber ich muss aber bald wieder los.“
Aaron schlang sein Croissant hinunter und verschluckte sich fast am Kaffee.
„Hast du es so eilig?“
„Ich muss wieder zu ihr, zur Frau meines Lebens.“
„Sie ist es? Das ist ja ein Wunder!“
„Ich fühle, dass sie es ist. Ihr Duft, er muss umwerfend sein.“
„Muss? Ich verstehe nicht.“
„Diese Frau ist umgeben von tausend Düften. Sie sprüht sich immer voll mit etwas, ich konnte sie noch nicht wirklich riechen. Aber ich habe sie gestern geküsst und sie hat so gut geschmeckt. Ich konnte das erste Mal ihren Hals berühren. Es roch gut, aber da war so viel anderes dabei. Das hat mich abgelenkt. Und doch bin ich mir sicher.“
„Ich wünsche es dir, Aaron, aus tiefstem Herzen. Es ist Zeit, dass du ankommen kannst. Wenn du es so fühlst, dann wird es auch so sein.“

Hans wollte Aaron in dieser Entwicklung bestärken, damit er endlich von dieser suchtartigen Suche nach dem perfekten Duft einer Frau loskam. Aaron hatte sich in dieses Thema seit vielen Jahren verrannt und Hans wusste, dass dahinter etwas anderes steckte. Denn von hunderten Frauen musste doch einmal eine seiner Nase gefallen. Warum gerade diese Münchner Seifenfrau die Eine sein sollte, schien wie ein Wunder, das der Himmel geschickt hatte. Vielleicht konnte sich Aaron mit der Idee seiner Reise, in der Rolle eines anderen Mannes für eine Veränderung in seiner festgefahrenen Gefühlswelt öffnen.
„Vielleicht kannst du in deiner neuen Rolle die Dinge anders wahrnehmen und erleben?"
Aaron überlegte. Dann nickte er.
„Das kann sein. Ich bin ein anderer. Deshalb fühlt sich Alles wie nie zuvor an. Du bist einfach der Klügere von uns beiden, Hans."
„Die Idee kam nur von Dir, Aaron. Du warst wohl soweit, deine Ketten zu sprengen. Ich gratuliere dir!"
Aaron grinste zufrieden, nahm sich noch ein Croissant, stand auf und verabschiedete sich eilig.

Erna hörte die Eingangstüre. Valerie ging in ihr Zimmer. Sie hatte die Nacht also, wie so oft, bei einem ihrer Lover verbracht. Erna kaute an ihrem Müsli und fragte sich, wie sie Aaron heute begegnen sollte.
„Na? Noch hier?" Valerie schlurfte zur Kaffeemaschine.
„Muss gleich los. Ich habe ein Problem, dass ich noch irgendwie mit mir selbst lösen muss."
„Das kenne ich, mir geht es gerade auch so." Valerie nahm eine Tasse aus dem Schrank.
„Männerprobleme?" Erna fragte mehr aus Höflichkeit als Interesse.
Die Kaffeemaschine fauchte auf.
„Wenn es mehrere wären, ging`s mir besser, aber diesmal geht es nur um einen. Ein spezieller Fall." Der Kaffee rann duftend in die kleine Mocca Tasse.

„Dein Stalker." Erna lachte.
„Genau der. Ich habe das erste Mal in meinem Leben keinen Sex gehabt." Valerie ließ sich auf den Stuhl fallen.
„Okay?" Erna horchte auf.
„Er wollte nur neben mir liegen, den Sex mit mir nannte er ein Desaster, der tickt doch nicht richtig!" Sie schüttelte den Kopf.
„Unglaublich, das kann ja gar nicht sein." Erna wurde jetzt doch neugierig.
„Weißt du, was bildet der sich eigentlich ein? Der konnte wahrscheinlich einfach nicht, weil er zu alt ist." Sie sah traurig in ihre Tasse.
„Und jetzt?"
„Jetzt denke ich dauernd darüber nach. Ich weiß nicht, was ich fühle. Ich kenne das nicht. ich ärgere mich, ich finde es absurd. Dann wieder finde ich es schön. In seinen Armen zu liegen, fand ich einfach schön. Er hat mir den Kopf gekrault. Ich kenne das nicht."
Sie sah weiterhin auf ihre Tasse, die sie ständig in den Händen drehte.
Die Vögel zwitscherten fröhlich zum Fenster herein, der leichte Wind ließ die Blätter der Bäume im Hof rauschen. Es roch nach Morgenluft und Sonne. Obwohl Valerie die Letzte war, die Erna in Sachen Männer um Rat fragen wollte, musste sie doch darüber reden.
„Ich weiß auch nicht, was ich machen soll. Ich hab` mich, glaub ich, verknallt, aber in den Falschen. Ich will das nicht!"
Valerie sah jetzt erstaunt auf.
„Das ist ja super krass. Wie lange ist das her bei dir?"

„Nein, es ist nicht krass. Ein Mann, der sein Singledasein liebt und in Wien lebt. Wenn ich mit dem was anfange, tut`s mir bald nur weh. Und wenn es doch klappt, dann habe ich einen Mann an meiner Seite, mit dem ich eine Fernbeziehung ohne Geld führen muss. Keine Reisen, kein Luxus, kein gemeinsames Aufbauen einer gesicherten Existenz. Reporter! Pah! Der fährt in der Welt herum und will sich nicht binden. Und ich zahle die Rechnungen. Nein, danke. Das brauche ich echt nicht. Ich will in meinem Leben etwas anderes. Das habe ich nun einmal so entschieden!"
Während Erna sich selbst reden hörte, wurde ihr wieder bewusst, wie tief der Stachel der Armut in ihren Genen steckte und wie sie sich schon als Kind geschworen hatte, einmal ein besseres Leben zu führen, als ihre Großeltern und Eltern.
„Erna, du kannst doch auch so ein schönes Leben haben. Warum reicht dir das denn nicht?"
„Du verstehst das nicht, Valerie. Das ist eine lange Geschichte. Ich halte mich mit dem Laden gerade mal so über Wasser, aber die Unsicherheit zehrt an mir. Sie macht mich müde und mutlos. Darauf habe ich keine Lust mehr."
Plötzlich kam die alte Kraft in ihr hoch, die Entschlossenheit, wohin sie wollte und wer zu sein sie sich geschworen hatte. Das Universum wollte sie testen und sie würde die Prüfung bestehen! Sie ließ sich weder ablenken noch ködern. Keine Leidenschaft, keine tolle Nacht würde sie verführen und in die Irre leiten. Niemand, auch nicht Pepesto, konnte ihr Schicksal bestimmen, nur sie alleine. Deshalb musste sie heute Aaron klar machen, dass es nie zu mehr kommen würde. Sie beherrschte sich ab sofort, bis der Bericht fertig gestellt war. Sie hoffte nur, Aaron würde nicht vorher abspringen, wenn sie ihn jetzt abblitzen ließ.

Aaron stand vor dem Laden, seine Hände in die Taschen gesteckt. Die Morgensonne blitze gegen die Fensterscheiben der Auslagen. Er strahlte Erna mit einem breiten Lachen an. Ihr wurde ganz mulmig im Bauch. Sie würde seine Erwartungen heute enttäuschen.
„Guten Morgen." Sie lächelte nur kurz und drehte sich sofort von ihm weg, um die Tür aufzusperren. Sie ging schnell nach hinten in den Arbeitsraum und band sich eine Schürze um. Aaron kam nach und wollte auf sie zugehen.
„Aaron, ich muss dir etwas sagen", sie wich einen Schritt zurück. Er sah sie erstaunt an und blieb stehen.
„Aaron, der Kuss gestern, also, das war schön, aber, mehr wird nicht passieren. Ich will, dass das hier eine geschäftliche Zusammenarbeit bleibt. Der Sommerabend und der Wein haben mich zu übermütig werden lassen. Bitte akzeptiere, dass dies ein einmaliger Ausrutscher war." Jetzt war es raus. Ihr wurde ganz schlecht, sie musste sich setzen. Aaron nickte nur langsam und dachte offensichtlich nach.
„Gut, Erna, wenn du das so willst. Ich finde es sehr schade, aber Gefühle kann man nicht erzwingen", dann sah er traurig auf den Fußboden.
Ernas Herz zog sich zusammen. Wie gerne hätte sie ihm erklärt, dass ihre Gefühle gar nicht das Problem waren, sondern dass er einfach mit allem, was er war, nicht in ihr Lebenskonzept passte. Wie gerne hätte sie ihn jetzt umarmt und geküsst, ihm gesagt, wie sehr sie sich zu ihm hingezogen fühlte. Wenn er nur wüsste, wie falsch er lag.
„Gefühle werden überschätzt", sagte Erna trocken. Sie wollte hart bleiben.
„Geht es denn jemals um etwas anderes?" Aaron sah sie jetzt an. Seine Augen wurden feucht.
„Ich denke schon, zumindest in meiner Vorstellung vom Leben. Haben wir das jetzt geklärt?" Ihre Stimme klang entschlossen und streng.
„Natürlich. Klarer geht`s wohl kaum. Dann lass uns arbeiten."
Er rieb sich die Hände und schaute enttäuscht um sich.

„Du kannst mir beim Einpacken helfen, die Melisseseifen müssen in Seidenpapier gewickelt werden."
Erna bekam fast keine Luft. Sie ärgerte sich über das Leben und das Universum. Warum setzten sie ihr einen Mann vor die Nase, den sie mochte, aber nicht lieben durfte? Warum dieser arme Schlucker aus Wien?
Wortlos wickelten sie die Seifenstücke in das Papier. Das Rascheln der zarten Seide überspielte die unangenehme Stille zwischen ihnen.

Pepesto saß wieder mit geschlossenen Augen lange da. Erna hatte ihm alles erzählt.
„Wenn sich die Liebe zu diesem Mann gut anfühlt, warum folgst du ihr nicht?"
„Weil sich die Armut und die Lebensweise von ihm gar nicht gut anfühlt. Ich weiß, wo ich hinwill und ich lasse mich nicht ablenken."
„Wie fühlt es sich an, ihn gehen zu lassen."
„Grauenhaft, das ist ja mein Problem."
„Dann nimm das, was dir das Leben anbietet."
„Aber es bietet mir das Falsche an."
„Nun, es ist so, Erna. Du bekommst Angebote, aber du schlägst sie aus. Das Universum zeigt dir das und du sagst nein. Es zeigt dir etwas anderes und du sagst nein. Wie soll es dich denn dann beschenken, wenn du nichts annimmst?"
„Ja, aber wenn es das Falsche ist, wenn es sich nicht richtig anfühlt?"
„Fühlt es sich denn falsch an? Ist es nicht in deinem Kopf falsch? Ich spüre deine Liebe zu ihm und es gibt nichts Schöneres und Gewinnbringenderes als dieses Gefühl."
Erna schüttelte den Kopf. Sie wollte und brauchte keine Liebe.
„Liebe ist schön, ja. Aber sie geht so leicht kaputt. Liebe ist das erste, was geht, wenn die Probleme kommen. Und die werden kommen. Ich mache das nicht noch einmal durch. Nie wieder."
Er blickte in die Kerze.

„Liebe ist der Meister. Wenn sie dir den Weg zeigen will, solltest du folgen. Sie wird dich zu allem bringen, das du dir wünschst. Oder dir den Weg dahin zeigen. Vielleicht ist es aber auch ganz anders als du glaubst."
„Was meinst du?" Erna wollte alles wissen, um ihren Druck im Magen loszuwerden.
„Vielleicht willst du kein Geld, vielleicht willst du Liebe. Das Universum irrt sich nicht. Du bekommst das, was du wirklich willst."
Enttäuscht und verwirrt sah Erna seinen weißen langen Bart an. Sie wusste ganz genau, was sie wirklich wollte. Offenbar konnte Pepesto ihr ab hier nicht mehr weiterhelfen. Er war in seiner esoterisch - spirituellen Welt vielleicht doch zu abgehoben und weltfremd. Was kannte er von den Sorgen, dem finanziellen Druck und den Problemen des Alltags. Sie würde diesen Kampf jetzt alleine weiter bestreiten müssen.
„Danke, aber diesmal habe ich eine andere Meinung und ich denke, du bist auch nicht allwissend."
Er lachte und nickte bloß.
„Natürlich nicht, ich kann dir nur sagen und spiegeln, was in dir ist, Erna. Du machst alles, du bestimmst alles. Du bist von nichts und niemandem abhängig, nur von deinen eigenen Gedanken. Ich bin nichts als etwas, das du erschaffst. Ich wünsche dir alles Gute."
Als ob er wieder einmal ihre Gedanken gelesen hätte, verabschiedete er sich, bevor die Stunde um war, als ob er wüsste, sie würde jetzt nicht mehr so schnell wiederkommen.
Als sie schon bei der Türe war, hörte sie ihn noch sagen:
„Du wirst es bald verstehen und dich an diese Worte und diesen Tag erinnern, alles Liebe."
Erna fühlte sich unglaublich alleine. So einsam hatte sie sich lange nicht mehr gefühlt. Wollte sie denn niemand auf dieser Welt verstehen? Bekam sie denn gar keine Unterstützung? Weder vom Himmel noch von seinen Vertretern?

Sanne nahm ihre Sonnenbrille ab und zeigte Erna ihre verschwollenen, roten Augen.
„Ich kann gar nicht mehr aufhören, zu weinen. Dieser Arsch, ich hab`s gewusst. Dieses feige, miese Schwein."
„Und es ist ganz sicher?"
Sanne nickte und weinte wieder los.
„Er hat es zugegeben, ich hatte die Nachrichten in seinem Handy gefunden."
„Oh nein, Sanne, das tut mir so unendlich leid. Ich will dich jetzt nicht mit meinen Weisheiten quälen. Aber nur das Eine will ich Dir sagen: Vielleicht muss es so sein, weil er nicht der Richtige ist."
„Aber er ist mein Mann und wir haben die besten Jahre miteinander verbracht, er kann das doch nicht einfach so wegwerfen. Er sagt, er will nicht kämpfen und die Scheidung. Ich komme mir vor wie ein wertloses Ding, das man einfach wegwirft."
„Nein, Sanne, das darfst du nicht denken. Bitte nicht. Es wird triftige Gründe geben, er macht das nicht einfach so. Vielleicht musst du einfach abwarten und alles renkt sich wieder ein."
Sanne starrte auf die Tischdecke, Tränen liefen ihr über die Wangen. Manchmal putzte sie sich ihre gerötete Nase und nahm zitternd einen Schluck Wasser.
„So ein Verräter. Diese Schlampe ist sicher jünger als ich und wenn die jetzt von ihm schwanger wird?"
Sanne schluchzte jetzt so sehr, dass ihr Körper durchgeschüttelt wurde und Erna nahm sie in den Arm. Sie strich ihr über den Kopf und sagte nur immer wieder: „Alles wird wieder gut, wirst sehen, es wird wieder gut!"

Als Erna traurig vom Treffen mit Sanne zu Hause ankam, stand Valerie im Flur vor dem großen Spiegel und probierte Kleider an.
„Aha? Du machst dich chic? Für wen denn?"

„Na, für den Desaster-Mann, das lasse ich nicht auf mir sitzen. So eine Abfuhr - nicht mit mir. Ich werde ihn verführen und es zu Ende bringen."
„Na, viel Glück." Erna ging kopfschüttelnd an ihr vorbei in die Küche. Die Waschmaschine summte vor sich hin, es roch nach Kaffee und von draußen hörte man spielende, lachende Kinder.
Erna dachte darüber nach, wie schön das Leben eigentlich sein könnte, wenn es nur um die einfachen Dinge ging. Lachen, Luft, Sonne, eine saubere Wohnung, Kaffeeduft, das alles löste Glück aus. Warum mussten Beziehungen immer so kompliziert sein und alles andere so beeinträchtigen?
Sie sah auf die Uhr. In drei Stunden würde sie den Kaufmann zum ersten Date treffen. Irgendwie hatte sie gar keine Lust dazu, aber wenn er das Ticket in die finanzielle Befreiung und aus Aarons Magie war, dann sollte sie sich besser darauf freuen.
Sie ging in ihr Zimmer, zog sich aus und stellte sich unter die Dusche. Dann ließ sie das Wasser über sich herabprasseln und alle Verspannungen und Erlebnisse des Tages abwaschen.

Der Kaufmann saß in einem weißen Hemd und teuren Schuhen auf der Terrasse des Nobelitalieners. Er stand auf als Erna kam, deutete einen Handkuss an und zog ihr den Stuhl zurecht.
„Wie schön, dass Du Dir Zeit nehmen konntest. Ich freue mich, dich kennen zu lernen. Ich habe mir erlaubt, schon eine Flasche Champagner zu bestellen."
Da kam auch schon der Kellner mit der Flasche im Kübel.
„Du siehst viel hübscher aus, als auf den Fotos", er lächelte charmant. Erna dachte sich nur, er wäre genauso, wie man sich einen reichen Geschäftsmann vorstellte, aber mit seinem Alter musste er gelogen haben. Er sah weit über Fünfzig aus, seine Gesichtshaut war schon sehr zerknittert. Seine schönen Zähne und der jungenhafte Charme ließen ihn aber jünger wirken.

Sie musterte sein Gesicht und konnte zwar keine Fehler an ihm entdecken, aber auch nichts, das ihr sonderlich gefiel. Nichts an ihm berührte sie, sie blieb vollkommen gefühllos.
„Champagner, das nenne ich einen gediegenen Anfang", scherzte sie jetzt, um nicht unhöflich zu wirken, denn bisher hatte sie nichts gesagt.
Sie prosteten sich zu und Erna versuchte ihre Enttäuschung zu verbergen, dass er in ihr nicht einen Funken an Emotion auslösen konnte. Sie wusste aber, dass Gefühle auch langsam entstehen können. Könnten sie denn auch im Kopf entschieden werden? „Wenn ich ihn lieben will, werde ich es auch irgendwann", dachte sie sich.
„Sie heißen wirklich Tino?"
„Eigentlich heiße ich Valentin, aber das ist mir zu streng, Tino entspricht mehr meinem Temperament. Ich reise gerne, genieße das Leben und bin sehr aktiv. Wie ist das bei Dir?"
„Ich würde das alles gerne auch so machen, nur bin ich sehr an meinen Laden gebunden, ich betreibe eine Seifenmanufaktur."
„Wie schön", er lächelte sie an und schien interessiert.
„Das ist ein angenehmer Beruf, man ist immer von Düften umgeben. Aber im Einzelhandel ist man richtiggehend angekettet, nicht? Oder haben Sie viele Angestellte, die Ihnen das abnehmen?" Er strahlte sie offen an.
„Schön wär`s, aber ich bin mit einer Mitarbeiterin alleine. Der Laden ist sehr klein und mehr Mitarbeiter könnte ich mir gar nicht leisten, es reicht mal eben gerade. Das möchte ich ändern."
„Wenn Du möchtest, ich bin ein Werbefachmann, vielleicht kann man einen online Verkauf starten oder anders den Verkauf steigern?"
„Das ist nett, Tino, aber ich kann nur eine begrenzte Zahl Seifen fabrizieren."
Sie sah jetzt eine große Fabrik vor sich, auf der tausende ihrer Seifen über ein Fließband getragen wurden, in Kartons verpackt und auf Reisen in die ganze Welt geschickt wurden.

„Von einem internationalen Business habe ich immer geträumt. Ich hätte statt einem Handwerk lieber BWL lernen sollen, aber das war nicht möglich.“
Erna wollte das Thema wechseln, ihre Lebensgeschichte bei einem ersten Date aufzutischen, würde ihn vielleicht abschrecken. Er sollte auch nicht sofort merken, worum es Erna ging.

Hans stand noch im Hotelzimmer, um sich anzukleiden, als es an der Tür klopfte. Verwundert öffnete er und sah direkt in Valeries leuchtende Augen. Ohne eine Einladung abzuwarten, schob sie Hans zur Seite und ging Richtung Bett. Dort legte sie ihren dünnen Sommermantel ab, darunter trug sie nur ein Korsett und Strapse.
„Das vom letzten Mal lasse ich nicht auf mir sitzen, ich möchte mit Dir schlafen. Zu einem Desaster gehören doch immer zwei. Dann zeig mir doch, wie es dir gefällt!“
Hans musste schmunzeln, da er sie offenbar mit seiner Ablehnung unbewusst genau an der richtigen Stelle getroffen hatte. Ihr zarter Körper sah in der Wäsche atemberaubend schön aus, doch er wusste nicht, ob er jetzt mit ihr schlafen wollte. Wenn er sie wieder abwies, würde er sie dann verlieren?
„Überlegst du noch? Ich werde nicht warten.“ Sie setzte sich aufs Bett und schlug die Beine übereinander.
„Also gut.“ Hans ging zum Zimmertelefon „Aber dann auf meine Art.“ Er bestellte Prosecco, Austern und Erdbeeren. Dann ging er ins Bad und holte einen Bademantel, den er Valerie zum Überziehen reichte. Sie tat schweigend, was er ihr anwies. Dann setzte Sie sich ans Betthaupt, zog die Füße an, legte ihr Kinn auf ihre Knie und wartete ab.

„Ich möchte, dass wir uns ganz langsam annähern und begegnen. Ich will mit dir zuerst Trinken und Essen genießen, mit dir sprechen und dich dann nach und nach entdecken, dich Zentimeter für Zentimeter spüren und erobern. Ich will dir in die Augen sehen, mit dir reden, dir begegnen. Lass dich fallen und versuche nicht, irgendwelche Dinge zu tun, von denen du glaubst, dass du sie tun musst, gut?"
Valerie zuckte mit den Schultern, verzog kurz den Mund und nickte.
Kurze Zeit später saßen sie auf dem Bett, aßen, tranken und lachten. Hans erzählte Anekdoten von seiner Arbeit bei einem englischen Lord. Er fragte Valerie nach ihren Lieblingsorten und was sie im Leben am meisten genießen würde. Sie sollte ihm von ihrer Familie erzählen und über ihre Gäste im Kaffee.
Nach einer Stunde, als Valerie sich mehr entspannt hatte, zog Hans sie nahe zu sich heran. Er fasste sie im Nacken und küsste sie ganz sanft am Hals. Valerie stöhnte kurz auf.
„Und bitte, Valerie, stöhne nur, wenn du es wirklich fühlst, du brauchst mir nichts zu beweisen. Das ist keine Prüfung und kein Leistungsturnen. Wir spüren uns einfach und lassen unsere Körper bestimmen, was sie wollen."
Wieder nickte sie stumm. Er zog ihr den Bademantel von den Schultern und küsste ihre Schultern. Dann begann er sie, langsam zu streicheln und mit kleinen sanften Küssen zu bedecken. Valerie reagierte mit einer Gänsehaut, gab aber keinen Laut von sich.

„Schau mich an“, sagte Hans bestimmt. Sie saßen sich jetzt kniend gegenüber. „Schau mich an, sieh in mich hinein, spüre mich“, flüsterte er. Valerie sah in an, ernst und intensiv. Sie hielt den Blick. Sie saßen einige Minuten nur so da. Er nahm jetzt ihre Hände und massierte sie. Stück für Stück arbeitete er sich über ihre Arme und die Schultern bis zu ihren Brüsten, die er zuerst nur hauchzart berührte. Valerie begann, immer mehr zu beben. Hans legte sie auf den Rücken und streichelte langsam und lange ihre Beine. Vor ihrem Schoss stoppte er, um wieder bei ihren Füßen zu beginnen. Jedes Mal, wenn er in die Nähe ihrer Leiste kam, wimmerte Valerie leise.

„Schau mich an“, sagte er wieder zärtlich zu ihr. Sie sah ihn an, offen und verletzlich. Ihre Provokation war einer verwundbaren Weichheit gewichen.

„Wenn du dich mir hingibst, werde ich ganz behutsam sein und dich nicht verletzen. Ich verspreche es dir, du kannst mir vertrauen.“

Sie sagte kein Wort, nur ihre Hände umschlungen jetzt seinen Hals und zogen ihn näher zu ihr, und ihre Augen antworteten ihm mit einem Ja.

„Jetzt bist du soweit, du Schöne. Jetzt öffnest du dich mir, es ist so wundervoll. Wir lassen uns Zeit, alle Zeit der Welt, lass dich fallen“.

Seine Hände und sein Mund fanden ganz natürlich ihren Weg und er brachte Valerie in Ekstase.

Er ließ sich sehr viel Zeit, damit sie einander ganz intensiv spüren konnten. Er hatte nicht vergessen, wie man eine Frau ganz tief drinnen in ihrem Körper berührte und jedem Zentimeter genügend Aufmerksamkeit schenkte. Dieses langsame, ausdauernde Steigern ihrer Lust, versetzte sie in immer stärkere Wellen, die ihren Körper zum Zittern brachten.

Hans flüsterte: „Du brauchst nichts zu tun, als Dich hinzugeben. Lass Dich einfach nur von mir nehmen, mach Dich auf, weich und weit, empfange mich in Dir.“ Valerie sah ihn nur an. Hans bewegte sich sehr langsam, in alle Richtungen, um jeden Winkel ihres Schosses zu erkunden und ihre Erregung weiter zu steigern.
„Lass Dich einfach fallen, Du bist so schön. Du gibst mir so ein Geschenk, Du brauchst nichts zu tun, als es zuzulassen, Dich zu öffnen. Du brauchst nichts zu beweisen, und jeder, der in dir sein darf, ist im Himmel.“ Er sah ihr dabei tief in die Augen und hielt für einen langen Moment einfach still. "Du darfst Dir geben lassen, Dich lieben lassen, ich bin in Dir, spürst Du das? Ich will ganz tief in Dir sein und das fühlt sich so schön an! Und ich werde Alles tun, damit Du endlich bekommst, was Du verdienst.“
Valerie liefen Tränen herunter, sie lachte und schluchzte gleichzeitig. Hans wurde jetzt fordernder und schneller. Sie bäumte sich auf, er hielt sich zurück, bis sie soweit war und in einer Explosion vor Lust aufschrie. Sie küssten sich jetzt leidenschaftlich, bis Hans auch mit einem lauten Stöhnen ihre gemeinsame Sinnlichkeit zu einem Höhepunkt brachte.

Als Erna Tino gesagt hatte, er solle lieber etwas von sich erzählen, ließ er sich nicht bitten und legte los. Er redete vier Essensgänge durch, erzählte von seinen Firmen, seiner Vergangenheit, seinen Beziehungen und seinen Kindern, vom Golfen und seinen Reisen. Erna musste immer nur ein zustimmendes Brummen oder Nicken von sich geben, mehr brauchte Tino nicht von ihr als Gesprächspartner.
Erna fragte sich, ob er überhaupt an ihr oder einer Frau interessiert war oder nur jemanden suchte, den er vollreden konnte. Irgendwo hatte sie aber einmal gelesen, dass Männer am Anfang immer sehr viel von sich erzählen und es kein Zeichen von Desinteresse am Gegenüber sein muss, sondern sie für die Frau das Pfauenrad schlagen. Sie langweilte sich zunehmend, freute sich aber, nicht selbst erzählen zu müssen.

Nach dem Essen brachte Tino sie zu einem Taxi, küsste ihr angedeutet auf die Wange und sagte ihr, er wolle sie wiedersehen.

Hans lag Haut an Haut eng umschlungen mit Valerie da und sie bebte noch immer schweißgebadet in seinen Armen. Hans dankte Gott, dass man sexuelle Erfahrung offenbar nicht verlernte und er der Frau seines Lebens ganz offenbar eine neue Welt der Empfindungen offenbart hatte.
Sie schlief jetzt ein und er hielt sie dabei an sich gedrückt, wie ein kostbares Stück Seide. Sie hatte sich ihm hingegeben und er war nicht nur tief in ihren Körper, sondern auch in ihre Seele eingedrungen. Er würde sie beschützen, lieben, verwöhnen und ihr alles geben, was er in diesem Leben zu geben hatte. Wenn sie es nur wollte. Er hoffte es. Über den Altersunterscheid wollte er nicht nachdenken, nur noch über sein Glück und diese Fülle in seinem Herzen. Erschöpft ließ er sich jetzt in den Schlaf fallen und hoffte, sie wäre noch hier, wenn er aufwachte.

„Hans, bitte komm zu mir rüber, ich brauche deinen Rat."
Das Piepsen der Nachricht hatte Hans aufgeweckt. Valerie hatte schon ihren Sommermantel angezogen.
„Wolltest du gehen, ohne dich zu verabschieden?" Hans setzte sich im Bett auf.
„Ja, mir ist das irgendwie zu viel. Ich muss jetzt mal hier raus, bitte keine Diskussionen jetzt."
„Warum wehrst du dich so gegen etwas, das so schön sein könnte? Gib uns doch etwas Zeit."
„Ich sagte eine Nacht, die hatten wir und jetzt lässt du mich in Ruhe, das war die Abmachung!"

Hans sagte nichts mehr und sah sie nur ernst an. Er wusste, wenn er sie jetzt zu sehr bedrängen würde, könnte er sie damit verlieren. Nach dieser innigen und von Sehnsucht und Offenheit getränkten Nacht hatte er sich eigentlich etwas anderes erwartet. Ihm wurde gerade klar, dass er diese Frau weder kannte noch einschätzen konnte und er sich wohl doch etwas vorgemacht hatte. Er war scheinbar ein alter Mann geworden, der sich in einem Anflug von Wahnsinn in eine zu junge Frau verliebt und in eine absurde Idee verrannt hatte.

„Ich lass dich gehen und du wirst nichts mehr von mir hören, wenn du es so willst." In seiner Stimme konnte man die Resignation hören.

Valerie stoppte kurz am Weg zur Tür, drehte sich noch einmal um, überlegte einen Moment und ging mit einem: „Ich danke dir, aber ich geh jetzt", aus der Tür.

Hans sackte ins sich zusammen und wurde von einer Traurigkeit übermannt, die er lange nicht mehr so gefühlt hatte.

Bevor er noch das Leben mit ihr genießen konnte, flog sie auch schon wieder davon. Wie ein Traum, den man so gerne weiter geträumt hätte. Er würde sich jetzt diese Nacht aus seinen Poren duschen und sich dann um Aaron kümmern, der ihn offenbar brauchte. Er würde Alles vergessen und sich wieder fangen. Zurück in sein altes Leben gehen. Mehr konnte er wohl nicht bekommen.

Valerie ließ die Tür laut ins Schloss fallen. Erna hörte nur, wie sie ihre Schuhe gegen die Wand pfefferte und dann im Bad die Dusche anstellte.

Zwanzig Minuten später setzte sie sich zu Erna in die Küche. Erna hatte für beide Kaffee gekocht und Palatschinken mit Marmelade zubereitet.

„Ich glaube, das brauchen wir beide jetzt. Seelennahrung und Kraftfrühstück. Wie war dein Abend gestern?"

Valerie sah zuerst ganz abwesend aus dem Fenster. Es dauerte eine Weile, bis sie Erna überhaupt richtig wahrnahm.
„So viel Zucker kann ich gar nicht essen, dass es mir helfen würde.“ Sie saß mit hängenden Schultern kraftlos da und löffelte sich Unmengen an Staubzucker auf die Palatschinken.
„Magst du es erzählen?“ Erna lächelte sie aufmunternd und liebevoll an.
„Ich glaube, ich habe das erste Mal in meinem Leben mit einem Mann geschlafen.“ Jetzt rechte sie mit ihrer Gabel Muster in den Staubzucker.
„Wie bitte?“ Erna verstand nicht. Valerie hatte sicher mit geschätzten hundert Männern geschlafen. Wovon sprach sie da?
„Ich habe das erste Mal erlebt, wie es ist, wie es sich anfühlt, wenn du wirklich mit jemandem schläfst. Was damit gemeint ist, wie es ist, jemandem nahe zu kommen und sich einem Mann zu öffnen. Es fühlt sich so schön an, wie nichts, das ich kenne. Aber gleichzeitig fühlt es sich grauenhaft an.“ Jetzt schnitt sie die Palatschinken in große Stücke.
„Aber was war denn grauenhaft daran? Hat er dir weh getan?“
„Aber nein.“ Sie lachte und gleichzeitig rannen ihr Tränen herunter. „Im Gegenteil, er ist das Sanfteste und Großartigste, was ich je erlebt habe. Aber es ist so furchtbar unerträglich.“
„Valerie, was meinst du denn?“ Erna griff nach Valeries Hand und drückte sie.
„Ich fühle mich, wie eine offene Wunde. Ein offenes Buch, vollkommen ungeschützt und ausgeliefert, als ob ich mich vor nichts mehr schützen könnte und mein blutendes und pochendes Herz offen in meinem Brustkorb daliegt und er es einfach packen und herausreißen könnte.“
Erna schwieg und dachte nach.
„Jetzt verstehe ich, glaub ich. Du bist verwundbar und verletzlich und das Gefühl magst du nicht.“

Valerie nickte.
„Iss die Palatschinken, sie werden sonst kalt!“
Valerie gehorchte und schob sich einen Bissen in den Mund.
„Der ganze Sex“, sagte sie mit halbvollem Mund, „das war alles nur wie eine Show. Wie ein gemeinsamer Sport, man verabredet sich zum Training.“ Sie kaute weiter und schob sich wieder ein großes Stück in den Mund. Offenbar war sie hungrig und brauchte Zucker. Erna genoss jetzt auch den weichen, warmen Teig und die Süße der Marmelade. Sie spürte, wie ihr Körper sich dadurch entspannte.
„Und weißt Du, Erna, damit habe ich mir eigentlich alle vom Leib gehalten. Ich hab` mich geschützt mit meiner Freiheit und dem ganzen Sex vor genau dem, was ich jetzt fühle. Es ist schrecklich.“
Sie schwiegen eine Weile. Valerie legte das Besteck am leer geputzten Teller ab.
„Und du?“
„Ich hatte gestern ein Date mit einem Kaufmann. Er hat mich vollgequasselt, nur von sich geredet und ich habe mich gelangweilt. Ich weiß nicht, ob ich ihn wiedersehen will.“
„Warum sollst du, wenn er dir nicht gefällt?“
„Weil ich mich ablenken muss von dem, der mir gefällt. Denn der ist nichts für mich. Kein Geld, kein richtiger Beruf, keine Zukunft.“
„Und was machen wir jetzt?“ Valerie sah Erna groß an.
„Keine Ahnung, meine Liebe. Ich weiß selber nicht, wie es weiter geht. Ich kann dir aber nur raten, gib dem Mann noch eine Chance.“
Valerie schüttelte den Kopf und sah auf ihren leeren Teller.

Erna stand auf und spülte das Geschirr ab, dabei überlegte sie, ob sie Tino wieder treffen sollte und er sie von Aaron ablenken würde. Sie dachte ständig an Aarons Kuss. Sie sah ihn vor sich, sie wollte ihn bei sich haben, ihn spüren. Und gleichzeitig gab es ihr einen Schlag in die Magengrube, wenn sie an eine Zukunft mit ihm dachte. Eine arme, anstrengende Zukunft, in der man sparen müsste, sich nichts leisten würde können und in der beide entweder viel aufgeben oder ständig hin und herreisen mussten.
Sie fühlte sich zu erschöpft, von ihrer Vergangenheit und dem Kampf, es anders zu machen als ihre Familie. Zu müde, um Kraft und Vision in einen Mann wie Aaron zu investieren. Da konnte er noch so anziehend sein und gut küssen. Auf lange Sicht wäre das zu wenig, um alles andere auszugleichen.

Aaron öffnete Hans die Tür zu seiner Suite. Er goss ihnen zwei Whiskey ein und sie setzten sich auf die Couch im Salon. „Zu dieser Uhrzeit Alkohol? Das bedeutet nichts Gutes, oder?“ Aaron schwieg. Hans blickte über die Dächer hinaus in den Sommermorgen. Die Sonne konnte heute seine Dunkelheit im Herz nicht aufhellen. Die Enttäuschung saß ihm in den Knochen. Es würde wohl eine Zeitlang dauern, bis er wieder zu seinem geistigen Normalzustand zurückgekehrt war. Jedoch schien ihm dieser Zustand von früher auch nicht mehr normal, denn diese Stunden mit Valerie hatten in ihm eine Lebendigkeit angefacht, die ihn aus seiner Lethargie holte.
Jetzt erst bemerkte er, wie lange er nicht mehr wirklich gelebt hatte. Wie sollte er nur wieder zu diesem halben Leben zurückkehren. Jetzt, wo er die Süße der Vollkommenheit gekostet hatte?
„Hans, ich weiß nicht, was ich machen soll.“ Aaron stand auf und ging zur Fensterfront, die sich über die ganze Suite zog.

„Ich spiele bei ihr den Mann ohne Geld. Ich lade sie nicht ein, ich bin auch nicht besonders höflich. Ich verstecke meine Umgangsformen, um nichts zu verraten. Aber damit mache ich bei ihr keinen oder besser, den falschen Eindruck." Er verschränkte die Arme und sah in den Himmel.
„Den Eindruck wolltest du ja machen, indem du einfach du bist. Wenn sie das nicht schätzt, dann will sie dich nicht. Nur dich, ohne das andere."
Aaron seufzte. „Ich weiß, du hast schon recht. Aber Frauen wollen erobert werden und so kann ich das nicht. Ich habe sie geküsst, Hans, und ich weiß nicht einmal sicher, ob sie so gut riecht, wie ich es ahne, aber ich musste es tun. Sie wenigstens spüren und schmecken. Es war himmlisch."
Er drehte sich um, und Aarons Gesicht erschein Hans so weich, wie er es davor noch nie gesehen hatte. Als ob ein Gefühl in ihm seine ganze Mimik veränderte.
„Sie hat mich zurückgeküsst, aber am nächsten Tag hat sie mir gesagt, dass sie das alles nicht will. Verstehst du das? Oder sind das die Frauen? Ich musste ja noch nie um eine Frau kämpfen, Hans. Was würdest du an meiner Stelle jetzt tun?"
Hans dachte nur, er wäre der schlechteste Ratgeber, denn er hatte sich selbst in die Misere geritten und keine Ahnung, was Frauen letztlich wollten.
„Ich kann dir nichts raten, Aaron. Da bin ich der Falsche. Aber im Grunde genommen geht es doch immer darum, dran zu bleiben und nicht aufzugeben, oder? Vielleicht braucht sie mehr Zeit, um dich zu entdecken. Vielleicht ging ihr das alles zu schnell, du musst dich eben mehr zurückhalten?"

Aaron starrte jetzt wieder aus dem Fenster und sagte nichts. Dann drehte er sich auf einmal um und meinte beschwingt: "Du hast vollkommen recht. Ich gebe nicht auf und Zeit ist das Wundermittel, das den Zauber noch möglich machen wird. Und ja, ich halte mich zurück. Dann wird sie sich sicher wundern und bemerken, was ihr fehlt. So mach ich es!"
Hans erzählte nichts von seinen Eskapaden und Aaron würde ihn nie danach fragen. Die beiden besprachen noch die Organisation des Filmteams und wie Aaron Erna zu einer Nacht auf einer Almhütte bringen könnte. Dann recherchierten sie, wo dafür die geeignete Hütte zu finden wäre und schmiedeten einen neuen Eroberungsplan.

Erna stand im Laden und wartete auf Aaron und Adele. Heute wollten sie planen, wann und wie das Kamerateam die Aufnahmen machen würde. Als Aaron mit einer kurzen SMS absagte, rutschte Erna kurz der Magen in die Kniekehlen. Sie musste ihre Enttäuschung richtiggehend unterdrücken. Wie schlecht gelaunt sie dadurch war, bemerkte sie erst, als sie Adele wegen ihrer kleinen Verspätung unfreundlich anherrschte. Adele nahm es verdutzt, aber in ihrer ruhigen Natur, besonnen zur Kenntnis.
Jeder Kunde, der heute das Geschäft betrat, löste in Erna Anspannung aus und sie konnte sich auf nichts konzentrieren.

Als sie sich für eine kurze Pause nach hinten auf einen Hocker setze, um einen Espresso zu trinken und über ihre Kaffeeprodukte nachzudenken, sah sie die Seifenform, die Töpfe und den Tisch. Es erinnerte sie an den gemeinsamen Tag mit Aaron. Warum konnte er nicht der Mann sein, der mit ihr das Leben führen würde, das sie sich seit Jahrzehnten wünschte? Warum nur sollte sie Liebe und Geld nicht gemeinsam erleben dürfen? Auch wenn sie viel erreichen konnte, aber mit einem Partner an der Seite hätte, der weniger als ihren eigenen Standard erfüllte, würde sie nie ans Ziel kommen.
Sie seufzte tief. Sie vermisste ihn jetzt schon.
Als ihr Handy klingelte und sie Aarons Nummer sah, sprang ihr Herz vor Freude und es gab ihr gleichzeitig einen Stich, weil sie diese Freude nicht genießen durfte.
„Hallo Erna. Ich habe mit dem Kamerateam gesprochen, sie könnten am kommenden Wochenende die Almwanderung einplanen und wir würden auf der Kaiserhütte übernachten. Die ist nicht bewirtschaftet. Es ist eine private Hütte und wir werden den Schlüssel bekommen. Wir können dort dann zeigen, wie wir etwas mit den Kräutern zubereiten und ein bisschen Landidylle mit einbauen. Das gibt der Sendung mehr Abwechslung, passt das für dich?“
„Das ging ja schnell, gut in Ordnung. Gib mir die Abfahrtszeit und ich bereite alles vor.“
Mit Aaron und dem Team auf einer Hütte, wie schön wäre es gewesen, das als Paar zu erleben. Sie musste sich jetzt auf die Sendung konzentrieren und wie sie am besten für sich Werbung machen könnte. Sie stand auf und begann, sehr starken Kaffee einzukochen.
„Adele, übernimmst du bitte bis Ladenschluss, ich arbeite hier etwas aus und will nicht gestört werden.“ Adele rief zustimmend aus dem Verkaufsraum.

Erna wollte jetzt endlich ihre Kaffeeseife hinkriegen, damit sie sie Aaron und damit einem breiten Publikum vorstellen könnte. Aus dem Lager holte sie Zimtstangen, Kardamompulver, Zitronenöl, Pfefferminzöl, Mandelpulver und Geißblatt-Blüten.
Sie würde auch gleich einen alten Freund, dem eine Apotheke gehörte, anrufen, um mit ihm zu besprechen, wie sie die Rezeptur, falls sie diesmal gelang, auch auf eine Handcreme und ein Duschgel übertragen konnte. Die Freude über das Kreieren, verbannte für den Augenblick die Ausweglosigkeit der Situation mit Aaron. Sie spürte wieder den Willen, das zu verwirklichen, was sie sich im tiefsten Inneren wünschte. Ein freies, unabhängiges Leben, in finanzieller Sicherheit mit einem ausreichenden Maß an Luxus und Genuss.

Hans lag im Bett und versuchte, zu schlafen. Er wollte nichts mehr sehen oder hören und überhaupt nicht mehr an sie denken. Der Entschluss, wieder einen Rückschritt in seine alte Rolle zu machen, saugte ihm jede Energie aus dem Körper. Die Enttäuschung wirkte wie ein Medikament, das ihn ganz lethargisch machte. Er konnte aber nicht ewig im Bett liegen bleiben. Was sollte er stattdessen tun? Aaron warf sich abenteuerlustig in die Organisation seiner Almhüttentour und würde wohl noch länger hier in München bleiben. Da sie im Hotel lebten, gab es für Hans nichts zu tun, außer mit Aaron beim Frühstück ein paar Worte zu wechseln und für ihn abrufbereit zu sein. Würde ihn ein Besuch im Museum ablenken? Bei Valerie ließe er sich nicht mehr blicken. Es ging ihm gar nicht um Stolz, aber irgendetwas in ihm hatte die Hoffnung aufgegeben. Sich noch weiter lächerlich zu machen, würde ihm zu weh tun. Sie hatte ihn daran erinnert, wie sich ein Leben in Liebe und Hingabe zu einer Frau anfühlte. Damit wurde etwas in ihm angezündet und er konnte keinen Weg finden, dieses Feuer wieder zu löschen. Wäre sie nur ein Ereignis gewesen, um ihn aus seiner eingefahrenen Bahn zu katapultieren? War ihm etwas ganz anderes bestimmt, auf das ihn Valerie nur hinführen sollte? Der Gedanke, das alles ergäbe einen Sinn und würde ihn auf den richtigen Weg bringen, beruhigte ihn etwas. Er beschloss, bei einem Spaziergang an der Isar diese neuen Gedanken zu ordnen.
Die Luft duftete nach nassen Steinen, dem Flusswasser und trockenen Gräsern. Überall versammelten sich kleinere Gruppen, um zu sonnen oder einfach nur die Luft und die Wärme zu genießen. Sie saßen im Kies knapp am Wasser, manche rauchten oder tranken Bier. Die Atmosphäre steckte mit Entspannung an. Hans wollte sich einfach ein bisschen treiben lassen. Er setze sich auf einen großen Stein und sah dem Wasser beim Fließen zu.

„Alles fließt, Hans, alles fließt“, redete er sich selbst zu. Er musste den Gesetzen des Lebens gehorchen, sonst würde es ihn zerstören. Eines dieser Gesetze hieß, dem Fluss des Lebens zu folgen und sich nicht dem Strom zu widersetzen. Sich tragen zu lassen und nicht an etwas festzuhalten, das stromaufwärts lag. Wie konnte ihm das gelingen? Wie sollte seine erregte Seele so einfach das loslassen, was in ihr die größte Wonne ausgelöst hatte? Wie sollte man sich einfach davontragen lassen von dem, was einem tief in das Herz eingebrannt worden war? Wie könnte man sich einreden, dass man nicht zurückschauen sollte, in dem Wissen, dass man das Schönste und Einzigartigste in dieser Erdenzeit hinter sich lassen müsste?
Das vorbeischnellende Wasser beruhigte ihn, er kam in einen meditativen Zustand und seine Gedanken begannen sich aufzulösen. Worte und Bilder zogen an ihm vorüber, er konnte nichts mehr genau erfassen. Er genoss die Leere in seinem Kopf und schaute ins Wasser, wie in einen nie versiegenden Quell von Ruhe und Kraft. Er saß schon etwa eine halbe Stunde so da, als er von einem jungen Paar gestört wurde, dass an ihm im Kies vorbeilief. Sie neckten sich und spielten fangen. Der Mann versuchte sie zu packen, sie entwischte ihm und rannte in die andere Richtung davon. Er rannte ihr nach und kämpfte wieder darum, einen Zipfel ihres T-Shirts zu erwischen, sie riss sich los und rannte davon. Irgendwann gab er auf und blieb erschöpft stehen, keuchte vornüber gebeugt mit den Händen an die Oberschenkel gestützt. Jetzt hielt sie an und drehte sich um, um zu sehen, wo er bliebe.
Da schoss ihm die Erkenntnis ein. Wenn er stehenbliebe, dann würde Valerie sich umdrehen.

Er hatte versprochen, sie in Ruhe zu lassen. Aber er hatte nie gesagt, er würde sich nicht mehr blicken lassen. Wenn er sich in ihrer Nähe aufhalten würde, aber ohne sie weiter zu bedrängen, wenn er sie vielleicht sogar eifersüchtig machen könnte, vielleicht würde sie sich dann anders entscheiden. Ob so ein billiger Trick funktionieren würde? Er musste es versuchen.
Im Hotel hatte er mehrmals ein sehr nettes Gespräch mit der Gouvernante geführt und auch ein wenig mit ihr geflirtet. Vielleicht würde sie mit ihm ausgehen, in Valeries Café? Die Freude neuer Möglichkeiten und damit neuer Hoffnung kribbelte in seinem Körper. Er war vielleicht zu alt und sie die größte Herausforderung seines Lebens, aber er würde sich ewig fragen, wie es geworden wäre, hätte er nicht bis zuletzt darum gekämpft.

Erna füllte gerade die Flüssigkeit in die Seifenform, als Sanne auf einmal vor ihr im Arbeitsraum stand. Sie wusste, sie durfte Erna jetzt gerade nicht stören, setzte sich still auf den Hocker und sah Erna zu, wie sie behutsam die braune Masse glattstrich.
„Halte mir die Daumen, dass ich es diesmal hingekriegt habe, ich möchte in der Sendung meine Idee präsentieren."
Sie deckte alles mit Folie zu. Im Arbeitsraum stand heiße, nach Kaffee duftende Luft. Sanne saß mit tiefen Augenringen, blass und dünn in der Ecke.
„Sag mal, isst du überhaupt noch etwas?" Erna öffnete den Kühlschrank und holte ein Stück Schokoladenkuchen heraus.
„Bisschen was Süßes? Schadet nicht." Sie legte zwei Stück auf einen Teller und setzte sich neben Sanne.
„Er ist ausgezogen." Sanne biss lustlos vom Kuchen ab.
Erna streichelte Sanne über den Arm.
„Ich hätte nie gedacht, dass er das wirklich durchzieht. Es tut mir so leid"

Erna sah ihre Freundin ungern so leiden und wusste nicht, wie sie helfen konnte. Mit ihren spirituellen Erkenntnissen kam sie bei Sanne nicht weiter. Niemand wollte mit Liebeskummer hören, dass es nur zu seinem Besten wäre.
„Wollen wir heute etwas bei mir kochen?“
„Spaghetti mit tonnenweise Sugo und der schwerste Rotwein, den wir kriegen können.“ Sanne lächelte jetzt müde und Erna schien aus ihrem Blick ein wenig Zuversicht leuchten zu sehen.
So traurig Sanne auch aussah, irgendwas Leichtes und Gutgelauntes mischte sich seltsamerweise in ihre Energie.
„Dann um acht bei mir. Und wir machen einen Schlachtplan für dein weiteres Liebesleben.“
Sie umarmten sich. Da klingelte die Glocke der Ladentür und Erna hörte Aarons Stimme. Als er hinter die Theke in den Arbeitsraum kam und Sanne ihn zum ersten Mal sah, zwinkerte sie Erna verstohlen zu und verabschiedete sich.
Ernas Herz machte wieder Sprünge. Sie konnte an nichts Anderes denken, als daran, wann sie diesen wundervollen Körper berühren und genießen könnte, ohne an ihre verdammten Pläne, Regeln und Grenzen zu denken. Sie ermahnte sich zur Vernunft.
„Ich wollte nur mal kurz mit dir den Ablauf der Almwanderung durchgehen, passt es dir jetzt?“

Er stellte sich ganz nah zu ihr, sein Arm berührte ihren für einen Moment. Aaron zeigte ihr einen Plan mit Uhrzeiten und Text, wo verschiedene Stationen der Aufnahmen beschrieben worden waren. Er deutete mit seinem Finger auf eine Stelle und erklärte. Erna konnte seinen Worten nicht folgen. Sie nahm nur seine Nähe wahr, spürte ihn, genoss seine Ausstrahlung und sog seinen Duft und die Energie seiner Aura ein. Wie gerne hätte sie jetzt ihren Arm um ihn geschlungen und ihn wieder und wieder geküsst. Während er sprach, sah sie ihn von der Seite an und beobachtete, wie sich seine Lippen bewegten. Sie entdeckte auf einmal jede Einzelheit seines Gesichtes, wie unter einer Lupe. Sie hörte ihn, wie unter Wasser reden, versunken, um ihn zu studieren.
„Dann machen wir das so?" Sie nickte wie in Trance und entschuldigte sich kurz auf die Toilette. Dort angekommen, klatschte sie sich kaltes Wasser ins Gesicht, sah sich in den Spiegel und redete auf sich ein.
„Erna, vergiss es. Beherrsche dich doch bitte, denk daran, was du willst. Lass dich nicht abbringen und nicht ablenken. Das ist nur pure Lust, körperliches Verlangen, schwaches Fleisch, dein Geist ist stärker. Du weißt, wer du bist und wohin du gehst. Also, Mädchen, sei stark und reiße dich verdammt nochmal zusammen!"
Aaron sprach mit Adele. Sie lachten und witzelten miteinander, fast kam es Erna so vor, sie würden miteinander flirten. Das schmeckte ihr gar nicht. Ihre Eifersucht irritierte sie.
„Wir haben noch zu tun, wenn es also nichts mehr gibt, Aaron, dann sehen wir uns beim Dreh übermorgen." Ihre Stimme schnitt spitz durch die vorher noch entspannte Atmosphäre.
Adele dreht sich weg und begann, im Regal etwas zu ordnen, dabei zwinkerte sie Aaron kurz zu. Aaron antwortete gelassen „bestens, dann bis übermorgen. Ich denke, wir werden schöne Motive kriegen, auf Wiedersehen die Damen."

Er wippte mit einem fröhlichen Schritt aus der Ladentür. Erna wunderte sich, dass ihm offenbar ihre Ablehnung so gar nichts ausmachte und spürte, wie ihr der Ärger im Bauch drückte. Adele schlichtete gerade Seifenpäckchen im Regal. Erna musterte jetzt verstohlen Adeles große, weiche Brüste und ihr rundes, pralles Hinterteil. Eine Mischung aus Eifersucht und Lust irritierte sie so sehr, dass sie kurz auf Aaron vergaß. Sie wollte sich jetzt mit dem beschäftigen, was das einzige Sinnvolle in ihrem Leben war. Ihre Kreationen und ihr Geschäft. Nur das würde sie weiterbringen. Oder jemand wie Tino, der ihr Leben so viel leichter machen könnte.

Tino saß in einem rosaroten Hemd, beiger Stoffhose und beigen Rauhlederboots schon im Café und streckte sein gebräuntes Gesicht der Sonne entgegen. Als er Erna sah, stand er auf und begrüßte sie, wie das erste Mal, mit einem angedeuteten Handkuss. Erna dachte sich nur, dass er eigentlich sehr gut aussah und sie beide ein schönes Paar abgeben würden, sobald sie selbst auch einmal in Designerklamotten stecken würde. Ihre Outfits waren bisher eher praktisch und von der Stange, sie wirkte eher bäuerlich und nicht mondän. Sie träumte vom Chic teurer Stoffe und Schnitte, deren Wert man von weitem erkennen würde. Kleider machten Leute, dessen war sie sich sicher. Bis es soweit war, mussten ihre Sommerkleider genügen. Tino schien, sich nicht daran zu stören. Er strahlte Erna an. Diesmal fragte er sie mehr über ihr Leben und hörte geduldig zu. Erna mochte seine Aufmerksamkeit und badete sich in seinen dankbaren Blicken. Als sie ihm von der Fernsehsendung und der Idee einer Kaffeeprodukt-Serie erzählte, wurde er auf einmal sehr ernst und geschäftlich.
„Darf ich dir als Geschäftsmann einen Rat geben, Erna? Wenn du willst, kann ich dir helfen."
Er sah sie jetzt an, wie ein Kind, das ein neues Spiel ausprobieren darf.

„Ja, gerne, ich kann Hilfe gebrauchen. Ich bin bisher eine Alleinkämpferin. Das ist manchmal ganz schön anstrengend. Du hast sicher mehr Erfahrung als ich."
Er rieb sich die Hände.
„Mit Geschäften kenne ich mich aus. Du darfst deine Idee nicht so einfach hergeben, dann kommt ein Riese und macht das, was du als kleine Unternehmerin nicht schaffst. Ich würde nur von der Idee sprechen, also nicht vom Kaffee oder dem Produkt, sondern davon, dass du etwas gefunden hast, das alle Gerüche neutralisiert. In der Sendung würde ich dann Testpersonen vorführen, die darüber sprechen, als hättest du ein Wunder entdeckt, aber keiner sagt, was es genau ist. Damit machst du auf das Produkt neugierig. Ich kann dir helfen, mit einem Businessplan oder mit dem Verkaufen, ich bin ein Salesprofi, das ist meine Welt!"
Er grinste zufrieden und sichtlich erfreut, jemandem in geschäftlichen Dingen helfen zu können.
Seine kindliche Freude und Hilfsbereitschaft machten ihn sympathisch. Erna begann, erste wohlwollende Gefühle für ihn zu empfinden. Seine Attraktivität gewann durch seine freundliche Art und Erna wollte ihm eine echte Chance geben.
„Ich freue mich, wenn du mir hilfst. Wenn du möchtest, dann besuche mich doch in meinem Geschäft und ich zeige dir alles."
„Sehr gerne, es ist mir ein Fest, sag mir wann und wo, ich nehme mir die Zeit."
Er war zwar kein bisschen wie Aaron, aber sie mochte Tino. Sein Reichtum und Geschäftssinn würden sicher helfen, ihn auch lieben zu lernen.

Als Erna nachhause schlenderte, malte sie sich aus, wie es wäre, mit Tino zu leben. Sie hoffte, die Visionen von einem Luxusleben würden ihr helfen, sich ihm zu öffnen. Konnte man sich absichtlich in jemanden verlieben? Vielleicht war Chemie und Energie alles nur eine Verirrung der Menschen und man konnte entscheiden, wen man liebte. Vielleicht hatten die Romantiker sich alle geirrt und Leidenschaft war ein Betrug der Hormone über den Geist.

Hans hatte Eleonore, die Gouvernante, zum Essen eingeladen und sie davor zu einem Aperitif im Café, wo Valerie arbeitete, überredet. Er würde Valerie, falls sie heute Dienst hätte, keines Blickes würdigen, mit Eleonore flirten und sich souverän zeigen. Als Valerie Hans entdeckte, sah sie ganz grimmig zu ihm. Sie sprach mit einer Kollegin, die daraufhin zu ihm sah. Sie kam und fragte nach der Bestellung. Valerie beobachtete Hans aus der Entfernung. Sie wischte die Tische ab, stellte Zuckerstreuer um und servierte Tassen ab, dabei sah sie immer wieder verstohlen zu ihm hinüber und wendete den Blick sofort ab, sobald er in ihre Richtung blickte. Hans tat so, als ob ihm das alles nichts anginge und flirtete mit Eleonore so gut er konnte. Nach einem Prosecco zahlte er und ging mit Eleonore langsam aus dem Lokal, während er den Arm um die Hüfte seiner Begleiterin legte. Er konnte nicht einschätzen, ob Valerie das beobachtet hatte und was in ihr vorging. Die Begegnung mit einer Frau hätte er sich anders gewünscht, wenn es aber dieses Theater brauchte, um ihre Schale zu knacken, so wollte er auch dieses Spiel in Kauf nehmen.

Erna hoffte, sie würde Valerie mit dem Pfauchen der Kaffeemaschine nicht wecken. Draußen dämmerte es erst, Erna fröstelte vor Aufregung und der Frische des Morgens. Ihr zartes Nachthemd hing wie eine Wolke auf ihrer Haut, die sich jetzt mit tausenden kleinen Erhebungen gegen die Kälte wehrte.

Erna wärmte etwas Milch, sie brauchte heute einen molligeren Kaffee, um in den Tag zu kommen. Sie legte sich Sätze zurecht, die sie während der Kräuterwanderung in die Kamera sagen wollte und sprach sie leise vor sich hin. Ein Luftstoß erschrak sie. Valerie stand auf einmal verschlafen hinter ihr.
„Heute Drehtag?" Sie gähnte laut und streckte ihre Arme. Durch das hauchzarte Top konnte man ihre Brüste sehen. Erna bemerkte, wie sie der Anblick leicht erregte.
„Warum bist du schon wach? Habe ich dich geweckt?" Erna hantierte weiter mit der Milch und dem Kaffee.
„Ich konnte sowieso die ganze Nacht nicht schlafen. Mir geht zu viel durch den Kopf."
„Lass mich raten." Erna machte gleich eine zweite Tasse für Valerie und wärmte zwei Croissants am Toaster auf.
„Ja, ja, so ist es. Männer. Wie einfach wäre es ohne sie. Wir Frauen hätten es einfacher miteinander nicht?"
Erna sah jetzt vorsichtig zu ihr, und hoffte, keinen dieser anzüglichen Blicke zu erhalten. Valerie sah aber aus dem Fenster und schien ganz woanders zu sein.
„Irgendwelche Erkenntnisse heute Nacht?" Sie stellte die Tassen auf den Tisch und legte sich einen Schal um die Schultern, sie fror noch immer ein wenig.
„Ich fürchte, ich habe mich verliebt, in einen viel zu alten Mann, der nicht im Geringsten meiner Vorstellung von einem Mann entspricht." Sie nahm ein Croissant und kaute genüsslich an dem großen Bissen.
„Verliebt? Wirklich? Ist doch gut, oder? Heutzutage ist ein Altersunterschied ja kein Problem mehr."
„Das ist er immer, früher oder später. Aber das ist ja nicht das einzige Problem, Erna. Ich fühle mich so durschaut, so ausgeliefert, unsicher, ich werde in seiner Nähe anders, so kenne ich mich nicht. Ich kann nicht sagen, dass ich mich so nicht mag, aber ich weiß nicht, ob ich damit umgehen kann. Ich werde entweder böse auf ihn oder abhängig von ihm, beides geht nicht gut."

Erna tauchte das Croissant jetzt tief in den Milchkaffee und saugte dann am weichen, klebrigen Teig. Eigentlich musste sie sich jetzt auf ihre Wanderung und die Aufnahmen konzentrieren und doch war dieser Moment mit Valerie so besonders und echt, dass sie ihn wenigstens für ein paar Minuten auskosten wollte. Sie würde jetzt etwas über sie erfahren, das sie so vielleicht nie wieder kennenlernen würde.
„Vielleicht gibt es aber einen Weg, den du dir noch gar nicht vorstellen kannst, weil du ihn nicht kennst. Du musst erst eine andere werden und etwas ganz Neues ausprobieren. Was, wenn Du ganz glücklich wirst, genau mit dem Mann, von dem du es am wenigsten erwartet hast." Als Erna sich dic Worte sagen hörte, wusste sie, dass sie wohl auch über sich selber sprach. Es begann in ihr zu arbeiten.
Valerie dachte kurz nach, dann schaute sie Erna dankbar und berührt an. „Du hast Recht! Vielleicht habe ich keine Ahnung, was möglich ist und wer ich sein kann."
„Was hast du zu verlieren, Valerie?"
„Nichts, außer die schönste Erfahrung in meinem Leben. Ich danke dir Erna, ich danke dir so sehr." Sie sprang vom Tisch auf, umarmte Erna, drückte ihr einen Kuss auf den Mund und verschwand in ihr Zimmer. Kurze Zeit später hörte Erna sie telefonieren. Erna spürte noch Valeries Lippen auf ihren. Es hatte sich schön angefühlt, weich und sehr zart. Erregt hatte sie es aber nicht. Warum hatte Valerie sie auf den Mund geküsst?

Erna keuchte mit etwas Verspätung zum Laden, davor wartete schon eine Gruppe Leute, ein paar rauchten. Aaron winkte ihr, sich zu beeilen. Das Team der Filmakademie erschien pünktlich sechs Uhr früh mit einem Lieferwagen. Aaron erklärte kurz den Weg und vereinbarte, vorzufahren. Erna stieg bei ihm ein. Adele war als Unterstützung mit dabei, falls Erna bei den handwerklichen Vorführungen Hilfe brauchen sollte. Der Weg führte sie über die Autobahn hinaus aus der Stadt, dann durch ein paar kleine Orte am Rande der Berge, bis sie schließlich auf den ersten Hängen immer höher kurvten. Erna störte es, dass sie mit Aaron nicht alleine im Auto sein konnte. Adele gab ihr aber auch Sicherheit. Erst heute Morgen hatte sie die große Aufregung gespürt, wie sie wohl vor der Kamera agieren würde und was sie in der Sendung zeigen sollte.
„Nervös?" Aaron hatte scheinbar ihre Aufregung gefühlt. Sie musterte seine sehnigen Unterarme und wie seine männlichen Hände das Lenkrad drehten. An seinem Handgelenk konnte sie einen dicken weißen Streifen erkennen.
„Hast du deine Uhr vergessen?" Sie deutete auf sein Handgelenk.
„Ach so, äh", er überlegte kurz: „Die habe ich vergessen. Passiert mir manchmal auf Reisen."
Ein Reporter ohne Uhr, das schien Erna wie ein Arzt ohne weißen Kittel. War er mit seinen Gedanken woanders? War er bei ihr? Oder schon bei Adele? Oder schon in seinem nächsten Auftrag?
Aaron schaltete das Radio ein, die Musik rettete sie vor der Stille im Auto.
Erna spürte ständig Blicke, sie sah in den Rückspiegel und direkt in Adeles Augenpaar. Dieser Blick durchfuhr Erna wie ein kleiner Stromschlag. Sie konnte überhaupt nicht einordnen, was gerade passiert war.

Bald führte sie ein schmaler, steiniger Weg bis zu einer Schranke, von da an ging es nur noch zu Fuß weiter.

Erna, Adele und Aaron nahmen jeweils einen Rucksack. Aaron hatte noch eine Gürteltasche mit Trinkfalsche und einer kleineren Kamera eingepackt. Der Kameramann mit dem Tonassistenten und zwei weitere Helfer trugen Mikro, Kamera, diverse kleine Kisten und einen großen Schirm mit weißer Innenfläche mit sich. Erna erinnerte das an Filme über Expeditionen zum Himalaya.
„Wir gehen ein Stück durch den Wald und dann kommen wir auf eine Almwiese, die zu unserer Hütte gehört. Ich hoffe, du findest dort deine Kräuter." Aaron sprach, während er vorausging.
„Falls nicht, machen wir Aufnahmen auf der Hütte und holen dann deine Sammlung auf deinem gewohnten Weg nach."
Erna wunderte sich, warum sie nicht gleich ihre übliche Route nahmen und was Aaron auf der Hütte filmen wollte, wenn sie keine Kräuter finden würden.
„Ich habe zur Sicherheit Kräuter besorgt." Aaron lachte und Erna musste über ihre Naivität den Kopf schütteln. Man kannte das ja vom Fernsehen, die meisten Dinge waren nicht echt und nur gestellt. Warum sollte es mit ihren Kräutern anders sein.
„Du bist der Profi, Aaron, du wirst schon wissen, was du tust", keuchte Erna jetzt am immer steiler werdenden Trampelpfad zwischen den hohen Bäumen.
Die kühle Waldluft roch nach feuchter Erde, Moss und Harzen des Nadelwaldes. Die Schritte klangen dumpf am erdigen, moosigen Boden. Vögel zwitscherten über ihnen. Manchmal ragte ein Sonnenstrahl in die schattige Umgebung.
Adele schnaufte jetzt immer lauter hinter Erna her. Irgendwann blieb sie stehen und japste mit roten Wangen verzweifelt nach Luft. Aaron drehte sich nicht um und ging relativ schnell weiter. Erna versuchte, Schritt zu halten. Das Filmteam blieb in einiger Entfernung zurück und sammelte irgendwann die erschöpfte Adele mit auf.

Aaron ging absichtlich rasch voran, denn er wollte Erna zum Schwitzen bringen. Sie sollte alle künstlichen Gerüche aus ihrer Haut waschen und ihren ureigenen Geruch frei geben. Wenn er sie zur Erschöpfung treiben könnte, dann würde er wissen, wie sie wirklich duftete. Die Wahrscheinlichkeit, sie würde mit ihm heute alleine auf der Hütte bleiben, stieg dadurch. Das Team sollte sich, so vereinbart, am Nachmittag mit einer Ausrede verabschieden. Er würde die Kamera ausgehändigt bekommen, um angeblich alleine mit Erna weiter zu drehen. Ob er Adele noch überreden konnte, mit dem Filmteam zurückzukehren, das war der Schwachpunkt in seinem Plan. Wie weit Erna mit ihm gehen würde? Er müsste sie heute mit großen Versprechungen umgarnen, damit sie alles tat, um weiter mit ihm hier in der freien Natur zu bleiben, ohne Ablenkungen und ohne ihre Duftwelt.
Jetzt drehte er sich kurz um, Erna ging immer langsamer und atmete schwer mit hochrotem Kopf. Ihr Haar klebte am Ansatz schon verschwitzt auf ihrer Stirn, sie hatte ihre Bluse aufgerollt und ihre Jacke ausgezogen. Adele war durch eine Biegung im Weg gar nicht mehr zu sehen, er hörte nur Stimmen vom Team weiter hinten im Wald.
„Los, komm schon Erna, wir müssen heute viel schaffen, bitte mach etwas schneller." Dabei hatte er ein schlechtes Gewissen, sie so anzutreiben. Er lächelte sie an und sein Herz füllte sich voll mit Gefühlen der Zuneigung und des Mitleids.
Erna gehorchte und prustete in schnellerem Schritt weiter. Eine halbe Stunde später kamen sie an die Lichtung und vor ihnen taten sich weite Wiesen auf. Über ein paar Hügelkuppen konnte man eine kleine Holzhütte erkennen.
„Wir müssen an den Waldrändern suchen, und bei den hohen Wiesen." Erna warf erschöpft die Worte aus ihrem Mund.
„Schau dich schon einmal um, ob du etwas findest, dann kann nachher das Team gleich filmen, wenn du etwas pflückst."

„Jetzt sehe ich sicher ganz verschwitzt aus, so mag ich nicht gefilmt werden."
„Keine Sorge, du bekommst vorher noch Maske", rief ihr Aaron zu, der gerade mitten auf der Wiese stand und sich mit ausgebreiteten Armen drehte. Er hatte auch hier vorgesorgt, Erna würde nur ein wenig Makeup ins Gesicht bekommen, aber kein Haarspray und keine anderen Düfte durften an ihren Körper. Er hoffte, sie hätte nicht Deo und Parfum mitgeschleppt und würde sich wieder damit vollsprühen.
Erna spazierte zu den Wiesenrändern und bückte sich nach den Pflanzen.
„Ich hab` schon etwas gefunden. Das können wir verwenden", rief sie Aaron erfreut zu.
„Weiße Melisse, Anis-Ysop und ein paar Kornblumen, da lässt sich schon was zeigen."
Erna ging jetzt zu Aaron auf die Wiese.
Wie gerne hätte er sie in seine Arme gezogen, dann hinunter auf das weiche Grün, um über sie herzufallen und ihren Körper zu entdecken. Er musste seine Gedanken und Erregung zügeln.
Erna kam näher und der leichte Wind blies ein wenig ihres Duftes in seine Richtung. Wieder durchströmte ihn dabei ein Glücksgefühl und innere Bilder stiegen in ihm auf, die er nicht zuordnen konnte. Er sah sich lachen, im See baden, eine alte Küche mit einem großen eisernen Ofen und eine Frau in einer Schürze. Diese Bilder tauchten auf einmal auf und sie machten ihn still und glücklich.
Bald stapften auch das restliche Team und Adele über die Wiese.

Erna wurde kurz im Gesicht abgetupft und die Haare zu einem Pferdeschwanz gebunden. In Windeseile waren alle bereit und Erna wurde beim Pflücken verschiedener Kräuter gefilmt. Dabei stellte ihr Aaron Fragen und Erna erzählte, wofür sie die Kräuter verwenden könne. Etwas später wanderten alle die Hügelkuppen hinauf bis zur Hütte. Dort angekommen, packten Erna und Adele ein paar Schüsseln aus und bereiteten alles vor, um erste Schritte der Verarbeitung zu zeigen.

Auf einem Holztisch vor der Hütte setzte sich Aaron neben Erna und sprach mit ihr vor der Kamera über Ernas Philosophie. Dann zeigte sie mit der Assistenz von Adele, wie sie einen Kräuterauszug zubereitete.

Inzwischen war es Mittag geworden und Hunger meldete sich.

„Ich habe eine Überraschung für Euch alle“, rief Aaron freudig aufgeregt. „Die Wirtin von der Gastwirtschaft im Tal hat für uns vorgekocht und gleich gibt es Gulasch und Bier, für die Vegetarier ein Bohnengulasch.“

Zustimmendes Gerede ging durch die Runde. Zwei folgten Aaron, um ihm beim Heraustragen der Töpfe und Teller zu helfen, die anderen legten ihre Ausrüstungen ab und setzten sich jetzt um einen großen Tisch. Bald plauderten alle durcheinander, aßen und tranken. Es wurde früher Nachmittag.

Plötzlich sagte der Kameramann laut zu Aaron: „Wir haben jetzt alle großen Einstellungen, können wir los, der nächste Termin wartet? Die Nahaufnahmen vom zweiten Teil fehlen noch!“

Erna sah erstaunt in die Runde und dann zu Aaron.

„Ist gut, danke Dir, den Rest kann ich jetzt auch alleine fertig machen, lass mir die Handkamera da.“ Aaron beugte sich zu Erna.

„Erna, wir beide bleiben hier, ich mache noch ein paar Nahaufnahmen, da reicht die Handkamera. Das Team steht uns nicht länger zur Verfügung, ist eine Kostenfrage." Er sagte es so bestimmt, dass Erna sich gar nicht erst überlegte, nachzufragen.
„Adele, du kannst mit den anderen nach Hause gehen, du bist ja sicher auch schon müde." Adele sah fragend zu Erna.
„Klar, Du kannst du mit uns zurückfahren, das geht sich irgendwie aus", sagte jetzt einer der Tonassistenten zu Adele und zwinkerte ihr zu.
„Erna, ist das ok? Oder soll ich noch bleiben?"
„Also es reicht, wenn wir beide hier noch schnell zwei Einstellungen machen und dann fahren wir auch zurück, oder hast du etwa Angst mit mir alleine?", fragte Aaron Erna jetzt provokant vor der Runde.
Erna schluckte, man merkte ihr die Anspannung an, dann stimmte sie zu. Aaron konnte nicht erkennen, ob es ihr unangenehm war oder sie sich die Zweisamkeit auch insgeheim wünschte. Kurz darauf packten alle zusammen und halfen noch beim Aufräumen des Geschirrs. Bald sah man sie hinter einem der Hügel verschwinden.
Der späte Nachmittag war in goldenes Licht getaucht, die Sonne hatte die Holzveranda vor der Hütte schön aufgeheizt. Die Wärme machte Erna sehr müde.
„Kaffee?" Fragte Aaron als Erna mehrmals gähnte.
„Gibt's hier denn einen?"
Aaron grinste nur und verschwand in der Hütte. Bald darauf kam er mit zwei kleinen Kaffeetassen wieder.
„Die haben hier eine gut ausgestattete Speisekammer, den Espresso habe aber ich in einer Thermoskanne mitgebracht. Habe so etwas geahnt und mittlerweile weiß ich ja, was du für eine Kaffeetante bist."
„Hey, ganz schon frech", sie stieß ihm belustigt in die Seiten.
„Dann machen wir noch die letzten Aufnahmen, ok?"

Aaron stand auf und nahm die Handkamera. Dann sollte Erna noch einmal auf der Wiese etwas pflücken. Aaron konnte die Kamera gerade einmal so bedienen und hatte keine Ahnung, was er da eigentlich tat. Er gab sein Bestes und hoffte, sie würde nicht merken, dass er damit nicht richtig umgehen konnte.
„Lass uns noch eine andere Stelle suchen. Gehen wir ein Stück weiter".
Sie spazierten eine Weile an Zäunen entlang, kamen an Kühen vorbei und genossen den Ausblick ins Tal.
„Herrlich, ich war noch nie so bewusst auf einer Alm."
Aaron atmete tief ein und schaute sich um.
„Wirklich nicht?" Erna lachte ihn ungläubig an.
„Nein, Wien und Umgebung ist flach und da gibt es hauptsächlich viel Wald. Man kann schon auf den Semmering fahren oder in umliegende Gebirge, aber das hier ist etwas ganz anderes. Für meine Berichte und auf Reisen kam ich immer in andere Gegenden, eher in Städte oder ins Flachland."
Aaron wollte Zeit gewinnen und es schien ihm zu gelingen. Er lenkte Erna mit der extra Tour an den Zäunen und Gesprächen ab, bis die Sonne ein tiefes Rot zeigte und den frühen Abend einläutete. Aaron tat, als würde er es nicht bemerken.
„Es wird schon spät, wir sollten zurück. Wir können ja nicht im Finsteren durch den Wald gehen, außerdem brauch` ich meine Jacke, mich fröstelt langsam." Erna rieb sich die Arme, um sich etwas zu wärmen.
Aaron kam an sie heran und legte einen Arm um sie. „Keine Sorge, nur um dich zu wärmen."
„Gut, nur wegen der Wärme."
Sie gingen schweigend nebeneinander her, Aarons Arm um ihre Schultern. Erna wollte schneller gehen. Aaron bremste sie

„Ich darf mit der Kamera nicht schneller gehen, wenn ich hinfalle sind tausende Euro fällig“ log Aaron, um Zeit zu gewinnen. Er ging besonders langsam und drückte Erna ein wenig näher an sich. Sie ließ es sich gefallen, sagte aber nichts mehr.
Als sie an der Hütte ankamen, dämmerte es bereits leicht. Aaron trödelte bei jeder Handbewegung. Schließlich konnte man die Sonne nicht mehr sehen und ein kühler, feuchter Schatten legte sich über die Hügel.
„Erna, es ist zu spät, uns würde mitten im Wald die Dunkelheit überfallen. Das ist zu riskant, wir bleiben bis morgen Früh hier.“
Erna kniff die Lippen zusammen. „Das passt mir aber gar nicht, ich muss ja den Laden morgen früh aufsperren.“ Sie klang verärgert und setzte sich mit verschränkten Armen auf die Bank vor der Hütte.
„Back to Basics. Tut mir leid. Wir haben hier auch kein fließendes Wasser, nur ein Plumpsklo und die Quelle mit einem Wasserbottich hinter dem Haus.
„Na toll.“ Erna sah schmollend in die Weite.
„Es tut mir leid, wirklich. Ich habe es übersehen, die Begeisterung hat mich abgelenkt, machen wir doch das Beste daraus, ok? In der Speisekammer gibt es Trockenwurst, Käse und Rotwein. Wir machen es uns jetzt richtig gemütlich.“ Ohne eine Antwort abzuwarten, ging Aaron in die kleine Speisekammer.

Erna ging ihm nach in die Hütte, um zu sehen, wo sie schlafen konnte. Im Inneren gab es eine Sitzecke, eine Kommode und eine Glasvitrine. In der rechten, gemauerten Wand war ein offener Kamin eingelassen. Es roch nach Holz und Geräuchertem. Eine schmale Tür führte zur Speisekammer, wo sie Aaron rascheln hörte. Zwei weitere Türen gehörten zu zwei kleinen Zimmern, mit je einem Bett darin. Darauf lagen karierte Wolldecken und abgezogene Pölster. In einer Truhe neben dem Bett fanden sich Überzüge und weitere Decken. Immerhin würden sie hier getrennt schlafen können. Die Türen ließen sich nicht versperren. Sie hoffte, Aaron wäre kein Psychopath, der er ihr hier etwas antun könnte. Als Reporter eines Privatsenders würde er vielleicht extravagant sein, aber nicht gefährlich. Immerhin hatte er es ja wohl ständig mit vielen Menschen zu tun. Was kamen ihr da nur für Gedanken? Sie müsste doch fühlen, dass er in Ordnung war. Sie hatte sich in ihn verliebt. Sollte sie der Situation nachgeben und einfach einmal loslassen? Ihn genießen und nicht an morgen denken? Es war einfach zu verführerisch. Eine Situation, wie gemacht für Romantik. Sie wollte das nicht jetzt in dieser Sekunde entscheiden.

Aaron rief nach ihr. In Windeseile hatte er ein Abendessen auf der Veranda für sie angerichtet. Auf einem Brett lag aufgeschnittene Wurst und Speck, in einer Schüssel türmten sich Käsewürfel, daneben ein Korb mit Brotscheiben, zwei Gläser waren bereits mit Rotwein gefüllt. Eine Kerze brannte. Er verschwand noch einmal und kam dann mit einer brennenden Laterne wieder, die er neben sie auf den Boden der Terrasse stellte. Zuletzt holte er zwei Wolldecken und legte eine davon über Ernas Knie und eine um ihre Schultern.

„Damit du nicht frierst", dabei drückte er ihr leicht die Schultern und Erna rieselte ein angenehmer Schauer über den Rücken. Ihre Müdigkeit und die Aufregung des Tages ließen ihren Körper jetzt ganz schwer werden. Bereits nach den ersten Schlucken Rotwein spürte sie die Wärme des Alkohols in ihren Adern. Sie entspannte sich. Aaron saß nahe neben ihr auf der Bank, sie redeten kaum und blickten in die Dunkelheit vor Ihnen.
„Ist dir auch nicht kalt?" Er legte den Arm um Erna, sie ließ es geschehen. Sie konnte und wollte sich nicht mehr gegen diese Anziehung wehren, auch nicht über die Konsequenzen nachdenken. Würde sie wegen einer Nacht mit einem Mann ihre Ziele aus den Augen verlieren? Erna spürte, wie sie sich alles Mögliche einredete, weil sie ihn so sehr wollte. Als ob er es spüren würde, kam er jetzt näher, fasste ihr Kinn und drehte es sanft zu sich.
„Ich würde dich gerne küssen, erlaubst du es mir?"
Sie nickte stumm und konnte gar nicht erwarten seine Lippen endlich auf ihren zu spüren. Er breitete seine Hand an ihrem Kinn aus und zog ihren Kopf behutsam zu sich, dann, ganz zärtlich, berührten seine weichen, warmen Lippen ihre. Sie stöhnte ganz leicht auf, vor Erleichterung, sich endlich diesem Gefühl hingeben zu können. Das Gefühl von Glück, Erregung und Weite schoss durch ihren ganzen Körper. Die Lust stieg in ihr auf. Aaron öffnete jetzt seinen Mund und begann, sie mit Zunge zu küssen. Zuerst langsam und zart, dann immer stärker und fester, bis sie sich schließlich beide tranken, schmeckten und aufzehrten. Eng umschlungen, wie hungrige Wölfe, schleckten und saugten sie und in Erna pulsierte es so stark in ihrem Schoß, dass sie fürchtete, gleich zu kommen. Bei dem Gedanken, jetzt mit Aaron noch weiter zu gehen und wie er sie ausziehen würde, dachte Erna auf einmal daran, wie verschwitzt sie vom Tag war. Wenn er sie das erste Mal riechen und schmecken sollte, dann nicht stinkend und verklebt. Sie musste sich waschen und wenn es mit dem eiskalten Wasser hinter dem Haus war.

„Aaron, Aaron", sie musste ihn von sich wegdrücken, weil er in seiner Erregung nicht gleich reagierte.
„Stopp." Er sah sie erschreckt an und wich zurück. „Was ist? Hab ich etwas falsch gemacht?"
„Nein, gar nicht. Nur, es ist nur, ich möchte mich etwas frisch machen."
„Aber das brauchst du nicht, es ist alles in Ordnung!"
„Ich fühle mich so aber nicht wohl."
„Es gibt nur den Wassertrog hinterm Haus, reines klares Wasser", sagte Aaron ruhig.
„Ja ich weiß. Wenn du mich schreien hörst, ist es wirklich kalt", sie stand auf und ging zu ihrem Rucksack. Sie hatte für die Aufnahmen Seifen mitgenommen, was für ein Glück. Sie musste ja stinken wie ein Iltis.
Bei jedem Gedanken an den Kuss eben pochte es in ihrem Schoss und ihr Herz raste los, als hätte man einen Startschuss abgegeben. In Aarons Küssen spürte man Erfahrung, jede seiner Bewegungen, liebevoll, zärtlich und bestimmt, zeigte, dass er genau wusste, was er tat. Erna war sich nicht sicher, ob ihr das gefiel oder sie es als Alarmzeichen werten sollte, dass sie gerade einem Womanizer zum Opfer fiel. Für heute Nacht würde sie aber alle diese Fragen einfach verdrängen und nur ihren Körper zu seinem Recht kommen lassen. Bisher war er so behutsam gewesen, sie vertraute ihm.
Sie ging hinter das Haus zur Quelle und tauchte die Hände in das eiskalte Wasser. Dann zog sie sich die Bluse und den BH aus und spritze sich mit den Händen das Wasser über die Haut. Sie musste ein wenig aufheulen, weil die Kälte so unangenehm war. Dann zog sie ihre Jeans und ihr Höschen aus. Sie nahm die Seife und tauchte sie etwas in den Trog ein.
Als sie das Seifenstück unter ihrer Achsel etwas verreiben wollte, stürmte auf einmal Aaron auf sie zu. Sie erschrak kurz, weil er aus dem Nichts auf sie zu rannte und schrie: „Keine Seife, ich bitte dich, keine Seife!! Schmeiß sofort die Seife weg."

Bevor sie begriff, was gerade passierte, nahm Aaron sie mit einem sehr harten Griff am Handgelenk, nahm ihr grob die Seife aus der Hand und warf sie in großem Bogen weg. Dann zog er ihren Arm unsanft nach unten und tauchte ihre Hand in das Wasser. Dabei wirkte er außer sich. Erna stand zitternd und nackt vor ihm. Ihr wurde ganz übel.
„Entschuldige bitte, das wollte ich so nicht!“ Er schien sich wieder zu beruhigen, aber Erna stand noch immer stocksteif da und bedeckte ihre Brüste und ihre Scham mit den Händen und zitterte.
„Du machst mir Angst, Aaron. Das war jetzt total verrückt.“ Sie packte schnell ihre Kleidung zusammen und rannte in die Hütte, um sich anzuziehen. Frierend zog sie sich das Gewand über und überlegte, wie sie jetzt agieren sollte. Die Stimmung und Romantik waren einer diffusen Angst gewichen. Wieso nur war er so ausgerastet? Welche Störung ließ ihn von null auf hundert so wütend und handgreiflich werden. Ihr tat das Handgelenk immer noch weh.
Aaron saß auf der Veranda und schaute ernst und traurig in die Nacht.

„Ich gehe jetzt schlafen Aaron, reden wir morgen darüber, ich möchte jetzt alleine sein." Er nickte stumm. Ohne ein weiteres Wort ging Erna in ihre Kammer und legte sich angezogen auf das Bett. Sie kroch unter die Wolldecke und legte einen Pullover über das Kissen. Sie fühlte eine große Enttäuschung und den Schock in ihrem Körper festsitzen. Ihr Magen zog sich zusammen und sie fröstelte. Sie würde jetzt ruhig bleiben und morgen mit ihm so schnell wie möglich wieder nach München fahren. Vielleicht konnten sie dort besprechen, was passiert war und ob sie trotzdem den Film zu Ende machen würde. Sie wollte ihm doch noch von ihrer Idee erzählen. Es wäre zu schade, wenn jetzt alles wegen dieser Frau-Mann-Geschichte den Bach runter gehen würde. Sie hatte es geahnt. Mit Aaron würde es kein Glück geben. Sie sollte eben besser auf sich hören. Sie dachte an Tino. An den soliden, ausgeglichenen Geschäftsmann, bei dem sie wusste, was sie bekommen würde. Ein langweiliges, aber sicheres, stabiles, geborgenes Leben. Die Traurigkeit darüber, dass sie ihren Gefühlen für Aaron wohl nie mehr nachgeben konnte, drückte sich wie eine dunkle Steinplatte auf sie und ließ sie kaum atmen.

Aaron und Erna gingen wortlos hintereinander den Waldweg zurück zum Auto. Die Situation war angespannt. Im Auto lief wieder Musik. Aaron setzte Erna vor ihrer Wohnung ab.
„Erna, können wir bitte darüber reden? In Ruhe? Ich lade dich zum Essen ein. Ich möchte es Dir erklären." Er sah sie so traurig und erwartungsvoll an, dass es Erna einen Stich im Herz gab. Was konnte er ihr sagen, dass sie überzeugen konnte, ihm wieder zu vertrauen? Wie sollten sie sich ab jetzt begegnen? Könnte ein gemeinsamer Abend und eine Aussprache etwas retten? Sie wusste, es schrie nach einer Klärung in ihr, denn so könnte sie keinen weiteren Tag mehr mit ihm arbeiten. Sie wollte auch die Enttäuschung über seinen Ausbruch wieder loswerden.

„Na gut, Aaron, machen wir das. Morgen Abend? Überleg dir etwas, ich habe ab sieben Zeit, du kannst mich vom Geschäft abholen."
Aaron bedankte sich für die Chance und fuhr davon.

Als Erna in die Wohnung kam, hörte sie Musik und Gelächter. Valerie saß mit einem jungen Mann in der Küche. Sie tranken Wein und rauchten Gras. Beide waren sichtlich schon benebelt und hatten ihre Beine umeinander geschlungen.
„Ach, Besuch?" Erna störte die beiden ungern, sie verzog sich in ihr Zimmer. Kurze Zeit später klopfte es an ihrer Tür. Valerie steckte den Kopf herein.
„Alles ok mit dir? Darf er bleiben? Könnte aber laut werden."
„Nein, ich bin nicht ok, aber du kannst mir auch nicht helfen. Aber wieso bleibt er hier, ich dachte, dir schwirrt der alte Mann im Kopf herum?"
„Ich kann doch nicht mit einem Greis, nein, nein, das geht nicht. Ich habe jetzt Spaß mit einem Mann in meiner Altersklasse und das wird mich heilen. Außerdem hat sich der miese Typ schnell getröstet."
„Was meinst du?" Erna sah Valerie in ihr übliches Unglück rennen.
„Na, der hat schon eine andere, mit der war er sogar im Kaffee. Dem bin ich scheißegal. Egal, egal", sie lachte kurz auf.
„Und den Gefallen, dass ich eifersüchtig werde, tu` ich ihm nicht, junge Männer sind besser." Sie kicherte und machte die Tür wieder zu.
Erna ließ sich ein Bad ein und setzte Kopfhörer auf. Sie wollte Valeries Ausschweifungen und Ablenkungssport heute nicht hören. Traurig lag sie im warmen Wasser und genoss die Wärme, die sie beruhigte und einlullte.

Aarons Verhalten machte ihn ab sofort unberechenbar. Vielleicht war es aber gut so, dass sie dadurch nicht zu weit gegangen war. Wer weiß, was ihr erspart wurde. Das Universum hatte sie vor einem riesen Fehler und viel Schmerzen bewahrt. Auch, wenn es jetzt weh tat, es wäre nachher noch viel schlimmer gekommen.
Sie stellte sich vor, wie sie mit Tino über einen weißen Sandstrand schlenderte, hin zu einem gedeckten Tisch mit einem Champagnerkübel. Sie sah sich ihm zuprosten. Sie stellte sich vor, wie sie einer großen Ladenkette ihre Produktidee verkaufen und mit Tino um die Welt reisen würde. Ihr Kopfkino zeigte sie jetzt auf einer weiten Terrasse über den Dächern einer Weltmetropole, elegant gekleidet, fünf Kilo leichter und ein paar Diamanten um den Hals schwerer. Überall würden Orchideen und Freesien um sie stehen, ihr Duft sie sanft einhüllen. Sie stellte sich weiter auf einer Yacht vor, am Meer, in Flugzeugen und im Urlaub in Italien. Welches Auto fuhr Tino eigentlich? Sie träumte von einem Privatchauffeur, Privatkoch und einem Butler. Ob Tino reich genug wäre? Sie schien ihm zu gefallen, vielleicht könnte er ihr Jackpot werden. Die Flausen einer hitzigen Leidenschaft mit einem mittellosen Spinner könnte sie sich mit ihrer mentalen Stärke ganz einfach wieder aus dem Kopf katapultieren. Sie griff nach einem Glas Prosecco und fokussierte so gut sie konnte auf Reichtum und Fülle. Was auch immer Aaron ihr erklären wollte, es würde nichts mehr ändern, sie hatte sich wieder gefangen und wusste, wo sie hinwollte. Nichts und niemand konnte sie jetzt noch davon abbringen. Eine Nacht oder eine Affäre war den Schmerz und die Umwege nicht wert.

Hans lud Eleonore wieder ein, mit ihm einen Abend zu verbringen. Sie genoss sichtlich, von ihm hofiert zu werden. Hans unterdrückte sein schlechtes Gewissen, sie nur zu benützen, beruhigte sich aber mit dem Gedanken, er würde ihr dabei schöne Stunden schenken und sie mit hervorragendem Essen verwöhnen. Er schlug wieder Valeries Arbeitsplatz für einen Aperitif vor. Das Glück half ihm, denn Valerie hatte wieder Dienst und beobachtete ihn mit der neuen Frau an seiner Seite. Er meinte zu sehen, wie sie innerlich mit sich kämpfte. Immer wieder blickte sie zu ihnen herüber, wenn er zu ihr sah, drehte sie schnell den Kopf wieder weg und spitze die Lippen zu einem kleinen Schmollmund.
Er berührte Eleonore immer wieder an der Hand, am Arm oder am Knie und sah ihr verliebt in die Augen. Er vermied, so gut er es konnte, zu Valerie zu sehen. Diesmal musste sie selbst die Bestellung aufnehmen, da sie die einzige Kellnerin vor Ort war. Sie kam langsam an den Tisch und fragte unfreundlich, was gewünscht werde.
„Champagner“, sagte Hans fröhlich und blickte dabei nur Eleonore an.
„Was meinst du, Liebe, das passt doch als Einstimmung für einen langen Abend“, dabei schmachtete er Eleonore an.
Als Valerie den Champagner brachte und öffnete, goss sie die Gläser zitternd voll und sagte nur schnippisch:
„Dann zum Wohl!“

Hans leerte mit Eleonore die Flasche, sie lachten immer lauter und er stellte zur Schau, wie gut er sich mit ihr unterhielt. Beim Zahlen tat er so, als würde er Valerie nicht kennen, sprach nur kurz und sachlich mit ihr. Beim Weggehen drehte er sich noch einmal um und blickte in Valeries dunkle Augen, die ihm jetzt anklagend und verletzt ein großes Fragezeichen zu schicken schienen. Er genoss, offenbar wirklich Eifersucht in ihr auszulösen. Er wusste nur noch nicht, wie es jetzt weitergehen sollte. Wie er Valerie einschätzte, würde sie ihn nicht anrufen oder den ersten Schritt machen. Er durfte es aber eigentlich auch nicht tun. Irgendeine gute Gelegenheit müsste sie zusammenführen, damit Valerie zu ihren Gefühlen stehen konnte.

Erna sah aus dem Laden, Valerie stand mit dem Fahrrad davor und wartete auf sie.
„Hast du Zeit auf ein Glas Wein mit mir?“
Tut mir leid, aber ich bin mit Aaron verabredet, wir wollen uns heute aussprechen, wegen einer Sache, die passiert ist beim Dreh.“
„Verstehe, schade.“ In Zeitlupe drehte sie sich zu ihrem Rad und stieg langsam auf. Sie sah so verloren aus, dass es Erna richtig weh tat.
„Also, wenn es schnell geht, dann könnten wir kurz zur Vinothek ums Eck gehen, Aaron holt mich um sieben hier ab.“
Kurz darauf saßen sie auf zwei Barhockern in der dunkel vertäfelten Vinothek.
„Die Nacht mit Frank, dem Burschen von gestern, war grauenhaft, Hans würde sagen, ein Desaster. Er hatte recht und ich bin vollkommen am Ende mit meiner Weisheit.“
„Du hast dich verliebt und jetzt fängst du mit den jungen Lovern nichts mehr an, was?“
„Könnte sein. Das mit Hans, das war so anders, so schön, so besonders so, ach.“
Sie seufzte ganz tief und fasste sich mit beiden Händen ans Brustbein.

„Aber wenn man mich mit ihm sieht, dann denkt man ein Sugar Daddy hat sein junges Flittchen am Start."
„Na und? Seit wann schert es dich, was die andern denken?"
Sie brummte vor sich hin. Dann schüttelte sie den Kopf.
„Wie soll das weitergehen? Soll ich mich von ihm aushalten lassen? Ich habe mich bisher erfolgreich gegen Beziehungen und Verpflichtungen gewehrt. Ich liebe meine Freiheit. Aber er, er ist so seriös, ernst und empfindsam. Ich würde ihm nur weh tun."
„Valerie, du kannst jetzt noch nicht wissen, wie es sein wird und du kannst auch nicht annehmen, du würdest ihm weh tun. Er ist erwachsen, jeder ist für sich verantwortlich, du schenkst ihm deine Liebe, das tut ihm sicher nicht weh, und wenn du ihn einmal verlässt, hatte er eine schöne Zeit. Das ist ein Geschenk und keine Straftat."
„Meinst du? Warum habe ich solche Angst davor?"
„Weil du dich öffnen musst, dich zeigen und verletzlich werden. Du übernimmst Verantwortung für dich und diese Beziehung. Das ist ein Schritt ins Neuland."
Valerie sah Erna jetzt lange und ernst an.
„Du bist sehr klug, Erna, deine spirituelle Sache habe ich immer belächelt, aber jetzt merke ich, dass dir das etwas bringt, du weißt viel über das Leben. Ich dachte immer, ich wüsste alles, weil ich mich in jedes Abenteuer gestürzt habe, das mir den weg gekreuzt hat. Dabei war ich nur auf der Flucht vor mir selbst. Dass es ausgerechnet ein alter Mann sein muss, der mich glücklich machen soll, das schmeckt mir nicht. Aber vielleicht muss es so sein. Er ist es einfach."
Erna sah auf die Uhr.
„Ich muss los, Valerie. Hol ihn dir. Hol dir das Glück und pfeiff` auf sein Alter und alles andere, hörst du?"
Erna winkte Valerie noch zu und ließ sie an der Bar sitzen.

Sie ging schnell zum Laden, da Aaron sicher pünktlich erscheinen würde.
Er stand auch schon da und blickte suchend durch die Auslage in den Laden.

„Hallo Aaron, ich bin hier“, sie winkte ihm zu.
„Komm, wir nehmen heute ein Taxi, ich möchte dir einen luxuriösen Abend bieten, damit du mir gut zuhören und dich entspannen kannst.“ Ein paar Meter weiter wartete ein Taxi. Aaron war mit einem Sakko gekleidet, offenbar gab er sich heute besondere Mühe.
Bald darauf saßen sie in einem edlen Restaurant.
Erna versuchte, ihre eiskalten Hände am Stoff ihres Kleides zu wärmen. Der Angstschweiß klebte ihr feucht auf den Innenflächen. Egal was er ihr sagte, dieser Abend würde für sie unbefriedigend ausgehen, denn eigentlich wollte sie ihm heute noch einmal klar machen, dass sie zu mehr mit ihm nicht bereit war.

„Erna.“
Aaron seufzte jetzt tief und schwieg lange bevor er neu ansetzte.
„Du musst etwas über mich wissen, damit du meinen Ausbruch verstehst. Vielleicht kannst du mir dann verzeihen und hast keine Angst mehr vor mir.“
Aaron erwähnte nichts von seiner Herkunft oder seinem Vermögen, aber er erzählte Erna die ganze Geschichte seiner langen Suche nach der Frau, die er riechen konnte. In allen Details schilderte er ihr das komplizierte Leben mit seiner überempfindlichen Nase, dass er keine Frau riechen könne und mit den Jahren schier verzweifelt war an diesem Thema. Er erzählte auch von der Reise, ohne zu verraten, dass er ein Anderer war, als er vorgab. Zuletzt beschrieb er den ersten Moment im Geschäft und welche wunderbaren Gefühle und Bilder in ihm aufgestiegen waren.

„Erna, ich habe alles so geplant, dass ich dich endlich ganz pur riechen kann, ohne Duftöl, ohne Parfum, ohne deinen Laden und ohne Seife. Wenn ich etwas Synthetisches oder etwas wie Seife rieche, lenkt mich das total ab und ich finde, dass der Eigengeruch eines Menschen sich dadurch stark verändert. Ich wollte dich so gerne riechen in dieser Nacht auf der Hütte. Ich war zugegeben fixiert auf meine Idee und stand unter viel zu großem Druck. Bitte versteh` mich, ich suche seit vielen, vielen Jahren. Es sollte wie die Krönung einer ewig langen Reise sein und dann sehe ich dich mit der Seife in der Hand. Ich habe überreagiert, ja, aber vielleicht verstehst du jetzt, warum. Ich bin ein sanfter, friedvoller Mensch, bitte glaube mir. Es ging mit mir durch, weil ich so enttäuscht war, wieder zu scheitern. Denn ich wusste, sonst gäbe es vielleicht keine Chance mehr."
Erna verfluchte sich selbst dafür, aber sie verstand ihn nicht nur, sie wollte ihn auch verstehen. Sie wollte ihm nahe sein. Ihr selbst waren Düfte und Wohlgerüche bisher das Wichtigste im Leben. Das war ihr Beruf und das Gegenprogramm zu ihrer stinkenden Kindheit. Sie verstand seine Verzweiflung, seine Suche, und auch, dass sich das in diesem Moment so entladen musste.
„Aber warum hast du es mir nicht einfach gesagt, Aaron?"
„Weil es verrückt klingt, ich kann dich doch nicht bitten, mich dich pur riechen zu lassen, so gut kannten wir uns nicht. Ich hatte Angst, wie du reagierst auf diese doch extreme Seite von mir. Gerade du, die sich ständig mit Düften umgibt."
„Gerade deshalb verstehe ich dich wohl besser als jeder andere, Aaron. Du hast mir echt Angst gemacht und es wäre gar nicht nötig gewesen."

Sie sah ihn liebevoll an, lächelte ihm zu und ihr Herz wusste nicht ob es springen oder sich zusammenziehen sollte. Wenn sie ihn ansah, in seine Augen tauchte, wurde ihr ganz warm in Herz und Bauch. Ihr Schoss begann zu kribbeln, sie wurde feucht. Wenn sie dann daran dachte, wie es mit ihm morgen früh und danach aussehen würde, krampfte sich wieder alles in ihr zusammen. Die Wut darüber, dass sie sich zwischen einem Lebensentwurf und diesen starken Gefühlen entscheiden musste, drückte ihr die Kehle zu.
Sie schluckte, sie wartete, sie überlegte. Aaron legte seine Hand auf ihre und sah ihr tief und lange in die Augen. Seine Berührung fühlte sich so gut an, als würde man ihr mit warmem Honig die Haut massieren. Es kribbelte von den Fingerspitzen bis zum Haaransatz.
Sie zog die Hand wieder weg, weil sie sonst schwach werden würde.
„Aaron, dann will ich auch ehrlich zu dir sein. Du solltest auch meine Geschichte kennen und wissen, warum ich tue, was ich tun werde. Und was das mit uns beiden zu tun hat. Du wirst mich vielleicht verachten oder bemitleiden oder ich werde dich verletzen, keine Ahnung. Bber vielleicht kannst du mich dann auch verstehen."
Aaron nickte und sah sie unsicher und abwartend an.
„Ich bin auf einem Bauernhof aufgewachsen. Familie Bauer, die Bauern", sie lachte zynisch auf und überdrehte die Augen.
„Zwischen Dreck, Gestank, Kälte und Armut."

Während sie sprach, streichelte Aaron sanft ihren Handrücken. „Jeder in der Familie musste ständig arbeiten, es gab keine Freizeit, es gab nur den Hof. Meine Eltern haben sich halb zu Tode geschuftet und mein Vater starb deshalb zu früh. Meine Mutter blieb alleine, verzweifelt und arm zurück. In einem Leben ohne Freude und ohne jeden Genuss. Es hat mir als Kind das Herz zerrissen, da zusehen zu müssen. Aber auch ich musste so viel entbehren. In der Schule wurde ich verspottet, weil ich immer nach Stall gestunken habe. Ich war die Bauernkuh oder die Stinki. Meine Haare und Fingernägel waren immer verklebt und braun von der Arbeit mit den Tieren und der Erde. Ständig waren wir im Freien, da frierst du dein halbes Leben. Es gab keinen Urlaub und keine Geschenke. Ich trug die Kleider meiner Schwestern und Cousinen auf. Ich konnte niemanden mit nach Hause bringen, weil keiner nach Kuhstall riechen wollte. Wegen der vielen Fliegen haben sie zu mir über Zaun oft „Drecksloch oder Lady oft the Flies" gerufen. Schon als Kind hatte ich mir geschworen, dass es mir einmal anders und besser gehen würde. Dass ich es schaffen wollte, in einer Umgebung zu leben, wo es gut roch, wo es sauber wäre. Nur der Traum von einem Leben in Luxus und finanzieller Sicherheit hielt mich am Leben. Ich habe es nur geschafft, weil ich mir heilig geschworen habe, dass ich als Erwachsene alles daransetzen werde, ein anderes Leben zu führen. Deshalb geht mir finanzielle Sicherheit und ein gewisser Luxus über alles, weil ich das bisher nicht leben konnte. Ich arbeite noch immer daran, es endlich zu schaffen. Ich weiß, ich bin verantwortlich dafür. Aber ich werde es kaum ganz alleine schaffen. Ich hoffe zwar, dass meine Produktidee, von der ich dir noch nichts erzählt habe, mir einmal mehr Geld einbringt als mein kleiner Laden, aber das, wovon ich träume, das kann ich durch meiner Hände Arbeit alleine nicht schaffen. Den Wohlgeruch habe ich erreicht, aber alles andere ist noch immer ein Kampf und ich bin einfach müde, zu kämpfen. Ich kann bald nicht mehr. Deshalb brauche ich einen Mann

an meiner Seite, mit dem ich dieses Leben so aufbauen kann, wie ich es verdient habe und mir wünsche. Und so weh mir das tut, du kannst nicht dieser Mann sein, Aaron."
Seine Augen veränderten ihren Glanz, sie wurden jetzt trüber und eine Traurigkeit legte sich über sein Gesicht. Er sagte nichts und zog langsam seine Hand zurück.
„Aaron, du bist ein Einzelgänger, ein Leben mit dir wäre in jeder Hinsicht unsicher. Wo soll das denn hinführen mit uns beiden? Eine Fernbeziehung ohne Geld? Wir würden uns bald deshalb die Köpfe einschlagen. Liebe geht kaputt in der Armut. Ich habe das bei meinen Eltern erlebt und werde das nicht selber durchmachen. Nicht noch einmal. Am Anfang ist alles toll, aber dann beginnen die Probleme. Irgendwann werde ich wütend auf dich sein, weil wir nie einen schönen Urlaub machen können oder chic essen gehen. Ich will nicht jeden Euro umdrehen müssen. Verstehst du etwas von dem, was ich dir erkläre?"
„Ich verstehe dich vollkommen", seine Stimme klang etwas erstickt. „Es ist ganz klar und du musst deinen Weg gehen. Auch wenn ich anderer Meinung bin als du. Ich denke, die Liebe kommt zuerst und muss zuerst kommen und alles andere fügt sich dann schon. Geld erfüllt nicht, niemals. Das wirst du noch merken, Erna. Du rennst dem Geld hinterher, aber die Wahrheit, das was du wirklich suchst, liegt woanders." Er sah nach unten.
„Was meinst du?" Erna war unglaublich aufgewühlt.
„Vielleicht suchst du nach etwas anderem. Ich kann dir nur sagen, dass der Luxus, wenn er einmal da ist, deine alten Wunden nicht heilen wird", er biss sich auf die Lippen.

„Doch, das denke ich schon", Erna lehnte sich jetzt zurück. Sie wollte sich nichts einreden lassen, nicht von jemandem, der ihre Welt nicht kannte, der nicht dabei gewesen war in ihrer Not in Kindertagen und der nicht wusste, wie schön es sich anfühlte, in Sicherheit schlafen gehen zu können. Was wollte sie auch von einem reisenden Egomanen erwarten, der sich nicht binden konnte und nur nach dem richtigen Duft suchte. Wie einfältig erschien ihr das jetzt. Ja, auch sie wollte nicht im Gestank leben, aber den einen Menschen mit dem richtigen Geruch zu suchen, war doch irgendwie zwanghaft.
„Da prallen eben zwei Welten aufeinander Aaron", sie klang etwas schroff.
„Ich verstehe dich und der Ausrutscher auf der Alm ist verziehen und vergessen. Schwamm drüber. Aber lass uns einfach die Sendung zu Ende bringen und das Beste daraus machen, bitte Aaron. Ich kann mir mehr nicht vorstellen und ich will es auch nicht. Bitte akzeptiere das."
Aaron nickte und presste seine Lippen fest zusammen. Den Rest des Abends wirkte er etwas genervt. Sie aßen schweigend nur einen Hauptgang, dann zahlte Aaron. Erna stieg gleich nach einem angespannten Abschied mit Händeschütteln und kurzem angehauchten Wangenkuss in ein Taxi.
Als sie im Bett lag, dachte sie an Aarons Blick. Tränen rannen ihr über die Wangen. Warum tat es nur so weh? Es war ja noch nichts weiter passiert als zwei Küsse. Und trotzdem fühlte sie sich als müsste sie einen Teil von sich opfern, um das Leben zu führen, das sie sich wünschte.

Hans kam in die Suite, Aaron saß vor einer halb leeren Flasche Bourbon und starrte in die Leere. Er trug nur Unterhosen und T-Shirt.
„Was ist denn mit dir los?"
Aaron blickte müde zu Hans.
„Trink mit mir." Seine Zunge war schwer vom Alkohol. Er schenke Hans ein Glas ein und prostete ihm zu.

„Auf den größten Volltrottel dieser Erde“, er lachte zynisch auf.
Hans sagte nichts und wartete ab. Er ahnte aber, es würde etwas mit der Frau zu tun haben, die er hier gefunden hatte.
„Sie will auch nur Geld, aber nicht mich. Ich habe sie gefunden und sie will mich nicht! Das ist doch absurd! Warum bin ich verdammt, alleine zu sein, sag es mir, Hans, warum? Habe ich etwas verbrochen? Bin ich ein schlechter Mensch? Ist sonst was an mir falsch? Vielleicht ist ja mein Duft nichts für Frauen.“
Seine Augen waren nur noch halb geöffnet, er musste schon mehr als die halbe Flasche getrunken haben.
„Aaron, du bist ein Hauptgewinn, auch ohne dein Geld. Du hast ein großes, warmes Herz. Der einzige Fehler, den du hast, ist, dass du zu verwöhnt bist und dir nie etwas erkämpfen musstest. Daher fehlt dir die Befriedigung von Leistung und eines erarbeiteten Erfolges. Du bist maßlos unterfordert und deshalb hast du dich verbissen in eine Suche hineingesteigert - nach etwas, das es gar nicht gibt.“
„Aber ja, Hans, ja, es gibt sie, sie, du weißt ja gar nicht, wie sie riecht.“
„Das kann schon sein Aaron, aber ich glaube, dass du dir das alles nur einbildest.“
„Du verstehst nichts, Hans, ich dachte du bist klug, aber heute bist du, du, bist,“ er schloss jetzt kurz die Augen und atmete tief. „Du bist zu nüchtern, zu real, was nützt mir denn die scheiss Realität, wenn ich einsam bin. Fuck you Leben.“ Er streckte jetzt das Glas gerade nach vorne, als würde er jemandem zuprosten.
„Bist du dir sicher, dass sie dich nicht will?“ Hans blieb ruhig.
„Sie sagte es gerade heraus, dass sie ein Leben in Luxus will und ich deshalb nicht der Mann an ihrer Seite sein kann, so eine Bitch. Die Weiber sind doch alle gleich.“

„Das tut mir leid für dich Aaron, sehr. Du verdienst eine Frau, die dich voll und ganz liebt. Dich wunderbaren Menschen, in deiner Einzigartigkeit, wenn sie das nicht erkannt hat, ist sie es nicht wert."
Bei seinen eigenen Worten schnürte es ihm jetzt selbst die Kehle fast zu, denn er dachte daran, ob er Valerie verdient hätte und ob er es wert wäre, von ihr geliebt zu werden. Aber mit Aaron konnte er sich nicht vergleichen. Aaron war im Grunde genommen perfekt. Er hingegen war ein alternder Mann, der sein Leben eigentlich der Flucht und Dienstbereitschaft für andere widmete. Dass er mit Valerie jetzt eigentlich viel zu hoch hinauswollte, wurde ihm in den letzten Tagen so schmerzlich bewusst. Der Geruch des Glücks war ihm in die Nase gestiegen, er hatte Appetit darauf bekommen, und jetzt sollte er es nicht genießen dürfen und zurück gehen in die Kargheit seiner alten Tage gehen? Er würde wie nie zuvor etwas vermissen, das er vorher nicht vermisst hatte, weil er es nicht kannte. Gab es denn überhaupt ein zurück? Auf einmal fragte er sich, ob er überhaupt weiter wie bisher für Aaron da sein wollte und dieses Leben an seiner Seite noch Sinn machte. Vielleicht würde er Aaron damit bremsen, wenn er immer für ihn da wäre.
„Aaron, vielleicht wirst du in Zukunft ohne mich auskommen müssen, ich denke darüber nach, Einiges grundlegend zu verändern. Es ist etwas passiert, das mir etwas klar gemacht und in mir ein Feuer angezündet hat, das ich nicht mehr löschen kann."
„Du willst mich auch nicht mehr? Lasst mich nur alle alleine, ist schon gut. Mich will keiner." Er starrte vor sich hin. Sein Körper schwankte leicht hin und her, weil er schon so betrunken war.
„Aaron, du sollst mit einer Frau leben, glücklich sein und nicht mit einem alten Gockel an deiner Seite alt werden, der Dir im übertragenen Sinne noch den Hintern abwischt."
Jetzt sah Aaron ganz erstaunt auf. Er grinste kurz.

„Hintern abwischen, Hans, was sind denn das für Worte. Was ist nur los mit uns, was ist denn auf einmal mit unserer heilen Welt passiert?" Er trank das Glas in einem Schwung leer. Er stammelte jetzt nur noch.
„Ich liebe diese Frau und sie liebt das Geld. Würde sie mich lieben, mich, dann würde ich sie mit Geld überschütten." Dabei malte er schwungvoll mit dem Arm einen großen Bogen in die Luft und kippte fast von der Couch, fing sich aber wieder.
„Aber sie liebt mich nicht. Ich weiß nicht, wie ich das überstehen werde, Hans. Ich muss jetzt schlafen, ich bin zu besoffen, um noch irgendwas zu denken. Aber morgen, Hans, morgen, da setzen wir uns hin und wir werden irgendwas anders machen, etwas planen, etwas Verrücktes. Wir machen etwas ganz Neues, ich muss etwas tun, sonst werde ich sterben, dieser Schmerz ist unerträglich."
Er drückte sich schwerfällig von der Couch hoch und wankte ins Schlafzimmer.
Hans trank aus und ging in sein Zimmer. Auch er wollte heute nicht mehr denken. Und morgen würden sie beide überlegen, wie es jetzt weiter gehen sollte. Planen als Mittel gegen die Verzweiflung der Herzen.

„Erna, ich werde für ein halbes Jahr auf Reisen gehen und ich werde in einem Kloster in einem Spezialprogramm lernen, wie ich Abschied nehmen kann von dem Kind, das ich nie hatte." Sie lächelte und wirkte seit Monaten erleichtert.
„Wow, das nenne ich eine massive Aktion. Denkst du echt, Flucht und Reisen hilft dir? Du nimmst dich immer selber mit, Sanne, also ich weiß nicht."
Erna störte der Gedanke, sie würde ihre Freundin ein halbes Jahr nicht in ihrer Nähe haben können und Sanne sich bei ihrer Selbstsuche verrennen.
„Ich habe gekündigt, das Programm ist gebucht, es gibt kein Zurück."
Sie wirkte sicher.

„Ist das nicht eine Panikreaktion? Setzt du damit nicht alles aufs Spiel?“ Warum nur konnte sie sich nicht für Sanne freuen? Sie würde die Welt sehen, vielleicht endlich mit sich glücklich werden, einen anderen Mann kennen lernen, Frieden mit sich und ihrem Kinderwunsch machen. Und doch sperrte sich etwas in ihr.
„Sanne, du weißt, ich wünsche dir alles Glück und dass du das mit dem Kind endlich loslassen kannst... oder das Universum für dich lösen lassen kannst, aber irgendwas fühlt sich nicht gut an, warum macht es mich so traurig?“
Sanne schaute auf die Straße und dachte nach. Nach einer Weile nahm sie Ernas Hand.
„Vielleicht, Erna, weil die alten Zeiten vorbei sind und wir uns verändern müssen. Es ist ein Abschied, nicht nur für uns beide, sondern ein Abschied von dem Leben, das wir bisher geführt haben. Eine Trennung von unseren alten Träumen und von dem, was für uns sicher schien“, ihre Augen füllten sich mit Tränen.
„Weißt du Liebes, ich weiß nicht ob der Schritt der richtige ist, aber ich spüre wie nie zuvor, dass ich in eine neue Welt aufbrechen muss. In ein neues Ich. Das schaffe ich nun mal nur so radikal und irgendwo da draußen in der Welt. Ich muss vielleicht den schlimmsten Abschied schaffen, den eine Frau schaffen muss. Auch wenn mein Kind nie gelebt hat, so muss ich darum trauern, weil ich es nie haben durfte und dabei möchte ich mir endlich helfen lassen von Menschen, die davon etwas verstehen. Alle helfen Müttern, die ihr Kind verloren haben. Alles wird getan, um Kinderwunsch zu ermöglichen. Aber kein Mensch hilft den Frauen, die nie ein Kind hatten und damit alleine gelassen werden; mit diesem Verlust, denn das ist auch einer. Aber der gilt scheinbar nicht. Erna, ich fühle einfach, dass es gut für mich ist. Es kribbelt und ich spüre jetzt schon die Klarheit, die es mir bringt. Sagtest du nicht immer wieder, man soll dem guten Gefühl folgen?“
Jetzt rannen auch Erna Tränen der Trauer, aber auch der Freude und Berührung, über die Wangen.

„Dann mach es, folge deinem Herzen und dem guten Gefühl, du hast recht, wenn es so ist, dann wird es genau stimmen. Ich wünsche dir, dass du alles Glück in dir findest, auch wenn du dazu weit weg musst.“
Sie umarmten sich und drückten sich ganz fest.
„Ich vermisse dich jetzt schon.“ Erna küsste Sanne auf die Wange und wischte sich dann die verlaufene Schminke mit einem Taschentuch ab.
„Ich komme ja wieder, Süße, und alles wird gut. Ich glaube fest daran, ach, jetzt werde ich schon wie du. Siehst du, die Jahre deiner spirituellen Bearbeitung tragen jetzt Früchte.“
Sie lachten beide und bestellten Prosecco, um Sannes Entschluss und Mut zu feiern.
Erna dachte im Stillen, dass es wohl nicht für Alles eine Lösung geben konnte und man manchmal das Schicksal radikal akzeptieren muss, da, wo man es nicht ändern konnte. Es schien Grenzen zu geben im irdischen Leben oder versteckte Pläne der Seele, die man vielleicht nie entdecken würde. Das Unbehagen in ihrer Brust kam von der Erkenntnis, dass sie sich nicht mehr sicher war. Konnte man doch nicht erschaffen? Sanne wollte so sehr ein Kind und konnte es doch nicht erreichen. Würde sie irgendwann erkennen, dass ihre Erfüllung ganz woanders lag und alles gut war? Ihr fielen jetzt Pepestos Worte ein: „Vertraue, Erna!“. Sie musste lernen, zu vertrauen. Nicht nur in sich, sondern auch in den Weg, auf den Sanne geführt wurde. Und dass auch etwas, das man nicht bekommt, zu einem erfüllten Weg gehören kann.

„Nicht so laut Hans, mir brummt der Schädel“, Aaron hielt sich die Hand auf die Stirn.
Hans stellte die zweite Tasse leiser auf den Tisch. Das Zimmerservice hatte einen Rollwagen mit Frühstück gebracht.
„Iss etwas, das hilft. Ich habe Bloody Mary bestellt. Manchmal kann man die Katze nur mit dem austreiben, dass sie gerufen hat.“

Er hielt Aaron den Cocktail vor die Nase, der mit einer Sonnenbrille dankend abwinkte.
„Wenn ich das nur rieche, muss ich mich übergeben."
„Es hilft, vertrau mir."
Aaron trank etwas, dann nahm er Block und Stift, den er bereitgelegt hatte, schob seine Sonnenbrille hoch und drückte die Finger durch.
„So, lass uns planen, Hans. Was tun wir gegen unseren Kummer? Oder besser, was wollen wir ? Und warum? Welche Aktionsschritte werden wir setzen?"
„Die Erfolgsseminare beim englischen Businesstrainer haben sich ausgezahlt was?", scherzte Hans.
„Die hunderttausenden Euros müssen ja für etwas gut gewesen sein, also los."
„Weißt du Hans, für alles im Leben kann man planen und Strategien erfinden, Aktionen setzen, aber für das Problem der Liebe, da gibt es nichts. Ist doch verrückt, nicht?"
Hans nickte und zuckte mit den Schultern.
„Vielleicht gibt es etwas, das wir nicht kennen!"
Hans wollte so gerne glauben, es gäbe ein Geheimnis oder einen Trick, wie man diesen Schmerz im Herz und die Sehnsucht nach einem Menschen wieder loswird. Wie konnte man jemanden von seinen Gefühlen überzeugen, die dieser Mensch nicht zuließ.
„Aaron, vielleicht sollte ich dir jetzt auch etwas von mir erzählen, du ahnst nicht, wie ähnlich es uns gerade geht."
Hans erzählte Aaron von Valerie. Wie sehr er sich gewünscht hätte, diese Frau an seiner Seite zu haben, auch wenn es gegen jede Norm und Wahrscheinlichkeit sprach. Aaron hörte aufmerksam zu.

„Alter Freund, ich sage dir, du wirst es schaffen. Ich wünsche dir, dass du diesen Weg gehen kannst. Noch ist nicht alles verloren. Manchmal braucht es etwas länger, bis ein Mensch etwas kapiert und ich möchte fest daran glauben, dass Liebe ihren Weg findet. Da spielt das Alter oder die Umstände keine Rolle. Wenn du daran glaubst, dass du dein Glück findest und dich darauf fokussierst, dann wird es dir gelingen. Ich würde sie nicht einfach gehen lassen und nicht akzeptieren, dass sie dich nicht will. Vielleicht ist sie eine, die erobert werden muss, wieder und immer wieder. Ich hatte so viele Frauen, sie wünschen sich alle einen Mann, der sie auf Händen trägt und der nicht lockerlässt. Letztlich gewinnt der, der dranbleibt."
Aarons Worte stachelten die Hoffnung in Hans wieder an. Er sprühte vor Kraft bei dem Gedanken, Valerie doch noch überzeugen zu können. Er hatte zwar versprochen, sie in Ruhe zu lassen, aber vielleicht wäre der einzige Weg, diese Frau zu gewinnen, sich an ihr fest zu beißen und ihr zu zeigen, er wäre einfach da, ob sie es wollte oder nicht. Dann stieg wieder der Zweifel in ihm auf, ob er sie damit nicht endgültig vertreiben würde und sein Desinteresse nicht die bessere Taktik zu sein schien.
„Du meinst wirklich nicht, ich bin zu alt und das Ganze nur eine absurde Idee in meinem senilen Kopf?"
„Hans, du bist noch so attraktiv und fit! Weißt du wie viele Paare es gibt, die zwanzig oder dreißig Jahre Unterschied haben? Pfeiff` doch auf das, was angeblich richtig ist oder funktionieren kann. Die perfektesten Paare haben keine Garantie. Lieber drei wundervolle Jahre mit einem Ende, als es nie erlebt zu haben. Was hast du zu verlieren? Du wirst dich immer fragen, was wäre gewesen, wenn. Mach` nicht diesen Fehler, er nagt an dir für den Rest deines Lebens!"
Hans wollte aufspringen vor Glück und neuem Mut. Sein Kopf hatte ihm befohlen, in seinen alten Grenzen zu denken, und auf einmal konnte er sie sprengen, was ihn unglaublich befreite.

„Du hast so Recht, ich darf sie lieben, ich darf sie wollen, ich darf Alles wollen. Ja, lieber bereuen, was man getan hat, als ewig bereuen, was man nicht getan hat."
Hans ging jetzt am Balkon auf und ab. Aarons setzte sich die Sonnenbrille wieder auf und schaute ihm dabei amüsiert zu. Der Energiekick neuer Hoffnung steckte auch Aaron an.
„Hans, was soll ich tun?"
„Na ja, für dich gilt das Gleiche, was du mir eben gesagt hast!"
„Nein, bei mir ist es anders, sie will nur Jemanden mit Geld."
„Gib ihr noch Zeit, dich dir zu öffnen, bleib dran. Vielleicht erkennt sie irgendwann, dass ihre Annahmen und Grundsätze falsch sind?"
„So falsch sind die aber gar nicht. Ich verstehe sie und sie hat mit allem Recht, was sie sagt. Vielleicht liege ich falsch mit der Annahme, Liebe wäre alles und würde alles richten."
„Vielleicht ist ihr nur nicht klar, was Liebe bedeutet und wie glücklich sie machen kann, sie verwechselt einfach nur Geld mit Liebe, weil sie es so erlebt hat. Die irrt sich einfach nur. Liebe ist doch die Basis für alles und wir alle suchen das Glück. Sie denkt, ihr Glück wäre das Geld. Sie liebt dich vielleicht Aaron, aber glaubt, nur mit Geld könnte sie überleben. Es ist ein Überlebenskampf. Der lässt keine Gefühle zu. Du kennst das nicht, wie es ist, kein Geld zu haben. Es macht dich kaputt, wenn du immer Angst um deine Existenz haben musst. Dann bist du besessen von dem Wunsch, endlich sicher zu sein. So wie du besessen bist von dem Wunsch, den einen Duft an einer Frau zu finden. Es ist genau das Gleiche. Du kannst auch nur lieben, wenn deine Suche nach dem Duft erfüllt ist und sie kann nur lieben, wenn ihre finanzielle Angst erlöst ist."

„Da ist sie wieder, deine grenzenlose Klugheit Hans. Aber wenn ich ihr sage, wer ich bin, dann weiß ich nie, ob sie nur Liebe wegen des Geldes empfindet. Das ist eine andere Liebe. Es ist verfahren. Ich hätte ja alles, viel mehr noch, als sie sich wünscht. Wie gerne würde ich sie erlösen, aber dann wäre ich niemals glücklich und würde mich immer fragen, was das für eine Liebe zu mir ist."
„Finde heraus, ob sie dich liebt, auch wenn sie nicht mit dir leben will. Das Eine hat mit dem Anderen nämlich nichts zu tun!"
„Ich verstehe dich nicht, Hans, wie meinst du das?"
„Du kannst jemanden lieben, musst aber deshalb nicht mit ihm leben können."
Die beiden ließen diese Worte sickern. Dann stand Aaron auf und legte Hans den Arm um die Schultern.
„Mein weiser, lieber Freund, das ist es. Ich finde nur heraus, ob sie mich liebt. Dabei mache ich ihr klar, dass sie nicht mit mir leben müsste. Ich muss mir nur ihrer Gefühle sicher sein!"

Aaron ging so schnell er konnte zu Ernas Laden. Sie stand an der Kassentheke und verpackte etwas. Sie sah ihn unsicher an.
„Erna, ich wollte mit dir über deine Idee sprechen, ich möchte dir helfen." Er lächelte sie versöhnlich an und tat so, als ob nie etwas zwischen ihnen vorgefallen wäre. Sichtlich erleichtert über sein indirektes Friedensangebot, sprach sie gleich begeistert über ihre Erfindung. Aaron versprach, noch gesonderte Aufnahmen zu machen und ihre Idee zu verbreiten.
„Ich wollte dir aber noch etwas anderes sagen, Erna, und bitte hör mir einfach nur zu."
Erna verschränkte jetzt ihre Arme.

„Keine Angst. Du bist zu nichts verpflichtet. Ich habe schon verstanden, was du mir gestern gesagt hast. Du, ich will nichts von dir, ok? Ich akzeptiere das und ich weiß, warum du es so entscheidest. Trotzdem möchte ich, dass du weißt, dass ich sehr viel für dich empfinde und dass ich denke, dass man jemanden lieben kann, auch wenn man nicht mit ihm leben will oder kann. Wenn du also auch etwas für mich empfindest und es mir irgendwann sagen willst, dann bin ich hier. Es wäre wunderschön zu wissen, dass du auch etwas für mich empfindest. Liebe ist Liebe, egal, was sonst herum geschieht. Und Geld ist Geld, Lebenspläne sind Lebenspläne. Manche denken, Liebe könnte alles richten, andere denken, Liebe wäre nur ein Selbstzweck und an nichts anderes gebunden. Meine Liebe zu dir, Erna, die ist frei und ich möchte dir das sagen dürfen ohne jede Verpflichtung. Auch wenn du es nicht annehmen kannst. Bitte gewähre mir das Geschenk, es fließen lassen zu dürfen, ohne jede Erwartung."
Ernas Züge wurden immer weicher und ihre Augen sprachen von Liebe und Gefühl, auch wenn sie es nicht über ihre Lippen brachte. Er spürte, wie sehr sie mit sich kämpfte. Er wusste, ihr Kuss hatte mehr verraten, als sie sich selbst eingestand. Aaron war sich seiner Wirkung auf Frauen zu bewusst, um nicht an seine Anziehungskraft bei ihr zu glauben. Sie liebte ihn vielleicht schon, aber gab es nicht zu. Ihre Füße zeichneten jetzt die Fliesenmuster am Boden nach und sie sah auf ihre Schuhe. Er merkte, wie verlegen sie das machte. Es dauerte eine Weile bis sie zu ihm sprach.
„Gut, Aaron, ich danke dir, dass du es mir gesagt hast. Ich denke darüber nach. Ich kann jetzt nichts darauf sagen. Aber es ist schön zu wissen, dass du etwas für mich empfindest. Auch wenn ich es nicht so erwidern kann, wie du dir das wünschst. Ich bin sehr dankbar, dass wir weiter an dem Film arbeiten, denn das ist mir sehr wichtig. Du weißt, ich will dich nicht ausnützen, oder?"
Aaron nickte.

„Das ist mir wichtig, dass du das weißt. Es ist alles nicht so einfach für mich.“ Ihr Ton wurde weicher.
„Erna, mehr brauche ich nicht zu wissen. Ich bin dankbar für jeden unserer Momente, auch wenn es das bleibt, was es jetzt ist. Gegen seine Gefühle kann man nichts tun. Man kann Gefühle nicht erzwingen, sie aber auch nicht verhindern. So ist das eben mit dem Herz, es macht, was es will und fragt uns nicht. Freunde?“ Er streckte ihr die Hand entgegen.
„Freunde.“ Sie lachte und sie drückten sich lange die Hand. Dabei sah sie ihm tief in die Augen. Erna zog ihre Hand aus seiner und lief rot an.
„Also, dann lass uns den Beitrag planen. Ich will das Produkt nicht verraten, damit man es mir nicht stiehlt, aber es sollen alle wissen, dass ich etwas produziere, das schlechte Gerüche killt.“
Adele kam jetzt gleichzeitig mit zwei Kundinnen in den Laden.
Aaron sagte, er würde später wiederkommen und sie in Ruhe arbeiten lassen.

Adele und Erna machten gerade die Abrechnung fertig, als Tino draußen an die Scheibe klopfte. Er strahlte in den Laden, seine weißen Zähne leuchteten aus seinem gebräunten Gesicht. Er betrat das Geschäft und erfüllte den Raum sofort mit einer guten Stimmung und Herzlichkeit. Er sah sich den Laden an und Erna zeigte ihm die Kaffee-Seife, die ihr diesmal endlich gelungen war. Er roch begeistert an verschiedenen Seifen und Ölen und lobte die geschmackvolle Einrichtung.

Danach lud er sie zu einem Essen in einem französischen Haubenlokal ein. Wieder floss Champagner und noch mehr Rotwein. Der Abend verlief locker und Erna fühlte sich in Tinos Gesellschaft zunehmend wohl. Der Gedanke, er würde ihr Leben in kurzer Zeit erleichtern und ihr etwas bieten können, machte ihn noch attraktiver. Ernas Wunsch, sich in ihn zu verlieben, saugte sich fester und fester in ihrem Kopf fest. Immer wieder ertappte sie sich dabei, dass sie ihn mit Aaron verglich und es ihr dann einen kleinen Stich gab. Sie ermahnte sich, realistisch zu bleiben und keinen romantischen Flausen nachzugeben. Sie wollte sich auf Tino konzentrieren und so viel Gutes an ihm finden, wie sie nur konnte. Bald bemerkte sie viele liebenswürdige Einzelheiten an ihm und entspannte sich.
„Es war ein sehr schöner Abend, Erna, wie alle davor, aber eigentlich wird es immer schöner mit dir." Er stand vor ihr wie ein Schuljunge vor seinem ersten Kuss.
„Es war wunderschön, Tino, es macht Spaß mit dir."
Jetzt trat er einen Schritt auf sie zu und schlang seinen Arm um ihre Hüfte. Erna wollte ihn küssen, um endlich einen Schritt weiter zu sein.
Er zog sie an sich und zaghaft drückte er ganz leicht seinen gespitzten Mund auf ihren. Er küsste sie mehrfach wie ein kleiner Spatz, sachte und schnell. Erna fragte sich, was er da machte und wollte schon enttäuscht zurückweichen.
Dann übernahm sie aber die Führung und begann, ihn kraftvoller und länger zu küssen. Er ließ es sich gefallen und bald drang seine Zunge in ihren Mund ein und spielte mit ihrer.

Tino war kein guter Küsser, aber verstand es schnell, sich an Ernas Tempo anzupassen. Sie wollte, dass dieser Kuss funktionierte, denn sie wollte Tino. Küssen konnte man lernen. Also musste es heute nicht perfekt sein. Minutenlang blieb Erna an seinen Lippen hängen und drängte ihn zu noch mehr Leidenschaft, um etwas zu spüren. Doch so sehr sie es versuchte, es kam nicht ein Funken einer Empfindung auf. Sie langweilte sich und beobachtete sich selbst dabei. Wieder schloss sie die Augen und strengte sich an, in eine Empfindung einzutauchen, was ihr aber nicht gelang. Dann ließ sie ab von ihm und stieg in ihr Taxi.
„Soll ich noch mitkommen?“ Er strahlte sie verliebt an und hatte anscheinend nicht mitbekommen, wie wenig angeregt Erna nach dieser Annäherung war.
„Tino, das wäre etwas zu schnell. Das nächste Mal vielleicht, ja?“ Sie spielte eine schwer zu erobernde Frau, die sich schwer losreißt und vernünftig bleiben muss. Dabei war sie froh, endlich von ihm weg und in ihr Bett zu kommen. Während der Heimfahrt kreiste ein einziger Gedanke in ihrem Kopf. Warum konnte sie nichts für Tino empfinden und könnte man das lernen? So schnell würde sie die Chance ihres Lebens nicht aufgeben. Wegen dummer Gefühle, die einem zufielen wie eine Sternschnuppe, wie ein Taubenschiss auf die Schulter, darauf wollte sie sich nie und nimmer verlassen. Das, was man kontrollieren konnte, nur auf das konnte man sich auch verlassen. Auch ihre Gefühle würde sie kontrollieren können. Sie würde es lernen und sofort damit anfangen. Sie redete sich ein, Tino wäre der tollste Mann für sie und damit würde der Rest schon folgen.

„Ist man Gefühlen ausgeliefert oder kann man sie erzeugen?“ Erna hatte Valerie noch nie etwas Tiefergehendes gefragt. Aber seit sie beschlossen hatte, Pepesto nicht mehr zu konsultieren und Sanne auf ihre Reise konzentriert war, konnte sie sonst mit niemandem darüber reden.

Valerie lackierte sich die Nägel und saß mit einer Gesichtsmaske am Tisch.
„Mich darfst du das nicht fragen, Erna, ich bin in Gefühle reingetappt, wie eine Maus in die Falle. So sehr ich mich wehre, ich bin darin gefangen."
„Das ist kein schönes Bild. Ich sehe dich in keiner Falle zappeln, so ist es doch nicht, oder?"
„Doch, schon. Ich kann nicht mehr raus, obwohl ich es möchte, bin also gefangen. Wenn ich mich auf ihn einlasse, bin ich gefangen. Wenn nicht, dann auch. Egal was ich tue, ich komme da nicht raus, denn ich fühle, was ich fühle. Ich kann das nicht steuern, so gerne ich es würde."
„Hast du ihm denn schon gesagt, dass du in ihn verliebt bist? Hast du ihn dir noch immer nicht geschnappt? Worauf wartest du?"
„Ich trau` mich nicht, ich bin feig, ich bin schwach. Ich hasse mich selbst dafür. Was soll ich ihm sagen und vor allem, was soll ich dann mit ihm tun? Was, wenn ich Panik kriege, wenn ich drei Tage mit ihm zusammen bin und mich langweile?"
„Was, wenn, was, wenn. Ach Valerie. Dann gehst du eben wieder. So einfach. Deine Falle ist nur in deinem Kopf. Sie ist nicht real."
Valerie schüttelte jetzt ihre Hände und blies auf ihre Finger, um den Lack schneller zu trocknen.
„Ich werde einsam und alleine sterben, weil ich so feig bin. Das ist die Wahrheit. Gefühle, Erna, die kannst du nicht erzeugen. Die kommen, peng, und woher, das weiß kein Mensch. Es ist die größte Idiotie in diesem Leben. Das Wichtigste, das Komplizierteste, das Dümmste und wir sind sowas von ausgeliefert. Es ist zum Heulen."

Ernas Hoffnung sank jetzt wie ein Thermometer in der Antarktis. Valerie hatte ausnahmsweise einmal den Nagel auf den Kopf getroffen. Ihre Gefühle für Aaron steckten in jeder Pore ihres Daseins und sie war darin gefangen wie eine kleine Maus. Für Tino konnte sie Sympathie und Freundschaft empfinden, aber daraus leidenschaftliche Liebe entstehen zu lassen, war so unwahrscheinlich wie ein Meteoriteneinsturz.

„Dann muss ich wohl auf diese großartige Liebe verzichten und mich mit freundschaftlicher Zuneigung begnügen, wenn ich das Leben möchte, das ich mir wünsche."

„Vielleicht ist das so. Die großen Liebesgeschichten enden doch alle in Drama und Tragödie. Kennst du glückliche Paare, die sich lange Zeit lieben? Endet nicht alles irgendwann in einem bösen Ende oder sonst in Langeweile?"

Erna musste wieder zustimmen. Sich zu ergeben, war wohl der einzig richtige Weg aus einem Dilemma, das auch nur in ihrem Kopf existierte. Sie musste einfach eine Entscheidung treffen. Alles im Leben hatte seinen Preis und das ganze Paket gab es wohl nur im Märchen.

Ihr Fokus hatte immer auf Erfolg und Geld gelegen, um Liebe hatte sie sich nicht gekümmert. Vielleicht konnte sie deshalb nicht beides zusammen erschaffen, weil es in ihrem Kopf nie zusammen existiert hatte? Glück, das hatte ihr keiner beigebracht oder vorgelebt. Die Leichtigkeit, die sie in ihrem Kopf wieder und immer wieder abgespult hatte, die sah sie nie mit Liebe verknüpft. Sie glaubte an ihre Ziele und sie glaubte an das, was sie erschaffen konnte. Und jetzt in diesem Moment fällte sie eine Entscheidung.

Sie nahm das Handy und tippte

„Lieber Tino, ich freue mich auf ein weiteres Abendessen mit dir. Dessert gibt es dann bei mir ;)".

„Meine Liebe zu Aaron ist ein Luxus, den ich mir nicht leisten kann." Sprach es in ihr. Diesen Satz würde sie sich immer wieder sagen, bis er in ihr Programm geworden wäre.

Sanne stand mit einem riesigen Rucksack, der auf ihrem dünnen Körper hängte, wie ein riesiger Käfer, in der Flughafenhalle und sah nach ihrem Gate. Ihre Entschlossenheit, diese Reise und damit eine Klärung ihrer wichtigsten Lebensthemen anzutreten, zauberte ihr ein Leuchten ins Gesicht. Erna erkannte in ihr dieses alte Leuchten wieder, das sie viele Jahre an ihr vermisst hatte. So weh es tat, die Freundin ziehen zu lassen, so sehr freute sie sich jetzt über Sannes Schritt in die Welt. Anscheinend brachte sie das wirklich wieder zu ihrer Lebendigkeit zurück.
„Pass auf dich auf, ich brauch dich noch, ja?“
Sanne drückte Erna ganz fest an sich. Sie hielten sich lange umschlungen und drückten dabei ihre Nasen in die Schulter der anderen.
Dann löste sich Sanne.
„Ich pass auf, versprochen. Halte mir die Daumen, dass ich das Richtige tue.“
„Da bin ich mir sicher, Sanne. Ich habe dich ewig nicht mehr so klar und leicht erlebt, wie jetzt. Was auch immer daraus wird, es wirkt schon und es tut dir gut. Alles wird gut, erinnerst du dich?“
„Alles wird gut!“ Mit diesen Worten ging sie fort und winkte Erna noch einmal zu.
Sanne verschwand im Durchgang zur Passkontrolle.
Erna seufzte tief. Sie nahm sich vor, es ihrer Freundin gleich zu tun und durch Klarheit und beherzte Schritte, endlich Leichtigkeit in ihr Leben zu bringen.

Sie fuhr vom Flughafen zum Geschäft, um noch an ihrem Rezept zu arbeiten. Etwas stimmte noch nicht ganz. Der Geruch der Seife ließe sich noch verbessern. Etwas gefiel ihr doch noch nicht so richtig. Sie konnte über Düfte im Kopf nachdenken, sie nachriechen und sich Kompositionen vorstellen. Sie wusste auf einmal, dass im Rezept noch irgendetwas fehlte. Als sie beim Laden ankam, sperrte Adele gerade zu.

„Willst du noch etwas arbeiten? Es ist so ein schöner Abend heute, wollen wir nicht zusammen etwas trinken gehen?"

Die Traurigkeit über Sannes Abschied saß Erna in den Knochen. Die letzten Tage hatten sie emotional irgendwie erschöpft. Adele wäre eine willkommene und neutrale Abwechslung zu den restlichen Menschen in ihrem Leben, die entweder etwas von ihr wollten oder sie mit ihren Problemen an ihre eigene Misere erinnerten. Die Idee, sich mit einer jüngeren Frau ohne Plan und Ziel im Nachtleben treiben zu lassen, gefiel ihr.

„Weiß du was, Adele, du hast recht. Lassen wir es krachen, genug gearbeitet diese ganze Woche."

„Schön, das ist ein Wort", piepste Adele fröhlich. Dann lasse ich mein Rad stehen und wir können gleich los."

Adele zeigte Erna eine Bar, die sie noch nicht kannte. Das Publikum war sehr jung, man konnte sich kaum hören, weil alle so laut in Gruppen redeten. House spielte aus großen Boxen, sie bestellten Cocktails.

„Mit dem Zeug muss ich aufpassen, das vertrage ich ganz schlecht." Erna zog am Trinkhalm an.

Adele zwinkerte ihr nur zu und beobachtete dann die Leute um sie herum. Sei standen an der Bar. Der Lärmpegel behinderte tiefgehende Gespräche, sie warfen sich nur ab und zu ein paar Sätze zu. Der Alkohol fuhr in Ernas Blut und ihr wurde ganz warm. Ihr Kopf schien leichter zu werden und ihre

Gedanken lösten sich mehr und mehr auf.

„Tut ganz gut, einfach einmal abzuschalten", rief sie Adele zu.

Die nickte nur und bestellte eine zweite Runde, bevor Erna sich wehren konnte.
„Ich lade dich ein“, lachte sie Erna an. Es war ein sehr offenes, liebevolles Lächeln. Adele schien, sich über Ernas Anwesenheit richtig zu freuen.
„Gehst du öfter hierher?“
„Nur hin und wieder.“ Adele rückte mit dem Barhocker etwas näher, um in Ernas Ohr sprechen zu können.
„Ich habe andere Stammlokale“, dabei grinste sie verschmitzt.
Erna konnte ihre Mimik nicht richtig einordnen.
„Was meinst du?“
„Wenn du willst, kann ich es dir nachher zeigen, ist aber nicht für jeden passend.“ Sie redete in Ernas Ohr und dann streifte ihre Wange Ernas Hals, ihre Brust berührte die Schulter.
Ein angenehmes Rieseln zog durch Ernas Körper. Es irritierte sie, warum sie Adeles Berührungen anscheinend erregten.
Musste sie ihre Leidenschaft zu Aaron so unterdrücken, dass jede körperliche Annäherung sie schon zum Überlaufen brachte? Warum hatte dann Tino in ihr keine Spur an Empfindung ausgelöst?
Bevor sie weiter darüber nachdenken konnte, stellten sich zwei Männer zu ihnen und begannen eine lockere Unterhaltung. Erna genoss die Atmosphäre des pulsierenden Lebens, die aufgestaute Hitze der dicht an dicht gedrängten Körper und die Lässigkeit, die sie auf einmal in sich spürte.
Als sie den zweiten Cocktail geleert hatten, war Erna nach mehr. Adele schlug vor, das Lokal zu wechseln.
„Bist du mutig und hast Lust auf ein Abenteuer?“ Adele blitzte sie fordernd an.
„Ich weiß zwar nicht, wo du mich hinschleppst, aber wenn es nicht weh tut und ich nicht in Gefahr bin, dann stürze ich mich todesmutig hinein.“

„Dann komm`." Sie zog Erna an der Hand aus dem Lokal und pfiff auf der Straße nach einem vorbeifahrenden Taxi. Während der Fahrt fühlte sich Erna, als würde sie schweben und als könnte sie alle Fragen der letzten Tage und Wochen einfach hinter sich lassen.
Sie hielten nach etwa fünfzehn Minuten Fahrt in einer Nebenstraße vor einer Villa. Erna folgte Adele ohne Fragen. Eine Türsteherin winkte sie weiter und grüßte Adele, sie kannten sich wohl schon.
Drinnen angekommen, empfing sie eine Empfangshalle mit Garderobe. Säulen und Wände waren mit schweren Samtvorhängen und Tapeten geschmückt.
„Sind wir hier in einem Boudoir oder einem teuren Swinger Club?" fragte Erna erstaunt und ängstlich zugleich, während sie sich umsah. Adele zwinkerte ihr nur zu, als sie in der Garderobe Taschen und Jacken abgaben.
Man hörte dumpfen Bass und Discomusik. Nach der Garderobe ging es in einen kleinen Saal, dort öffnete eine weitere Türsteherin eine große, schwere Flügeltüre. Dahinter tat sich eine Halle auf, die an ein altes Amphitheater erinnerte. In der Mitte befand sich die kreisförmige Tanzfläche auf einer tieferen Ebene. Sie verschwand fast im Erbeernebel und einer bunten Laserlichtshow. Sie wurde von Bars eingerahmt, dahinter fand man aufsteigend Stehflächen, Logen und Balkone mit Tischen. Es dauerte einige Minuten bis Erna erkannte, dass hier nur Frauen tanzten. Sie wurde am Weg zur Bar von Frauen auf eine Art angesehen, wie sie es bisher nicht erlebt hatte. Anzügliche, fordernde Blicke wechselten mit schüchternen Augenaufschlägen und musternder Lüsternheit ab.
Adele nahm sie an der Hand und zog sie zu einer der Bars im hinteren Bereich.
„Ein Lesbenclub? Bist du lesbisch?" Erna fühlte sich nicht mehr wohl und in ihr tobten jetzt viele Gedanken um die Wette, ob das alles noch ein Zufall war.

Wie sehr sie Adele in den letzten Wochen aufgereizt hatte, lag das daran, dass sie lesbisch war oder daran, dass Erna selbst mehr von Frauen wollte, als ihr bewusst gewesen ist?
„Bist du jetzt schockiert, Erna?" Adele lächelte sie an.
„Nein, wieso, jeder wie er möchte, ich weiß nur nicht, was ich hier soll, weil ich bin es nicht."
„Weiß ich doch, Erna, entspann dich, ich dachte nur, es wäre mal was anderes, das hast du doch sicher noch nie gemacht, oder?"
„Stimmt, das ist echt neu." Sie sah sich um und jedes Mal, wenn sie ein Augenpaar traf, wusste sie nicht, wie sie reagieren sollte.
„So ganz wohl fühle ich mich nicht."
Adele bestellte etwas.
„Genieß es einfach, du wirst sehen, du hast hier sicher großen Andrang." Jetzt lachte sie laut und sah Erna auf eine Art an, die wieder ein mulmiges Gefühl im Bauch auslöste. Hatte Adele sie etwa verliebt angesehen? War das der Versuch, ihr näher zu kommen?
„Adele, ich will nix von Frauen, nur dass das klar ist, ok?"
„Ja, ja, alles klar. Mach dir nicht so viele Gedanken. Ich werde dich nicht umdrehen." Sie zwinkerte ihr zu und nahm die Getränke entgegen.
„Du magst Gin-Tonic?"
Erna nickte und nahm dankbar den Drink an, der ihr erst einmal etwas Beschäftigung geben und sie beruhigen würde. Adele ging nach ein paar Schluck, ohne etwas zu sagen, auf die Tanzfläche und begann aufreizend ihren Körper zu schlängeln. Dabei sah sie immer zu Erna.
Wenn sie mit Adele länger zusammenarbeiten wollte, musste sie jetzt sehen, wie sie aus dieser Nummer gut wieder rauskommen könnte. Vielleicht sollte sie einfach Spaß haben und sich amüsieren. Was sollte schon passieren? Sie war ja in keiner Löwengrube. Sie ging zu Adele auf die Tanzfläche und beschloss, sich der Musik und er Lebensfreude hinzugeben. Sie wollte jetzt den ganzen Frust der letzten Wochen einfach wegtanzen.

Die Gin Tonics flossen dahin und mit ihnen Ernas Gegenwehr, wenn Adele sie immer wieder leicht berührte. Es gefiel ihr und sie ließ es einfach zu.
Die Musik wechselte jetzt von schnellen Nummern zu romantischen Balladen. Erna saß am Hocker und schaute in die Menge. Da stellte sich Adele auf einmal vor sie, nahm Ernas Hand und legte sie auf ihren Busen.
„Gefällt dir das?" Sie ließ Ernas Hand an ihrem Busen auf und ab gleiten. Erna wurde feucht und die Erregung brannte ihr im Schoß.
„Es gefällt dir. Ich merke es, ich habe es schon im Laden bemerkt, wie du mich angesehen hast."
„Verdammt ja, es ist schön, du bist schön, aber ich bin nicht lesbisch, es tut mir leid." Erna zog ihre Hand wieder weg.
„Ist doch ok, musst du ja nicht sein, ist doch egal, was es ist, Hauptsache es fühlt sich gut an, oder?"
Sie sah Erna lange in die Augen. Dann umfasste sie Ernas Taille und glitt mit ihren Händen zu ihren Pobacken hinunter und massierte sie sanft, dabei drückte sie ihre Brüste auf Ernas Brüste.
„Ich würde dir gerne etwas Gutes tun. Du darfst dich fallen lassen und ich besorge es dir, wenn du willst."
Erna packte Adeles Hände, obwohl sie am liebsten sofort von ihr befriedigt worden wäre, denn ihr Schoss tat mittlerweile schon fast weh von der wartenden Explosion in ihrem Unterleib.
„Adele, lass das. Du arbeitest für mich, das geht nicht. Selbst wenn ich es wollte, es ginge nicht, aber ich will es auch gar nicht!"
Adele ließ von ihr ab.
„Schade."
Erna trank verwirrt und erschrocken schnell ihren letzten Gin Tonic leer.
Sie verabschiedete sich von Adele und ging zur Garderobe.

Wie sehr hätte es sie gereizt, mehr von dem zu spüren und zu erfahren, was Adele da in ihr ausgelöst hatte. Ihr Körper lechzte nach Sinnlichkeit und sie mochte so gar nicht mehr vernünftig über sich, die Männer und die Liebe nachdenken. Vielleicht sollte sie einmal alles vergessen und sich gehen lassen. Bei Adele bestand jedenfalls keine Gefahr, dass sie sich verlieben würde.
Als sie Jacke und Tasche entgegennahm, dachte sie mit jeder Sekunde immer mehr daran, ob sie nicht einen Fehler machte und diese Gunst des Moments nicht auskosten sollte. Nur einmal in ihrem Leben unüberlegt handeln, nur der Forderung ihres Körpers und ihrer Lust auf Neues folgen, könnte sie das?
Da stand Adele hinter ihr.
„Solltest du es dir anders überlegen, ruf mich an."
„Das hab` ich schon, komm mit zu mir, aber schnell, bevor ich es mir anders überlege."
Wie in Trance, überwältigt von ihrer eigenen Unvernunft und Courage, setzte sie sich mit Adele ins Taxi zu ihrer Wohnung.
Als sie die Haustür aufsperrte und dann mit Adele durch das Stiegenhaus hinauf ging, hätte sie fast wieder der Mut verlassen. Die Situation erschien ihr fremd, skurril und falsch, doch die Neugier und ihr Verlangen nach etwas, dass sie noch nicht kannte, trugen sie weiter die Stufen hinauf. In der Wohnung angekommen, ging sie schnell vor in die Küche.
„Ich habe auch Gin Tonic hier, möchtest Du einen?". Sie öffnete den Kühlschrank, um Eis heraus zu holen.

Da packte sie Adele von hinten an ihren Brüsten und massierte sie. Es fühlte sich so gut an, dass Erna alles stehen ließ und die Berührung genießen musste. Sie konnte nicht mehr anders, als sich dem Rausch der Lust hinzugeben. Adele drehte Erna zu sich um und küsste sie. Der Kuss war zart und weich. Erna fasste jetzt nach Adeles prallen Brüsten. Sie hatte noch nie eine Frau dort so berührt und die Weichheit und Rundungen ließen ihren Schoss pochen. Adele zog ihr T-Shirt und den BH aus, die nackte Haut fühlte sich so intensiv an, dass Erna nicht mehr denken konnte. Jetzt öffnete Adele Ernas Knöpfe am Kleid und rollte den Stoff herunter. Sie küsste sie zwischen den Brüsten, dann am Bauch entlang und wanderte immer tiefer. Erna explodierte fast vor Erregung. Sie ließ es zu und wusste, dass sie bald in Wellen zum Höhepunkt kommen würde.

Jetzt kniete Adele vor ihr und begann sie zwischen den Beinen zu küssen. Erna konnte nicht mehr klar denken und irgendwie sah sie sich jetzt auf einmal von außen dort stehen. Sie erlebte einfach nur Sinnlichkeit. Ihr Körper genoss jede Berührung, jede kleine Explosion in den Nervenbahnen, es ging um nichts anderes, als seiner sexuellen Kraft und Lebenslust freien Lauf zu lassen. Es ging nicht mehr um richtig oder falsch, sondern um Begehren und Befreiung. Erna fühlte auf einmal, dass das, was Adele mit ihr machte, sie befreite, ihren Lebensfluss aufweckte, das tiefe Gefängnis ihrer eigenen Grenzen sprengte und sie zu ihrer ursprünglichen Weiblichkeit zurückholte.
Plötzlich entzündete sich ein Feuerwerk an Gedankenblitzen, die wie kleine Geschosse zündeten. Eine Erkenntnis jagte die andere, während ihr Körper in Erregung versank. In dem Moment, als eine Frau sie liebte, merkte sie wie nie zuvor, wie sie Männer und Männlichkeit begehrte; wie sich ihr Körper nach Vereinigung sehnte, wofür ihr Körper gemacht war und wonach sie so suchte.

Nach inniger Begegnung, nach sinnlichem Genuss, nach Leichtigkeit, Freiheit und Intensität in der Liebe. Sie dachte an Aaron, an seinen Körper, an seine Männlichkeit, an seine Küsse, an seine Liebe, und jetzt explodierte sie und schrie ganz laut. Sie lachte und es zuckte die ganze Wollust dieses Lebens durch ihren Körper. Wie nie zuvor wusste sie, wohin sie gehörte und was sie im Leben wirklich wollte. Was sollte sie mit Geld und Luxus, wenn eine ganz andere Welt auf sie wartete. Eine, in der sie einem Menschen jeden Tag begegnen würde, den sie zutiefst liebte und mit dem sie die Weite und Möglichkeiten des Universums jeden Tag in seinem Blick, seiner Berührung und seinem Sein erleben konnte.
Erschöpft stand sie jetzt da, Adele lächelte ihr zu, strich ihr kurz über die Oberschenkel und stand auf.
Erna wusste, dass Adele ihr jetzt ein unglaubliches Geschenk gemacht hatte, das sie nie zurückgeben konnte. Die Erregung, die Adele in ihr ausgelöst hatte, die konnte sie für Adele nicht empfinden und nicht weitergeben. Adele hatte einfach etwas, das zu lange in ihr unterdrückt worden war, hervorgeholt. Wie ein Bote des Himmels, der nur für eine Sache einen anderen Menschen trifft, um diesen weiter zu bringen.
„Adele, ich danke dir. Ich danke dir für das, was du mir gerade gegeben hast, nur ich kann es dir nicht zurückgeben."
„Ist schon gut Erna, das muss ja nicht sein. Man kann so etwas nicht erzwingen, ich freue mich, wenn es schön für dich war. auch wenn ich mir gewünscht hätte, dass du auch… ."
Erna schüttelte den Kopf.
„Es tut mir so leid, aber es geht nicht, ich habe bemerkt, dass ich wirklich Männer liebe und auch nur mit ihnen Sex haben will. Dass ich jetzt so explodiert bin bei dir, das war etwas anderes."

„Musst dich ja jetzt nicht entscheiden. Manchmal dauert es etwas, bis man weiß, was man will. Wollen wir noch kuscheln?“ Sie sah Erna erwartungsvoll an.
„Adele, nein, weder kuscheln noch sonst etwas. Ich weiß, das ist jetzt gemein, aber ich kann nicht anders, ich müsste mich zwingen, das willst du doch nicht, oder?“
Adele schüttelte enttäuscht den Kopf und zog sich wieder an.
„Du schmeckst gut, Chefin“, dabei grinste sie frech.
„Na wunderbar, wie soll ich dir jetzt im Laden jemals wieder normal unter die Augen treten?“
„Indem wir das Ganze einfach vergessen?“ Adele band sich die Lockenmähne zu einem Pferdeschwanz.
„Indem wir das Ganze als das nehmen, was es ist. Ein Ausrutscher von mir, der uns beiden klar gemacht hat, wo wir hingehören, ok?“ Sie strich Adele versöhnlich über den Arm.
„Und sei mir nicht böse, ja?“
Adele schüttelte den Kopf, lächelte müde und verabschiedete sich mit einem Kuss auf die Wange.
„Schade“, dann schlurfte sie aus der Tür.

Erna öffnete das Fenster in diese Sommernacht und sank erschöpft auf den Stuhl. Sie sah hinaus in die Dunkelheit, die Grille zirpten, die Blätter raschelten beruhigend wie das Meer. Sie spürte ein erleichtertes Glück und atmete tief ein und aus. Jetzt wusste sie, wie ihr Weg weiter gehen musste. Ihre Sinnlichkeit und Liebe fließen zu lassen, das war der Weg zum Erfolg. Sie konnte sich nicht den tiefen Genüssen ihres Körpers und ihrer Seele weiter versperren und etwas nachrennen, das einfach als stures Konzept in ihrem Kopf festgewachsen war, wie Efeu an einem alten Haus. Diese Begegnung heute hatte etwas in ihr geöffnet. Sie hatte in sich eine ganz neue Seite entdeckt, den Schlüssel zu ihrer Lebensfreude. Sie hatte ihn überall anders gesucht, denn Liebe schien so unwichtig und aussichtslos. Aber es würde sie so sehr erfüllen. Sie durfte Liebe leben, auch wenn sie weiter nach dem Erfolg suchte. Es würde eben über andere Wege gehen, als bisher angenommen. Aaron konnte genau der Puzzlestein zu ihrer Sicherheit werden, wenn er ihr die Sicherheit eines tiefen Gefühls gab, die Sicherheit der sinnlichen Begierde, die Stabilität einer Innigkeit und Geborgenheit, die sie in seinen Armen finden wollte. Nicht durch ein Bankkonto eines Mannes, der in ihr niemals etwas fließen lassen würde. Wie schön war es, sich so am Leben zu fühlen, sich selbst so zu spüren und sich zu befreien, indem man seine Empfindungen einfach zuließ. Kontrolle aufgeben, darum ging es. Ihr wurde das Herz warm, wenn sie daran dachte, wie sie Aaron in ihr Leben nahm, als den wichtigsten Teil darin. Teilen, Fühlen, gemeinsam etwas entwickeln, das erschien ihr jetzt wie der beste Plan für ihre Erfüllung.
Die harte Schale ihrer alten Glaubenssätze war aufgebrochen worden. Adele hatten sie ihr als Engel geschickt, der über den Weg der Lust, Erna eine andere Tür und endlich die Augen für ihre wahren Bedürfnisse geöffnet hatte.
Gleich morgen würde sie Aaron alles sagen und ihm ihr Herz schenken.

Hans schrieb jetzt schon den zehnten Entwurf eines Briefs an Valerie, es wollte ihm einfach nicht gelingen, die passenden Worte zu finden. Er musste hinaus in die frische Luft, um seinen Kopf frei zu kriegen. Er ging einfach los, bog in irgendwelche Gassen ein und marschierte weiter, ohne zu wissen, wohin. Die anderen Passanten und die Geschäfte flogen an ihm wie ein dumpfer Nebel vorbei. Sein Kopf krampfte sich zusammen. Auf einmal wurde ihm bewusst, dass er zu Valeries Kaffee gegangen war. In etwas Abstand ging er daran vorbei. Die Aufregung drückte auf seinen Brustkorb. Irgendwie schlich sich wieder etwas Hoffnungslosigkeit ein. Als er fast am Café vorbei war, kam Valerie heraus. Sie sah ihn. Er blieb kurz stehen. Sie sahen sich an. Ein paar Sekunden spulten einen ganzen Film in ihm ab. Hans konnte sich nicht bewegen. Wie angewurzelt stand er kurz still da. Als ob ihn eine unsichtbare Kraft drängte, ging er aber weiter. Wie feige er doch war. Und wie sehr er eine weitere Abfuhr vermeiden wollte, weil es zu sehr schmerzte.
Er ging weiter und mit jedem Schritt wusste er, dass er sich jetzt wohl für immer von ihr entfernen würde. Sie hatte nicht reagiert. Nicht einmal gelächelt. Es kam keine Einladung, kein Gruß und keine Frage. Nur ein Blick, der ein Ende in sich trug.
Er hätte gerne geweint, um dieses unerträgliche Gefühl um die Brust, das ihn fast erstickte, etwas zu lösen, aber er konnte nicht. Er blieb kurz stehen und versuchte, seinen Brustkorb zu bewegen. Eine eiserne Klammer umfasste ihn.
„Warte, bitte, warte“, rief jetzt eine Stimme hinter ihm.
Valcric kam ihm nachgelaufen.
Er drehte sich um. Sie stand keuchend vor ihm.
„Ich, ich…“ Sie rang nach Luft.

„Ich will mich nicht mein ganzes Leben fragen, ob ich was versäumt habe. Ich gebe dir keine Garantie, ob ich nicht nach drei Tagen verschwinde und ich möchte, dass du dich so sehr anstrengst, dass du glaubst, du würdest es keinen weiteren Tag mehr so bringen können“, sie atmete schnell und sah ihn unsicher an.
Er lächelte. „Ich sagte doch, ich geb` dir alles und ich werde dich auf Händen tragen. Sicherheit gibt es nie, das wissen wir beide. Aber ich wäre der glücklichste Mensch, nein Mann, wenn wir es einfach versuchen, wagen, wenn du mir, uns eine Chance gibt's, für die schönste Zeit unseres Lebens. Ich werde mich so sehr bemühen, wie ich es nur kann, mehr geht nicht.“ Er ging einen Schritt auf sie zu, sie ging ein wenig zurück.
„Und wie stellst du dir das vor mit uns? Wie soll das genau aussehen?“ Sie stütze die Hände in die Hüften, als würde sie über ein Geschäft verhandeln. Er ließ sich auf das Spiel ein. Sie brauchte Sicherheit, sie brauchte Gewissheit, sie brauchte einen Mann, der sie in den Arm nahm und ihr Geborgenheit gab, mit Allem, das er ihr dafür geben konnte.
„Du gibst deinen Job auf, du lebst mit mir, wo immer wir wollen. Ich habe genug Geld für eine Weile und arbeiten kann ich jederzeit wieder. Wir reisen, wir suchen uns aus, wo wir leben wollen, wir genießen uns und das Leben. Ich werde dich nicht jeden Tag anbeten, aber ich werde dich jeden Tag lieben, so intensiv und gut ich nur kann. Ich schenke dir meine Welt und mich. Wir lassen es uns gut gehen. Wir sind zusammen. Du tust, was du willst, solange du nur an meiner Seite bist.“
Einen Moment lang stand sie nur da und blickte ihn an, dann sprang sie ihn an und umklammerte ihn mit ihren Beinen. Er bedeckte ihr Gesicht, ihre Haare, ihren Hals mit Küssen. Als sie die Beine wieder abstellte, wiegte er sie in seinen Armen und hob sie zu ihm hoch. Valerie lachte, schrie glücklich auf und küsste ihn wieder und wieder und lachte.

„Du bist verrückt, aber ich glaube, ich liebe dich." Sie beugte sich in seinen Armen zurück und breitete die Arme aus. Hans hielt sie immer noch fest. „Ich lass dich nie wieder los, mein Wildpferd. Du wirst es nicht bereuen. Geh sofort in deinen Laden und kündige, damit wir so schnell wie möglich unser Leben beginnen können. Wir konnten mit Mallorca starten?"
Sie schrie auf vor Begeisterung und blieb in seinen Armen stehen und schmiegte sich an ihn.
„Ich muss verrückt sein", hauchte sie, „aber es fühlt sich so richtig an."

„Heute Abend, Besprechung der restlichen Aufnahmen bei mir? Ich koche, bringst Du Wein mit? 19:00?" Sie schickte zitternd die SMS an Aaron ab und hoffte, er würde sich über ihren Sinneswandel nicht wundern und sie noch wollen. Sie duschte sich nur mit lauwarmem Wasser und ließ alles weg, das sie sonst verwendete. Erna wollte Aarons Wunsch nach ihrem reinen Geruch nachkommen, denn schließlich sollte er sie wirklich riechen können, sonst hätten sie keine Zukunft. Auch wenn sie annahm, dass er längst ihren Geruch trotz Deo und Parfum wahrgenommen haben musste, so war sie doch aufgeregt, ob sich an seiner Einschätzung noch etwas ändern würde. Sie griff automatisch nach dem Haarshampoo, erinnerte sich dann aber rechtzeitig, dass auch ihre Haare nicht nach etwas anderem riechen sollten, als nach ihr selbst. Sie rief Adele an, ob sie heute den Dienst übernehmen könne, sie fühle sich nicht gut. Sie wollte sich mit keinem anderen Geruch umgeben, außer mit frischer Luft.

Adele konnte nicht, sie hatte ein Seminar mit Anwesenheitspflicht. Erna riskierte einen Tag Geschäftsausfall. Sie bat einen Nachbarn gegenüber der Straße, ein Schild an die Tür zu hängen, dass wegen Krankheit das Geschäft heute geschlossen blieb. Sollte sie die ganze Welt heute einmal gern` haben. In all den Jahren hatte sie es geschafft, nicht ein einziges Mal ihren Laden im Stich zu lassen. Selbst mit Fieber war sie im Laden gestanden, um verlässlich für die Kunden da zu sein. Wie gerne hätte sie diesen Druck losgehabt. Sie durfte jetzt aber nicht wieder an ihrer Entscheidung zweifeln. Es fühlte sich viel zu gut und richtig an, um sich nicht in die Liebe zu Aaron zu werfen, wie ein Kind ins hellblaue Wellenbad.
Ein paar Sekunden später piepste ihr Handy.
„Rot oder Weiß, ich komme gerne, deine Adresse bitte noch.“ Sie tippte die Adresse und ihren Wunsch nach Rotwein ein und versuchte, ihr rasendes Herz zu beruhigen. Sie wollte die Wohnung putzen, dann fiel ihr aber ein, dass der Geruch von Putzmittel auch an ihr hängen bleiben könnte. Dieser Mann verlangte etwas von ihr, dass gar nicht einfach war. Sie hoffte, es würde ihm reichen, sie einmal zu riechen und dann könnte sie wieder zur Tagesordnung über gehen. Auf lange Sicht könnte sie so nicht leben. Sie mochte ihre Düfte und sie liebte es, sich damit zu verwöhnen und nach etwas anderem zu riechen als sich selbst, denn das roch man ja selber nicht. Erna sah jede viertel Stunde auf die Uhr. Sie versuchte, die Stunden mit Spazieren gehen, Lesen im Park und etwas Dösen in ihrem Bett herum zu kriegen. Um 17.30 begann sie zu kochen. Sie zog sicherheitshalber Handschuhe an, als sie das Gemüse schnitt und bedeckte ihr Haar mit einem Tuch, als sie die Töpfe aufstellte. Das Fenster blieb weit geöffnet. Auf Zwiebel und Knoblauch würde sie verzichten. Sie machte ein einfaches Gemüsesugo aus Zucchini, Karotten, Tomaten und Oliven. Es würde fad schmecken, aber es erfüllte den Zweck des Abends. Ihr reiner Duft. Den Parmesan sollte Aaron reiben, der stank zu intensiv.

Als es um 19:00 pünktlich klingelte, machte ihr Herz solche Sprünge, dass sie vor lauter Zittern den Hörer des Türöffners kaum halten konnte. Ob Aaron etwas ahnte? Wie weit würden sie heute gehen und würde er ihren Geruch überhaupt mögen?

Die Aufregung schlug ihr auf den Magen, ihr wurde ganz schlecht. Aaron kam die Stufen herauf und lachte sie an. „Besprechung bei Dir? Wie komme ich zu der Ehre?“ Er drückte ihr einen Blumenstrauß in die Hand und küsste sie links und recht auf die Wange. Sein Geruch machte sie bereits süchtig, denn sein Parfum lenkte ihre trainierte Nase nicht ab. Sie wollte in ihm abtauchen, ihn trinken und einsaugen.
„Soll ich den Wein gleich aufmachen, der braucht Luft?“ Er tänzelte fast durch den Flur. Ihr Herzklopfen wurde so stark, es tat schon in der Halsschlagader weh.
„Ja, gerne, bitte gehe weiter in die Küche, das ist sozusagen mein Wohnzimmer, ich lebe hier mit Valerie zusammen. Wir haben eine WG, das ist leistbarer, München ist so teuer.“
„Valerie?“ er wiederholte den Namen und schaute auf einmal ganz komisch. Sie verstand nicht, was ihn jetzt störte. Er kannte das sicher, mit jemand anderem zu leben und sich Kosten zu teilen. Zumindest, wenn er auf seinen Reportagen irgendwo billig wohnte.
Er runzelte die Stirn und schien nachdenklich, dann öffnete er den Wein uns sah sich im Raum um.
„Nett hast du es hier. Zeigst du mir dein Zimmer?“
Sie ging mit ihm zu ihrem Raum, öffnete die Tür und ließ ihn einen Blick hineinwerfen. Das Bett hatte sie frisch überzogen, damit keines ihrer Parfums in den Überzügen heute Nacht stören würde. Aaron blickte neugierig umher. Erna fasste allen Mut zusammen.
„Ich muss dir etwas sagen, ich habe eine Überraschung für dich.“ Ernas Wangen wurden ganz heiß und sie schwitzte auf einmal. Es war ihr unangenehm, ihre Aufregung so zu zeigen.

„Ich dachte mir schon, es muss etwas passiert sein, dass du mich einlädst. Hast du denn ein Angebot für deine Idee bekommen?“ Er grinste sie liebevoll an.
„Nein Aaron, es geht um dich, um uns. Mir wurde auf einmal etwas klar.“ Ihre einstudierten Sätze versagten, ihr Mund wurde trocken. Aarons große Augen verrieten ihr seine Verwunderung. Sie berührte ihn am Arm und führte ihn wortlos zur Küche zurück.
Aaron zog gekonnt den Korken aus der Flasche und schaute Erna jetzt intensiv an.
„Bitte schenk` mir sofort was ein, sonst kann ich nicht weitersprechen.“ Sie zitterte und ihr wurde ganz kalt, obwohl sie die Schweißtropfen auf ihrer Stirn spürte.
Aaron schenkte ihr ein Glas Wein ein, sie nahm es entgegen, ihre Hand zitterte sichtbar vor Aufregung.
„Was ist los, Erna“ Aaron lehnte sich an die Küchenplatte.
„Also“, sie schnaufte tief durch. „Ich habe heute keinen Duft an mir, den ganzen Tag habe ich Nichts an mich herangelassen, nur mit Wasser geduscht, jeden Kontakt mit riechenden Essenzen vermieden, damit du mich heute so riechen kannst, wie ich wirklich dufte, das war dein Wunsch und ich möchte ihn erfüllen.“ Sie traute sich nicht, ihn anzusehen.
„Erna“, er sagte es ganz liebevoll und kam auf sie zu. Er nahm sie in den Arm, hob ihr Kinn und drang mit seinen Blicken in ihre Augen ein, wie ein Taucher in einen tiefen, dunklen See. Er sah immer tiefer in sie hinein und sagte nichts. Erna wollte ihm so viel sagen. Gleichzeitig fühlte sich der Sog seiner Augen und seines Körpers so stark an, dass sie kaum sprechen konnte. Mit aller Kraft rang sie nach Worten.
„Aaron, ich habe erkannt, jetzt erst, dass ich Liebe nicht sein lassen muss, wenn ich Geld will. Beides kann gleichzeitig möglich sein und ich möchte …ich möchte…dich…li…“

Bevor sie den Satz beenden konnte, presste Aaron stark und weich zugleich seine Lippen auf ihre, sog ihre Lippen sanft in seine ein und atmete dabei tief, schwer und schien sie richtiggehend zu inhalieren. Dann ließ er wieder kurz von ihr ab, küsste ihr Gesicht, ihren Hals, grub seine Nase in ihre Kuhle hinter dem Ohrläppchen, sog wieder ganz tief Luft ein, roch an ihr, sog sie in sich ein, atmete ganz tief und seufzte.
Dann glitt seine Nase an ihrem Hals entlang, bis zu ihrem Schlüsselbein. Dort sog er mit seiner Nase in der kleinen Grube Luft ein und glitt weiter hinunter zu ihren Achseln. Er roch, atmete sie ein, küsste sanft an jeder Stelle, roch wieder. Er arbeitete sich ganz langsam weiter. An ihrem Bauch und Nabel angekommen, fuhr er wieder hoch und küsste sie an ihrem Dekolleté, während er ständig stark Luft einsog und selbstvergessen in sie eintauchte.
Dann sah er sie an, ernst und weich.
„Du riechst himmlisch. Ich will mehr und ich will dich überall riechen, jetzt sofort." Er umschlang ihre Hüften, hob sie hoch und trug sie in ihr Zimmer, dort warf er sie aufs Bett. Er rollte ihr Kleid hoch, zog es in Windeseile über ihren Kopf und drückte sein Gesicht in ihren Bauchnabel. Dann spreizte er ihre Beine und küsste ihre Innenschenkel, blieb darauf liegen und atmete. Ernas Erregung raste in ihrem Körper, wie eine abgeschossene Rakete, sie konnte sich nur noch beben spüren und sie zitterte in Extase.
Wie gerne hätte sie ihn jetzt geküsst, gerochen, berührt, aber sie ließ ihn sie erkunden, riechen und schmecken, damit er wüsste, ob sie die Eine war. Er ließ seine Nase Zentimeter für Zentimeter an ihrem Oberschenkel bis ganz oben wandern, bis er schließlich an ihrer intimsten Stelle einen tiefen Sog einatmete. Sie lag verletzlich, offen und ehrlich wie nie da und gab sich ihm in einer Art hin, die sie so nicht kannte. Ihre ehrliche, unverfälschte Essenz. Aaron verharrte dort fast unbeweglich, sog mit der Nase ihren Duft ein, ganz lange und atmete schwer aus.

„Mein Gott, es ist wundervoll. Du riechst einfach so gut, ich danke dir“, seine Stimme zitterte.
Sie liebten sich immer wieder und bald erforschte Erna jeden Zentimeter an ihm, sog seinen Duft in sich auf, gab sich dem Moment hin. Stundenlang entdeckten sie sich, küssten, schmeckten, rochen und begegneten sich in ihren Körpern. Erna fühlte sich bei ihm so sehr als Frau. Ihre Zellen quollen über vor sinnlicher Weite und Erfüllung. Irgendwann sanken sie ganz erschöpft in den Schlaf, eng umschlungen.

Aaron wachte auf. Erna lag schlafend neben ihm. Er sah zu ihr und musste lächeln. Er fühlte sich zufrieden, glücklich und angekommen. Er sah, wie ihr Brustkorb atmete. Er brauchte nichts auf der Welt, als genau hier zu sein. Er wusste tief in sich, dass er diese Frau, die neben ihm lag, die er fast nicht kannte, liebte. Er konnte sie riechen, er liebte ihren Duft, er hätte für ewig nur an ihr schnuppern können. Aber er wusste jetzt, dass nicht ihr Geruch der Auslöser seiner Liebe war. Er hatte sie schon vorher geliebt. Er hätte sie wahrscheinlich auch geliebt, wenn sie anders gerochen hätte. Weniger gut. Es hätte ihm gereicht, wenn sie einfach so gerochen hätte, wie es für ihn erträglich gewesen wäre. Dass ihr Duft seine Wünsche übertraf, war ein Geschenk vom Himmel. Heute Nacht, als er sie erkundete, merkte er aber, dass nicht ihr Geruch es war, nach dem er gesucht hatte, es war das Gefühl, das er mit ihr hatte, diese Innigkeit, die Wärme, die Vertrautheit. Wieder stiegen in ihm auf einmal die Bilder von damals hoch und er sah es klar vor sich. Die alte Dame in der neuen Ferienvilla, die für ihn die reine Liebe gewesen war. Eine Frau mit so viel Herz, dessen Wärme und Fürsorge ihn mit einer Geborgenheit verwöhnt hatte, wie nichts zuvor in seinen Kindertagen. Es war jener Sommer, in dem die Familie in ein anderes Haus ausweichen musste, wo sie als Haushälterin arbeitete. Sie hatte in ihm ein Gefühl der Heimat und bedingungsloser Liebe geweckt. Der Duft ihrer Schürze, der Wäsche in der Waschküche, der frischen Luft am See und ihrer Hände, wenn sie ihn manchmal über die Haare strich. Diese Mischung hatte er ewig wieder gesucht, dabei wollte er eigentlich nur dieses Gefühl wiederfinden. Genau dieses überquellende Gefühl an Glück, der absoluten Zuneigung und Liebe. Er durfte damals einfach so sein, wie er war, er durfte Kind sein und sich fallen lassen in das Leben zwischen Schwimmen, Spielen, Essen und Schlafen. Es war der erste und einzige Sommer, in dem er den Streit seiner Eltern nicht mitbekam, weil sie ihn immer mit nach draußen nahm oder zu sich in die Küche holte, um beim Kochen zu helfen. Sie beschütze ihn ein paar kurze Wochen vor den Sorgen und der Disharmonie. Er durfte einmal sein Herz öffnen und Wärme empfangen, ohne dafür etwas leisten zu müssen. Dieses Gefühl hatte er für ewig mit einem Geruch verbunden. Er hatte immer nur Liebe gesucht. Liebte er Ernas Geruch so, weil er sie liebte und sie ihn? Oder war es umgekehrt? Vielleicht würde er diese Frage nie beantworten können, es war ihm aber auch egal. Er badete sich in seinem Glück. Sie würde ihm sicher verzeihen, dass er ihr noch nichts von seinem wahren Leben erzählt hatte. Sein Geld müsste für sie ja die Krönung ihres Glücks bedeuten. Noch wollte er aber warten, ob ihre Liebe auch echt war und sie für eine Weile standhielt. Er wollte auch nicht mit seiner bisherigen Lüge ihr noch junges Vertrauen zerstören. Später, wenn sie sich besser kannten, könnte sie das alles sicher leichter verzeihen. Zuerst wollte er sie ganz für sich gewinnen.

Aarons Blase meldete sich. Er stieg leise aus dem Bett und trippelte auf Zehenspitzen durch den Gang aufs Klo. Als er wieder hinaus auf den Flur ging, stand auf einmal Hans in Unterhosen vor ihm.

„Hans, was bitte machst Du denn hier?“ Er drosselte seine Lautstärke, um niemanden zu wecken.

„Aaron? Wie gibt es denn sowas?“ Sie flüsterten aufgeregt.

„Ich bin hier mit Valerie“, zischte Hans leise.

„Ich bei Erna, der Frau, du weißt schon, sie hat es sich anders überlegt, sie liebt mich.“ Aaron drückte jetzt Hans am Arm, um seine Freude zu zeigen.

„Ich dachte mir schon gestern, als Erna was von einer Valerie sagte, ob das etwa deine ist. Das gibt`s ja nicht.“

„Pssst“, machte Hans, die wachen gleich auf.“

„Sag niemanden, wer ich bin, hörst du? Erna soll es noch nicht wissen. Das braucht Zeit!“

Hans nickte. Aaron schlich sich mit Herzklopfen ins Zimmer zurück.

Erna wachte kurz auf, als Aaron zurück ins Bett schlüpfte, schmiegte sich an ihn und schlief schnell wieder ein. Er genoss ihren Atem an seiner Brust, strich ihr über die Haare und freute sich auf eine gemeinsame Zukunft mit ihr. Auch wenn er noch eine Zeit lang durchhalten müsste, bis zwischen ihnen alles so klar war, dass nichts mehr kaputt gehen könnte.
Als sich alle vier zwei Stunden später in der Küche begegneten, fiel es Aaron unglaublich schwer, sich Hans gegenüber wie jemand zu verhalten, den er nicht kannte. Er musste sich mehrmals auf die Zunge beißen, um sich nicht zu verraten. Valerie zwinkerte Erna mehrmals zu.
Aaron erfand einen Termin und verabschiedete sich so schnell er konnte. Er vereinbarte mit Erna, sich am Nachmittag im Laden für die letzten Aufnahmen zu ihrer Idee zu treffen.

Als Hans gegangen war, musste Valerie Erna alles über Hans erzählen und wie sie sich nun doch getraut hatte.
„Und du?" Valerie blitzte Erna neugierig und grinsend an. „Jetzt doch Liebe statt Geld?"
„Scheint so. Ich hatte ein, sagen wir, ein spezielles Erlebnis, das mir klar gemacht hat, wie wichtig Liebe ist und dass das Geld ja trotzdem kommen kann."
Erna würde niemals von ihrer Erfahrung mit Adele erzählen. Valerie würde sich entweder Anzüglichkeiten erlauben, schadenfroh reagieren oder im schlimmsten Fall freie Bahn bei Erna vermuten und noch eine letzte Gelegenheit nützen.
„Das hätte ich mir nicht gedacht, aber ich gratuliere dir, es ist sicher die richtige Entscheidung. Geld macht nicht glücklich, das habe ich dir immer schon gesagt."
„Das denke ich aber immer noch, Valerie, nur macht es auf andere Art glücklich als Liebe. Das eine hat mit dem anderen nicht unbedingt etwas zu tun."
Zumindest, dachte sich Erna still, redete sie sich das jetzt so lange ein, wie sie mit Aaron diese Ekstase erleben könnte.

„Und dieser Tino? Der Mann mit dem Geld? Der ist weg von der Bühne?“
„Natürlich, was denkst du denn? Ich fahre doch nicht zweigleisig.“ Erna schüttelte lachend den Kopf und wunderte sich wieder einmal über Valeries Weltsicht.
„Könnte ja sein, einer für den Glanz und einer fürs Bett.“
„Da redet die Richtige, würdest du denn jetzt neben deinem Hans noch einen anderen wollen?“
Valerie schaute still auf die Tischplatte.
„Ich fürchte nicht, es gibt nur noch ihn und das macht mich rasend nervös“, sie lächelte verliebt und verträumt vor sich hin.
„Eben.“ Erna konnte keinen Bissen runterkriegen und der zweite Kaffee schlug ihr ein wenig auf den Magen, der durch die Aufregungen der letzten Zeit ganz schön strapaziert worden war.
„Dieser Mann ist ein Wahnsinn, was würde ich versäumen, wenn ich jetzt nur auf meinen Erfolg schielen würde. Ich will im Moment genießen und nicht nachdenken, was da auf mich zukommt. So habe ich mir mein Glück nicht vorgestellt, na ja“, sie zuckte mit den Schultern und seufzte.
Erna dachte, den Zweifel gegenüber ihrer Zukunft mit Aaron hätte sie bereits hinter sich gelassen. Aber da kam wieder dieses eigenartige, ungute Gefühl hoch, dass Liebe und Leidenschaft einfach für ein Leben zu zweit nicht reichen würden. Sie hatte Tino noch keine Absage geschickt. Sie brachte es nicht fertig, mit ihm jetzt schon alles zu beenden. Warum brauchte sie diese Hintertür? Das gefiel ihr gar nicht und ihr eben noch makelloses Glück, bekam einen komischen Beigeschmack.

Erna saß an der Kassentheke und schrieb alles auf, was sie im Bericht über ihre Produktidee sagen wollte. Sie musste es genau notieren, um nicht mit einem unbedachten Wort oder Hinweis die Grundidee zu verraten. Vielleicht wäre es ja auch nur ein Verfolgungswahn, den ihr Tino eingeredet hatte. Aber eine große Kette könnte diese Idee wirklich aufschnappen und umsetzen, während sie leer ausging. Sie konnte gar nicht abwarten, wann Aaron endlich kam. Sie sehnte sich nach ihm, wollte ihn wieder spüren und ihm einfach nahe sein. Bei jedem Klingeln an der Ladentüre fuhr ihr die Aufregung in die Glieder. Die Kunden behandelte sie heute sehr zuvorkommend, aus lauter Freude über ihr Glück. Sogar die alte Dame, die Erna heute wieder einmal mit hunderten, sinnlosen Fragen löcherte, machte ihr nichts aus.

Endlich kam Aaron und sein Begrüßungskuss strömte in sie wie reines Lebenselixier. Er strahlte sie an und sie spürte seine tiefe Zuneigung. Sie fühlte sich von ihm begehrt und seit heute Nacht, als sie sich ihm ganz geöffnet hatte, vertraute sie ihm ihr Herz an, mit vollem Risiko, verletzt zu werden.

Sie begriff zwar noch immer nicht, was an ihm so geheimnisvoll erschien und warum sie sich noch immer fragte, ob er etwas vor ihr verbarg, aber sie wollte ihm vertrauen. Es war nur ihre Unsicherheit, die sie in die Irre führen wollte. Schließlich war sie schon länger alleine. Die Nähe zu einem Mann einzugehen, erforderte einiges an Überwindung. Vor allem, weil sie von ihrer Zielgeraden zu einem Leben in Fülle für ihn abweichen musste.

Sie besprachen die Details der Inhalte und planten, nach Ladenschluss ein Interview zu drehen.

Es wurde Abend und noch bevor das Tageslicht verschwinden würde, wollten sie die letzten Aufnahmen erledigen. So sehr Erna sich über diese Chance und die Sendung freute, so sehr fürchtete sie, Aaron damit auch gleich wieder zu verlieren.

„Ich werde morgen mit dem Material zum Sender fahren. Unsere Aufnahmen hier sind jetzt vorbei. Ich kann dich frühestens am Wochenende wieder besuchen, meine Liebste.“ Aaron wirkte auf Erna nicht besonders traurig darüber, dass ihr Leben sich offenbar jetzt für einige Tage wieder voneinander entfernte.
„Was ist, wenn ich dich in Wien besuche? Da wollte ich schon lange mal wieder hin?“
Aaron räusperte sich. „Du, das geht nicht, also ich habe da dauernd Termine und meine Wohnung ist nicht besucherfreundlich. Das wäre nicht schön für uns, ich komme lieber wieder hierher“, es klang etwas abwehrend.
„Aber wenn du hierherkommen kannst, hättest du in Wien ja auch Zeit.“ Erna stocherte jetzt bewusst nach, weil ihr das ganze unlogisch und wie eine Ausrede vorkam.
„Nein, also Wien, das geht eben jetzt nicht, versteh` das nicht falsch, aber ich habe schon lange niemanden mehr zu mir gelassen.“
Erna sank die Enttäuschung in die Beine. Ihr Magen meldete sich wieder mit einem flauen Druck. So schnell sollte das beginnen, was sie so sehr gefürchtet hatte? Dass ihre Sehnsucht und ihre Freude mit ihm sich an wenigen Stunden am Wochenende abspielen würden? Dass sie sich nach ihm und seinem Einsiedlerleben richten musste? Er sie nicht bei sich haben wollte und sie nicht wusste, welches Leben er dort in Wien führte? Ihr vertrauen bekam Risse und ihre Euphorie zersplitterte. Sie hasste diese Rolle. Sie klammerte, obwohl sie das nie wollte. Aber seine Distanz erzeugte genau das. Enttäuschung und Wut brodelten hoch.
„Siehst du, es fängt schon an, genau davon habe ich im Restaurant gesprochen, und bald wird es nur noch weh tun.“ Ihr Gesicht wurde blass, die Übelkeit überkam sie. Sie musste sich setzen.
„Erna, bitte tu das nicht, jetzt gib uns doch etwas Zeit. Ich komme ja in ein paar Tagen wieder und du wirst auch bald nach Wien kommen können. Ich muss eben mein Leben erst etwas umstellen. Hab doch etwas Geduld, bitte.“

Erna schmollte. Er konnte Geduld haben? Wie konnte er das, wenn sie es nicht wollte und konnte. Sie liebte ihn jetzt, sie war jetzt verrückt nach ihm. Sie hatten sich jetzt gerade erst entdeckt und jetzt sollte sie Geduld haben, locker bleiben, ihn tagelang vermissen, während es ihm offenbar egal war? Natürlich, er war es gewohnt, sich nicht zu binden, seine Emotionen im Griff zu haben und sein Leben als Nomade zu führen. Das war aber nicht ihre Welt. Ihr Entschluss, sich auf ihn einzulassen schien ihr jetzt wie ein großer Fehler. Der Schmerz, vor dem sie sich so lange schützen wollte, schien über sie hereinzubrechen, wie ein Gewitter in den Bergen.
„Wenn das für dich so einfach ist, Aaron, dann weiß ich nicht, ob wir das gleiche empfinden. Ich habe mich gegen mein großes Lebensziel entschieden, mir einen Mann zu suchen, mit dem ich schneller reich werden kann, als ich es als Alleinkämpferin je schaffen würde. Ich habe dir auch erklärt, warum das so ist. Jetzt frage ich mich, warum ich das tun sollte, wenn dir nichts dran liegt."
„Aber Erna, ich bitte dich, mir liegt alles daran. Ich kann nur gerade nicht. Aber wenn es dir so wichtig ist, dann werde ich es irgendwie hinkriegen, ok?"
„Nein, Aaron, zwingen will ich dich nicht. Das hätte schon dein Wunsch sein müssen." Sie sank erschöpft in sich zusammen.
„Warum machst du es auf einmal so kompliziert? Merkst du denn nicht, wie sehr ich dich liebe? Diese Nacht war das Schönste, was ich jemals erlebt habe. Wir werden uns jetzt doch nicht wegen ein paar Tagen streiten?" Aarons Stimme klang verzweifelt.
Ernas Enttäuschung hatte ihren Glauben zerschlagen und ihr Trotz wurde jetzt größer als ihr Wille zur Einsicht.

„Nein, wir werden deshalb nicht streiten, Aaron. Ich sehe nur keine Zukunft darin, dass wir uns jetzt nur noch tageweise sehen werden und du nicht einmal bereit bist, dass ich dich in Wien besuchen komme. Wenn das ein Problem für dich ist, dann stimmt etwas zwischen uns nicht. Ich denke, das alles war doch keine gute Idee. Ich bin fürs Leiden nicht geschaffen, ich habe mir geschworen, nicht mehr zu leiden und immer nur zu warten. Das brauche ich nicht. Ich wusste es von Anfang an, dass es nur Schmerzen verursachen würde, denn Männer wie du, die sind sich selbst genug, die leben ihr Leben und alles andere kommt an zweiter Stelle. Ich will für einen Mann die Nummer Eins sein!" Sie sah ihn nicht mehr an.
Aaron hätte ihr am liebsten die Wahrheit gesagt. Es scheiterte gerade an ihrer Sturheit. Er verstand sie so gut, warum sie das jetzt forderte und warum sie ihm keine Zeit geben wollte. Doch es war für ihn so wichtig, dass sie sich wirklich für ihn entschied, auch wenn nicht alles nur leicht und einfach lief, wie sie sich das ausmalte. Er wollte den Beweis ihrer Liebe im Alltag sehen, wie sie über die ersten Schwierigkeiten hinwegkamen, sonst wäre es nicht mehr als Leidenschaft und eine Laune. Denn wäre es nur die Chemie zwischen Ihnen, würde sie schnell nur das Geld in ihm sehen, sobald der erste Rausch vorbei war. Er musste sicher sein, dass sie ihn so liebte und wollte, wie er sie. Auch wenn sie ihn gerade rasend machte, und sie, so typisch Frau, alles verkomplizierte. Er liebte dieses Weib und hoffte, sie würde noch einlenken.
Er ging zu ihr und nahm sie in den Arm. Sie drückte ihn wieder weg und schmollte.
„Erna, ich will dich lieben, ich will dich in meinem Leben, aber es kann jetzt nicht zu hundert Prozent nach deinen Vorstellungen funktionieren. Ich brauche dein Vertrauen und deinen Willen, dass wir uns zusammenraufen. Akzeptiere bitte, dass mein Leben nicht so einfach ist. Wenn du mich wirklich willst, dann wirst du es verstehen und Kompromisse mit mir eingehen. Denke darüber nach."

Er küsste sie auf die Stirn und ging.
Wie sehr er dieses Theater satt hatte. Er war sich nicht mehr sicher, ob seine Strategie noch die richtige war und er nicht gerade alles kaputt machte. Wie weit sollte er Erna weiter testen und dieses Spiel treiben? Waren diese Lügen nicht das, was alle vergiftete, anstatt ihm Sicherheit zu geben? Die Geborgenheit bei ihr in dieser Nacht, die gab ihm Sicherheit. Aber was zwei Menschen in einer Nacht verband, musste am Tag nicht halten. Bevor er seinen Reichtum zu erkennen gab, wollte er wissen, wie sehr Erna zu ihm und ihrer Beziehung stand und was sie dafür bereit wäre, zu tun. Dann erst würde er ihr alles geben. Alles, was sie sich je erträumt hatte. Er fühlte sich gespalten, zwischen schlechtem Gewissen, seiner Überheblichkeit und seiner eigenen Unsicherheit, die ihn genau dazu führte.

Erna zitterte am ganzen Leib, sie hatte es kommen sehen. Sie war für leidenschaftliche Liebe nicht gemacht, weil sie viel zu viel Ängste hatte.
Sie hatte die Nachricht an Tino noch immer nicht abgeschickt. Sie würde sich an ihn gewöhnen und sie würde ein ruhiges, sicheres Leben mit ihm führen. Eines, wo sie endlich durchatmen konnte und der ganze Kampf und Stress vorbei war.
Sie schrieb ihm jetzt impulsiv, dass sie ihn wiedersehen wollte.
Sie wusste nicht, ob sie wütend auf Aaron oder einfach nur enttäuscht sein sollte. In ihr drehten sich die Gedanken und Gefühle im Minutentakt.

Valerie kam in die Wohnung und grüßte fröhlich.
„Erna, es gibt Neuigkeiten!“
„Ihr werdet heiraten“, sagte Erna sarkastisch.
„Kann gut sein.“ Valerie grinste von einem Ohr zum anderen. Ihre gute Laune machte Erna noch trauriger.

„Also, ob und wann wir heiraten, das ist noch offen, aber ich werde mit ihm leben, zu ihm ziehen, reisen, also das heißt, ich ziehe hier aus und zwar gleich." Sie lachte als hätte sie eine gute Nachricht überbracht, aber Erna zog es gerade den Boden unter den Füssen weg.
„Du lässt mich so plötzlich hier alleine? Und was ist mit der Miete? Und überhaupt? Wie jetzt?" Erna konnte nicht fassen, wie schnell sich ihr bisheriges Leben auflösen sollte.
„Die Miete kriegst du natürlich noch in der Kündigungsfrist, ist ja klar." Valerie goss sich Wasser ein und setzte sich zu Erna an den Tisch.
Draußen war es bewölkt und leichtes Donnern kündigte ein Gewitter an. Erna fröstelte, obwohl es schwül war.
„Valerie, was soll ich jetzt sagen, ich wünsche dir natürlich alles Glück der Welt, aber für mich ist das gerade echt nicht so toll", sie schlurfte müde zur Kaffeemaschine.
„Und mit wem soll ich jetzt hier Kaffee trinken? Mit wem diese Wohnung teilen? Muss das genau jetzt sein, wo ich selber gerade den Mann, den ich liebe, wieder sein lassen muss?"
„Erna, es tut mir leid, dass es bei dir nicht läuft, aber ich kann dir da nicht helfen. Was bringt es denn, wenn ich hierbleibe, dann werden wir beide unglücklich. Nimm es doch als ein gutes Zeichen, vielleicht ziehst du auch bald hier weg."
„Aber ich will hier überhaupt nicht weg. Ich liebe diese Wohnung und diese Gegend und da ist ja mein Laden in der Nähe, wovon sprichst du denn jetzt?" Ärger gewann jetzt vor Traurigkeit, was ihr besser tat als diese Ohnmacht.
„Ich dachte du bist verliebt in Aaron? Ihr habt beide so glücklich ausgesehen gestern? Was kann denn in der kurzen Zeit passiert sein?"
„Es fängt bereits an, dass ich leide. Er will für einige Tage wegfahren und will nicht, dass ich ihn in Wien besuche." Erna drückte jetzt die Taste der Maschine und der Dampf fauchte. Sie wünschte, sie könnte genauso Dampf ablassen.
„Und wo ist bitte das Problem?" Valerie sah sie fragend an.

„Das verstehst du nicht, Valerie. Ich mag dir das auch nicht erklären. Jedenfalls hat das keine Zukunft. Ich bin anders gestrickt und für mein Leben stelle ich mir nun mal einen anderen Mann vor. Ich muss einen Mann nicht lieben. Ich muss mit ihm leben können und mich jeden Tag sicher fühlen und nicht ständig Schmerzen in Brust und Herz haben, weil er mich weniger braucht als ich ihn. Entfernung hat noch nie einer Liebe gutgetan. Mir schon gar nicht. Schau mal deinen Hans an, der will nicht mehr ohne dich sein, keinen Tag. So gehört sich das. Das fehlende Geld, das kommt als Belastung dazu. Er wohnt offenbar in so einer schlimmen Bude, dass er sie mir
nicht zeigen will. Ich meine, er ist um die 40 und lebt wie ein Student oder so. Das geht nicht. Nicht für mich."
Sie schäumte Milch auf. Valerie überlegte.
„Du musst wissen, was du tust, Erna. Ich muss jetzt erst mal meine Liebe leben", sie lächelte Erna an.
„Natürlich musst du das, ich wünsche dir wirklich, dass es gut geht. Ich werde dich hier vermissen. Nicht deine Männer, aber dich." Jetzt lachten sie und Abschied lag in der Luft.
Valerie verabschiedete sich, weil sie zu Hans ins Hotel wollte.
Erna blieb allein zurück und fühlte sich so einsam, dass sie nur noch weinen wollte, sie konnte aber nicht.
Sie brauchte jetzt doch Pepesto, denn allein bekam sie ihre Manifestationen offenbar überhaupt nicht auf die Reihe. Sie holte sich seine seelische Stütze und Balsam für ihre Seele, wenn es nur für eine Stunde wäre.

Als ob Pepesto geahnt hätte, wie es ihr ging, hatte er heute eine ganz besondere Atmosphäre geschaffen. Der warme Dachboden wurde durch einen Luftbefeuchter mit Dampf gefüllt, der beruhigend nach Tannennadeln, Kräutern und Orangen roch. Es brannten mehr Kerzen als sonst, im Eck qualmten einige Räucherstäbchen vor sich hin. Leise, sphärische Klänge flossen Erna wie Honig um ihre Wunden. Eine Frau sang Mantra-artige sanfte Melodien in einer fremden Sprache. Als Erna den Raum betrat, wies ihr Pepesto mit Gesten an, sich vor ihm zu setzen. Obwohl es Sommer war, hatte er heute zwei hellblaue Decken für sie bereitgelegt. Erna kuschelte sich darin ein und sog die wohlige Energie des Raums und von Pepesto auf.
„Gut.“, sagte er ruhig. „Gut so.“ Er hielt seine Augen geschlossen, nickte und schwieg eine Weile.
„Ich wusste du würdest heute Trost brauchen, der Himmel hat es mir schon gesagt. Du hast dich selbst wieder einmal verlassen und jetzt fühlst du dich einsam.“ Er hatte noch immer die Augen zu.
Erna antwortete nur mit einem kleinen, erstickten „Ja“, weil ihr bereits die Tränen herunterliefen.
„Der Himmel sagte mir aber auch, dass alles in Ordnung ist. Ich verstehe nicht, in welchen Problemen du sein solltest. Sie zeigen mir goldenes, glänzendes Licht. Du strahlst, alles ist sonnig, leicht und gut. Ich spüre große Freude und Fülle. Was macht dein Herz heute so schwer?“
„Ach, es ist alles so kompliziert. Ich erschaffe alles nur halb oder irgendwie verdreht. Ich habe einen wundervollen Mann manifestiert, richtige Liebe, es war wunderschön.“ Die Tränen rannen ihr jetzt noch stärker über das Gesicht.
„Bravo, Erna, bravo. Ist das schön!“ Pepesto lächelte.
„Aber nein, eben nicht. Weil es nicht geht, weil ich jetzt schon leide.“
Erna erzählte Pepesto alles, was mit Aaron passiert war und warum sie Tino getroffen hatte.
„Wenn du dich in den Spiegel siehst, wen siehst du da?“ Er sah in die Kerze.

„Ich sehe meine Mutter. Ich sehe aus, wie meine Mutter, dieses runde Gesicht, und dann noch mein Name, Erna, so bäuerlich. Wenn ich mich anschaue, sehe ich eine Bäuerin. Der Name Bauer ist eingebranntes Programm. Das will ich einfach nicht sein." Sie erschrak über ihre eigenen Worte und es tat ihr weh, so über ihre Mutter zu sprechen.
„Wenn Aaron jetzt wegfährt, was wiederholt sich da?" Er blickte sie liebevoll an.
„Keine Ahnung. Vielleicht, dass meine Mutter nie glücklich sein durfte mit meinem Vater, weil alle immer arbeiten mussten und er immer irgendwo weg war. Am Feld, am Berg, im Stall und dann wegging, für immer. Einfach starb." Pepesto nickte.
„Aber ich will das ja gar nicht wiederholen."
„Das musst du auch nicht, aber du siehst alles durch den Filter von damals und damit ist es eine Weiderholung, die du ablehnst. Du lässt das Leben nicht fließen, weil du alles aus der alten Sicht bewertest. Erna, du bist nicht deine Mutter und Aaron nicht dein Vater. Und du bist keine Bäuerin, schon lange nicht mehr. Du kannst dich jederzeit für dein Leben entscheiden. Es liegt nur an dir."
„Trotzdem, ohne Sicherheit kann ich keine Liebe leben", sie wimmerte trotzig.
„Auch das ist eine Wahrheit, die so nicht stimmen muss. Du redest dir deine Grenzen ein. Ich kriege vom Himmel ständig die Zeichen, dass alles am Weg ist, du alles realisierst, was du dir wünschst und die Liebe zu diesem Mann gut für dich ist. Aber mit deinem Widerstand gehst Du rückwärts."
Erna hörte das nicht gerne und sie verstand auch nicht, wie sie gerade jetzt am Weg zu ihrem Ziel sein sollte.
„Ich sage es dir wieder und immer wieder Erna, du musst vertrauen! Wenn du das nicht lernst, wirst du immer auf die Nase fallen." Er schloss wieder seine Augen.

Sie saßen eine Zeit lang so da und hörten der wundervollen Musik zu. Die Stimme dieser Frau heilte gerade einige Wunden und Erna legte sich in diese Klänge wie in ein weiches Samtkissen.
„Was soll ich jetzt tun?“ Sie forderte Pepesto mit ernstem Blick zu einer Lösung auf.
„Bleib in deinem Fokus, vertraue und folge nur dem, was sich richtig und gut anfühlt. Lasse die alten Muster und Wahrheiten endlich los und entscheide dich für ein ganz neues Leben. Wie es zu dir kommt, dass musst du dem Himmel überlassen. Du darfst dich nicht mehr einmischen.“
Warum hatte sie erwartet, er würde ihr heute andere Weisheiten mitgeben? Es war immer die gleiche Leier und sie bereute, wieder viel Geld dafür ausgegeben zu haben. Warum wollte sie niemand auf dieser Welt verstehen? Könnte sie nur selbst mit dem Himmel sprechen, dann würde sie denen da oben einmal ordentlich ihre Meinung sagen. Sie fühlte sich verarscht von allen Engeln und Geistern. Zuckerbrot und Peitsche, das konnte doch nicht die Weisheit des Himmels sein? Vielleicht sollte sie sich jetzt lieber auf ihre irdischen Sinne verlassen.
Am Nachhauseweg besorgte sie sich noch eine große Pizza und eine Dose Bier. Das brauchte sie heute zur Beruhigung. Tino hatte noch nicht genantwortet. Vielleicht hatte er schon eine andere Frau kennen gelernt, es würde sie nicht wundern. Schließlich war er ein Hauptgewinn und nicht lange am Markt.
Sie hoffte, sie hatte diese Chance nicht auch noch vertan.

Als Aaron kurz darauf schrieb, er würde früher nach Wien zurückfahren und für restliche Fragen und Aufnahmen einen Kollegen vorbeischicken, kroch sie unter ihre Bettdecke, kauerte sich zusammen und tat sich selber leid. Wann würde ihr Leben endlich anders werden? War sie jahrelang zu naiv gewesen? Gab es Erfüllung für sie nicht? Musste sie endgültig ihren Traum aufgeben? Sie würde einsam und allein in ihrem Laden und dieser Wohnung enden und es wäre allen egal, ob es sie gäbe oder nicht. Würde es irgendwen interessieren, falls sie jetzt Schluss machte? Sie hatte nichts und niemanden mehr. Und konnte sich nicht ewig die Füße in ein paar Quadratmetern in den Bauch stehen. Sie dachte zum ersten Mal, ob sie überhaupt weiterkämpfen wollte und Aufgeben nicht gescheiter wäre.

Geräusche in Valeries Zimmer und Stimmen im Flur weckten Erna sehr früh. Sie hörte Valerie Anweisungen geben. Als sie kurz aus ihrem Zimmer hinaussah, ging Hans gerade mit zwei vollgepackten Taschen aus der Tür.
„Das geht aber mehr als rasant, Halleluja."
Valerie drehte sich um.
„Ich weiß, ich bin selbst ganz überrascht. Im Café konnte ich sofort meinen ganzen Resturlaub beantragen und wir reisen heute schon nach Spanien, es ist so aufregend. Wenn du willst, kannst du mein Zimmer sofort vermieten. Ich zahl dir aber noch was weiter, hab` ich ja versprochen."
„Schon gut, ist eh schon alles egal."
„Ach, Liebe, Kopf hoch, das wird schon noch." Valerie drückte Erna einen Kuss auf die Wange, umarmte sie kurz und schwebte davon.
Wie sie diesen Kopf-Hoch Spruch hasste. So eine Floskel, die einem im Grunde genommen nichts half, aber nur ärgerte. So nach dem Motto, versuche nicht zu leiden oder lass es dir nicht anmerken.

Erna wollte sich nur noch verkriechen und nie wieder hinaus in dieses öde Leben. Sie schrieb Adele, ob sie den Laden heute alleine schmeißen könne. Die sagte zum Glück zu und Erna versteckte sich wieder unter der Bettdecke.

Am Nachmittag piepste ihr Handy. Aufgeregt sah sie nach und war dann enttäuscht, dass es nur Tino und nicht Aaron war.
Immerhin antwortete Tino.
„Ich würde mich über ein Wiedersehen sehr freuen, heute um 20:00 bei Valentino Blanca?“
„Gerne, ich freue mich auch.“
Für Tino würde sie also doch wieder ins Leben gehen.
Sie ließ sich ein Bad ein, stellte sich Prosecco an die Wanne und legte fröhliche Musik auf. Sie fühlte wieder ein wenig Zuversicht, weil Tino doch noch an ihr interessiert war. Vielleicht gab es nach der Enttäuschung mit Aaron ja doch noch ein Happy End. Sie musste eben ihrer Spur treu bleiben, der Himmel hatte es ja gesagt, sie war am Weg. Jetzt würde sie das durchziehen.

Ihr Handy piepste wieder, sie bemerkte noch einmal die Aufregung, ob vielleicht Aaron schrieb. Kämpfte er denn gar nicht um sie? Ließ er sich einfach so abwimmeln, bei der ersten Unsicherheit, die sie zeigte? War sie ihm so unwichtig, dass er nicht alles daransetzte, sie zu überreden? Zu ihrer Enttäuschung mischte sich auch noch die Wut darüber, so wenig Beachtung zu bekommen und so wenig wert ihn für zu sein. Ein Gefühl der Ohnmacht brach schon wieder in ihr durch. Sie wollte es mit allen Kräften vermeiden, es gelang aber nicht.
Die Nachricht kam von Sanne.

„Liebes, bin bestens hier gelandet und fühle mich sehr wohl. Ab heute Nacht beginnt das Programm. Wir dürfen keine Handys oder andere Kommunikationsmittel mehr verwenden, wir sollen uns von unseren ganzen Kontakten für zwei Wochen komplett verabschieden. Also, ich werde erst wieder in zwei Wochen etwas von mir hören lassen. Ich habe gleich einen Termin für eine Sitzung. Ich erzähle dir alles danach, es ist sehr aufregend. Ich hoffe sehr, bei dir entwickelt sich alles, wie du es dir wünschst. Ich denke an dich und hab dich lieb, bis bald, Sanne."
Erna vermisste ihre Freundin und beneidete sie auch ein wenig um ihre Auszeit. Ihrer Freundin wurde dort geholfen, Klarheit zu finden. Ihr half hier niemand. Jeder sagte ihr letztlich nur, sie müsse sich selber helfen. Langsam wurde es aber anstrengend, immer für alles alleine verantwortlich zu sein. Sie wusste, sie musste ihre Gedanken fokussieren. Schon lange hatte sie die Verantwortung übernommen, ihr Leben zu erschaffen, das sie sich wünschte. Aber niemand auf der Welt konnte alles alleine hinkriegen, nicht einmal der größte Guru der Welt. Es brauchte auch die anderen, die einen unterstützten. Vielleicht hatte sie übersehen, sich Hilfe am Weg zu erschaffen. Falls der Himmel an ihrer Seite war, dann hatte er eine sonderbare Art ihr das zu zeigen.
Tino blieb ihr einziges Trostpflaster. Er tat ihr jetzt fast leid, weil er als Platzhalter fungieren sollte. Aber dafür würde sie ihn mit ihrer Gesellschaft, Charme und Zuneigung beschenken.

Hans umarmte Aaron in der Hotellobby.
„Du darfst es ihr erst erzählen, wenn mit Erna alles klar ist, ja?"
Hans nickte und sah um sich, ob Valerie nicht irgendwo auftauchen würde.
„Sie kommt jeden Moment herunter, Aaron, also, mach es gut ohne mich und good luck mit deiner Liebe. Ich wünsche es dir so."

Hans klopfte Aaron auf die Schulter.
„Ich mach` das schon, kannst dich auf mich verlassen, ich will, dass du stolz auf mich bist.“ Aaron bekam feuchte Augen.
„Das war ich immer schon, dazu brauchst du mir nichts mehr beweisen. Du weißt, du warst immer wie ein Sohn für mich. Und es fällt mir nicht leicht, jetzt loszuziehen. Weiß ja nicht, was mich da erwartet.“
„Sonne, Liebe und Leben, Hans, und du hast es verdient! Wenn du etwas brauchst, Geld oder etwas Anderes, bitte melde dich sofort bei mir, ja?“
„Mach ich Großer.“ Er nahm jetzt seine Reisetasche hoch und blickte Aaron noch einmal lange dankbar an und ging.
„Mi Casa e tu Casa, du weißt mein Haus steht dir immer offen“, rief Aaron Hans nach.
Dieser winkte noch einmal ganz kurz mit der Hand, ohne sich umzudrehen, denn von rechts aus dem Lift kam jetzt Valerie. Ihr folgte ein Kofferträger mit einem Rollwagen, der ihr Gepäck nachbrachte. Aaron sah den beiden nach, wie sie vor dem Hotel in ein Taxi stiegen und davonfuhren.
Er würde das erste Mal in seinem Leben alleine sein. Ohne eine Person, die ständig um ihn und für ihn da sein würde. Das war eine ganz neue Erfahrung. Er würde lernen, wie es wäre, sich selbst auszuhalten. Er wollte keinen neuen Hans. Ihn könnte sowieso niemand ersetzen. Und schließlich gab es nur einen Menschen, dessen Gesellschaft er so sehr ersehnte, dass es ihm weh tat. Erna. Er ertappte sich immer öfter dabei, zu zweifeln und er fürchtete auf einmal, sie könnte wirklich bei ihrer Vorstellung bleiben, sie beide könnten keine Beziehung führen. Ob er jetzt um sie kämpfen oder sie in Ruhe lassen sollte, war ihm noch nicht klar. Er wollte abwarten, bis er sicher sein konnte, was zu tun wäre und nicht durch vorschnelles Handeln noch mehr kaputt machen.

Zuerst würde er sich in Wien darum kümmern, eine kleine Wohnung zu mieten, die er dann als seine ausgab. Wenn sie ihn in Wien besuchen könnte, würde sie ihm wieder vertrauen.
Die Funkstille mit Erna machte ihn wahnsinnig und er musste sich ständig mit Plänen und anderen Gedanken ablenken. Damit er nicht sofort zu ihr fahren, ihr alles beichten und sie heiraten würde. Das könnte er kurz darauf bereuen, weil er sich ihrer Liebe letztlich nie sicher wäre.

Tinos maßgeschneiderter Anzug gab ihm heute eine noch stärkere Ausstrahlung, seine Schuhe und die massive Uhr drückten seinen Hang zu edlem Luxus aus. Erna genoss seinen Anblick und freute sich, wie er sie in ihrem kleinen Schwarzen anhimmelte.
Er zog galant wie immer den Stuhl für sie zurecht, bestellte wie selbstverständlich eine Flasche Champagner und überschlug sich an Höflichkeit.
„Erna, ich möchte dich nicht überfallen, oder, vielleicht doch. Warum soll man auf gewisse Dinge lange warten, das Leben ist so kurz, ich würde dich gerne einladen, mit mir nach Italien zu reisen. Selbstverständlich in getrennten Zimmern. Könntest du dir das vorstellen?"
Erna verschluckte sich fast und musste erst einmal ihre Gefühle ordnen, die dieser Vorschlag eben in ihr auslösten. Wie sehr hatte sie sich einen Mann gewünscht, mit dem sie luxuriös reisen könnte, der ihr jeden Wunsch von den Augen ablas.
„Ich muss gestehen, ich habe schon zwei Suiten für uns gebucht in Sardinien. Es ist ein Traum dort, wir haben das Meer vor uns, eine Dachterrasse mit Pool und eigenem Spa und ich werde dich verwöhnen, wie in tausend und einer Nacht. Ich würde mich über deine Gesellschaft so sehr freuen, und ich werde ein Gentleman sein, versprochen."
„Also, ich weiß nicht, ob ich das annehmen kann, wir kennen uns ja kaum und …"

„Nicht nachdenken, Erna, riskiere etwas, es soll einfach nur Spaß machen und wir werden es genießen."
Erna drehte ihr Glas und sah auf die Tischdecke.
Würde sie mit Tino alleine in Sardinien sein wollen? Würde er versuchen, ihr näher zu kommen oder wirklich nichts probieren? Sollte sie es einfach wagen und dem Ganzen eine Chance geben? Wie gerne wäre sie mit Aaron gereist, aber das musste sie sich endlich aus dem Kopf schlagen.
„Es ginge schon am Wochenende los", er lächelte sie erwartungsvoll an.
„Ich kann aber mein Geschäft nicht einfach so alleine lassen."
„Es wären ja nur ein paar Tage, von Samstag bis Dienstag."
„Das müsste ich erst organisieren."
„Das mit deinem Laden müsste sich sowieso ändern. Also ich meine, ich brauche eine Partnerin, die mit mir Reisen kann. Wärst du denn in Zukunft bereit, also falls das mit uns etwas wird, dein Geschäft aufzugeben, um mit mir zu sein?"
Er nahm ihre Hand und hielt sie in seiner. Seine Augen sahen sie fragend und unsicher an.
„Das geht alles ein bisschen schnell, Tino, du gibst ja Gas wie in einer Rallye."
„Meine Lebenserfahrung weiß, wann man etwas tun muss und Warten hat noch selten zum Ziel geführt. Warten kann man, wenn der Same gepflanzt und der Acker bearbeitet wurde, aber nicht vorher."
Jetzt musste Erna lachen, weil er sie mit Samen und Acker verglich. Aber es war etwas dran und Tinos Sicherheit, die er ausstrahlte, waren verführerisch.
„Wenn das was mit uns werden sollte Tino, dann wird sich der Rest schon zeigen. Um mein Geschäft aufzugeben, da bräuchte ich schon Sicherheiten, aber so weit sind wir ja noch nicht."
„Ich verstehe. Dann lass uns mit der Reise beginnen."
„Wenn ich eine Vertretung finde, dann komme ich mit dir mit."

„Wunderbar!“, sagte er laut, sodass ein paar Gäste sich umdrehten. „Bis wann weißt du es?“
„Morgen.“ Sie war über ihren eigenen Mut überrascht. Sie wusste nicht einmal, was ihr Bauchgefühl dazu sagte. Ihr Kopf musste das entscheiden. Ob es sich gut anfühlte, konnte sie im Moment nicht feststellen. Sie würde jetzt einfach vertrauen, dass das Universum ihr den richtigen Weg anbot. Diese Reise war ein sicheres Zeichen, denn genau davon hatte sie immer geträumt.

„Ich zahle dir das Doppelte.“
Adele stand mit verschränkten Armen da. Sie wollte nicht vier Tage alleine im Geschäft stehen. Seit jener Nacht zeigte sie sich etwas distanziert. Offenbar ging die Zurückweisung von Erna doch nicht so spurlos an ihr vorüber und sie war gekränkt.
„Jetzt soll ich auch noch herhalten, wenn du mit einem Mann nach Italien fährst, auf Liebesurlaub?“ Sie klang vorwurfsvoll.
„Jetzt kommen wir der Sache schon näher!“ Erna wusste, sie musste den Abend noch einmal ansprechen, denn sonst würde sie hier mit Adele nicht mehr lange gut auskommen.
„Adele, wenn ich dich verletzt haben sollte, möchte ich mich bei dir entschuldigen. An diesem Abend war ich betrunken und von der Situation völlig überrascht. Ich habe nicht nachgedacht, das war ein riesen Fehler. Du warst einfach zu verführerisch und ich habe zu spät gemerkt, dass das nichts für mich ist. Du hast dich einfach zu gut angefühlt und deshalb habe ich die Beherrschung verloren. Kannst du mir verzeihen? Ich habe das nicht absichtlich gemacht.“ Erna zog einen Mundwinkel nach oben.
Adele schaute schmollend mit noch immer verschränkten Armen auf den Boden und zeichnete mit ihrer Schuhspitze Bögen auf den Boden. Sie stand einige Minuten so da und beobachtete die Kreise, die sie auf den Fliesen zog.

„Oh Mann, na gut, weil ich so eine großherzige, blöde Kuh bin, die sich immer in die Falschen verguckt. Mein einziger Trost ist, dass du zu alt für mich wärst. Friede und Versöhnung“, sie streckte Erna beide Arme entgegen. Erna nahm die Einladung an und drückte Adele erleichtert. Sie mochte sie wirklich, auch wenn der Ausflug in die erotische Welt der Lesben ein einmaliger bleiben würde und sie nie mehr als Zuneigung für Adele empfinden könnte.
Ihre Rundungen fand Erna noch immer reizvoll, mittlerweile wusste sie aber, dass es einfach ihr sinnliches Empfinden, ihr Gespür für schöne Formen und ihre tiefe, erotische Lust waren, die sie gerne Adele ansehen ließen. Die Erregung, die ein schöner Frauenkörper in ihr auslöste, wollte sie dann aber mit einem Mann ausleben. Immerhin war ihr das jetzt klar. Die Schönheit des Lebens, die Sexualität zeigte sich in so vielen Dingen und überall konnte man etwas Erregendes entdecken. Deshalb musste man sich nicht in eine sexuelle Schublade stecken lassen oder gleich alle Fantasien ausleben. Manchmal genügte der Reiz, die Andeutungen, die Gedanken, was sein könnte. Dafür, dass sie ihre Sinnlichkeit geöffnet und dadurch die schönste Nacht mit Aaron beschert hatte, dafür war sie Adele unendlich dankbar.
„Ich bin dir sehr dankbar für dieses Erlebnis, Adele, wirklich, du hast mir etwas Wertvolles gezeigt. Das solltest du wissen.“
Adele lächelte verlegen und ihre Wangen zeigten ein leichtes rosa.
„Du zahlst wirklich das Doppelte?“
Erna nickte.
„Und danach hab` ich eine Woche frei?“
„Das ist unverschämt, aber ok, du Luder.“
Jetzt lachten beide.
„Kaffee und Schokoladekuchen, wie immer?“

„Sehr gerne“, piepste Adele. Erna war froh, dass jetzt die Spannung gelöst und die Atmosphäre zwischen ihnen wieder fast so wie früher war. Ganz genauso würde es nicht mehr werden, aber die freundschaftliche Verbindung bei der Arbeit wäre nicht mehr gefährdet und auf einer neuen, tieferen Ebene des gegenseitigen Verstehens gesichert.

Die alte Dame kam jetzt wieder ins Geschäft. Mit tausenden kleinen Fältchen um die Lippen spitzte sie ihren Mund und sah um sich. Wieder hatte man den Eindruck, sie würde das erste Mal hier stehen, denn sie beäugte alles mit einer scharfen Aufmerksamkeit, als hätte sie es noch nie zuvor gesehen.
„Gibt es denn etwas Neues?“ Adele und Erna verkniffen sich ein Lachen. Man hätte schon ein Drehbuch schreiben können, was sie als Nächstes sagen würde.
„Haben sie denn etwas mit einer besonderen Blüte?“
Erna fand sie in ihrer Eigenheit inzwischen so liebenswert, dass sie sich über ihre stets gleichen Fragen herrlich amüsierte. Nur langsam gingen ihr die Ideen aus, was sie ihr anbieten sollte.
„Ich habe da eine neue Produktidee gehabt und an der muss ich noch etwas arbeiten. Aber wenn sie möchten, dürfen sie als eine unserer besonderen Kundinnen etwas testen?“
Die Alte horchte auf und ihre Augen begannen zu leuchten.
„Testen, ja? Was denn testen? Was muss ich denn da machen?“ Zitternd stemmte sie sich auf ihren Gehstock. Obwohl sie so tun wollte, als wäre sie nicht sonderlich interessiert, spürte man die brennende Neugier und Freude daran, für einen Test ausgewählt zu werden.
„Sie brauchen nur eine Seife für mich zu probieren und sie sagen mir dann, was sie davon halten. Das müsste aber unter dem Siegel der Verschwiegenheit sein. Ich muss mich darauf verlassen können, dass sie niemandem etwas verraten.“

„Ich? Aber nein, ich nicht!“ Sagte sie ganz laut und entrüstet. „Wissens, junge Frau, in meinem Alter, da kann man niemandem mehr was erzählen, die sind alle schon unter der Erde, und die zwei einzigen Freundinnen, die ich noch ab und zu seh`, die sind derrisch, denen kann ich alles erzählen, die verstehn` eh nix.“ Dies sagte sie mit so einer Trockenheit, dass es umso komischer wirkte.
„Dann gebe ich meine Kaffeeseife ehrenvoll in ihre Hände.“ Erna verschwand hinten im Lager und holte einer der letzten Versionen ihrer Kaffeeseife.
„Kaffee?“ Sie zog das e des Wortes ganz lange hinaus und nach oben. „Aber das ist eine extravagante Idee. Aber warum gerade Kaffee?“ Sie schüttelte den Kopf, als sie mit der freien Hand zitternd die Seife entgegennahm und daran schnupperte.
„Also, Ja. Na, wenn sie meinen? riecht eh gut. Nach einem Mocca. Das erinnert mich an mein Kaffeehaus in Wien, ob ich da noch einmal hinkomm`, bevor ich die Patschn streck, das weiß der liebe Gott!“
Adele und Erna sahen sich an und bissen wieder die Lippen zusammen, um ein Lachen zu verkneifen. Es war nicht klar, ob die rüstige Pensionistin scherzte oder das ernst meinte. Von Wien zu hören, gab Erna wieder einen Stich.
Erna erklärte ihr die Wirkung von Kaffee in der Nase - wie er Geruchsmoleküle binden und so schlechte Gerüche verschwinden lassen konnte.
„Wenn sie einmal Sellerie, Zwiebel oder Knoblauch schneiden, dann waschen sie sich danach damit und dann sollte der Geruch sofort weg sein.“
„Na das ist eine g`scheite Sache, mein Lieber. Das hätt` ma früher gebraucht, in die Kuchln. Ich koch ja nimma allzuviel, gell? Für mich alleine is das ja nix mehr. Aber schau ma amal, wird sich schon was finden.“ Sie wackelte mit kleinen Schritten ein wenig weiter an der Theke entlang und steckte die Seife, die Erna in ein Seidenpapier gewickelt hatte, in ihre alte Ledertasche.
„Und wann soll ich ihnen dann berichten?“

„In zwei, drei Wochen wäre es wunderbar. Ich danke ihnen für ihre Hilfe, das wird eine wertvolle Rückmeldung von ihnen, sie kennen sich ja aus."
„No, no, das is aber zu viel der Ehre." Jetzt schmunzelte sie zum ersten Mal und freute sich sichtlich, für etwas gebraucht zu werden.
„Dann bis bald, junge Dame, ich bin schon neugierig, gell? Schönen Tag noch und schaun`s, dass sie den Sommer noch genießen, weil die Tage werden schnell kürzer. Wiedersehen." Erna hielt ihr die Tür auf.
„Eigentlich ist die ja ganz entzückend, hast du gesehen, wie sie sich gefreut hat?" Adele kehrte Blüten am Fußboden auf, die vorher durch einen Windstoß aus der Schale geflogen waren.
„Ja und wie, die ist einfach ganz allein und braucht Kontakt. Und wer weiß, vielleicht kann sie mir ja wirklich einen Tipp geben."
Erna war zufrieden darüber, dass sie einer alten Frau eine Freude machen konnte und ging ins Lager. Sie roch an ihren Kräutern, Blüten und Fruchtschalen. Was fehlte noch in der Seife? Sie musste die eine Zutat noch finden, bevor die Sendung ausgestrahlt wurde und sie Tino überzeugen konnte, einen Investor zu finden.

Aaron hatte drei Tage nichts von sich hören lassen. Erna sah nicht mehr stündlich auf ihr Handy und sie versuchte, nur mehr daran zu denken, was gegen Aaron und eine Bindung zu ihm sprach. Sie schrieb Listen an Dingen, die sie nicht wollte und welche Minuspunkte sie mit ihm verband. Dann schrieb sie weitere Listen, was sie im Leben wirklich wollte, die Aaron nicht erfüllen konnte, die aber Tino sofort in die Realität umsetzen könnte.

Sie würde jede Minute bis zur Reise mit Tino dafür nützen, alles Gute, Schöne und Liebenswerte an ihm zu finden. Alle Vorteile in den Fokus zu rücken und so ihre Gefühle für ihn zu verstärken. Es sprach nichts gegen ihn, außer ihrer Gleichgültigkeit. Und es sprach alles gegen Aaron, sogar ihre Liebe zu ihm, da sie diese nur in Schmerz und Leiden führte.
Sie schrieb jeden Abend ihre Kreise und Tortenstücke in ihrem Manifestationsblock voll, wo sie im Leben hinwollte und wie sie sich in Kürze mit dem richtigen Mann an ihrer Seite fühlen würde. Sie arbeitete konzentriert an ihren Visionen und meditierte zweimal am Tag. Sie stellte sich selbst vor, wie sie lachend und zufrieden über einen Strand lief, sie malte sich aus, wie sie anderen davon erzählte, wie glücklich sie jetzt war und dass sich alles wundersam zu einem Feuerwerk des Glücks gefügt hätte. Sie sah sich in den Armen eines Mannes, geborgen und angekommen. Als erfolgreiche Geschäftsfrau, die einen Vertrag mit einer großen Handelskette unterzeichnete. In ihren Gedanken badete sie in Diamanten und schönen Kleidern. Die Aussicht, finanziell frei und für immer sicher zu sein, zauberte ihr ein Lächeln ins Gesicht. Ihr Bauch wurde weich und warm, sie vibrierte im ganzen Körper, es kribbelte und sie juchzte.
Das hielt immer ein paar Minuten an, solange, bis Aarons Bild vor ihren inneren Augen auftauchte. Dann gab es einen Stich. Wenn sie ihn nicht gleich verscheuchte, dann stieg bei seinem Bild ein wundervolles, warmes und weiches Gefühl aus ihren tiefsten Tiefen hinauf, bis in ihr Herz und ihren Kopf. Es rieselte ein Schauer des Glücks durch sie. Wenn sie sich kurz darauf dazu ermahnte, diesen Traum zu vergessen, wurde sie unglaublich traurig. Es fiel ihr schwer, zu ihrem positiven Fokus auf ein glückliches Leben, mit wem auch immer, zurückzukehren. Sie betrachtete es bald wie einen Sport, um sich für Tino und eine Zukunft mit ihm fit zu machen. Sie wollte Aaron aus ihrem Energiefeld verbannen.

Dass er sie so schnell vergessen konnte, das sprach Bände. Taten zählten nun einmal mehr als alle Worte der Liebe. Es ließ sich leicht sagen, man würde sich lieben, aber wie jemand handelte, nur darum ging es. Wo war Aaron jetzt und wie handelte er? Nicht so wie jemand, der es ernst meinte.
Da war Tino ganz anders. Der machte Nägel mit Köpfen und traute sich was. In ihren Augen gewann Tino immer mehr an Sympathie. Ihr spirituelles Mentaltraining zeigte Wirkung. Sie fühlte ich tatsächlich jeden Tag und jede Stunde besser und spürte eine Vorfreude auf das, was jetzt kommen würde. Als ob sie nahe an ihrem Ziel wäre und sich ihr Traum von finanzieller Beruhigung endlich einstellen würde, fühlte sie in sich eine angespannte Freude wie vor einem großen Fest.

Tino fuhr in einem Porsche vor. Erna hatte ihren besten Koffer gepackt und die schlichtesten Kleider ausgesucht, die noch am ehesten zu Tinos Designerklamotten passen würden.
Am Flughafen warteten sie in der Lounge der First-Class auf ihren Flieger. Die erste Klasse der kleinen Maschine unterschied sich zwar nur durch etwas mehr Beinfreiheit, aber das Service war besonders zuvorkommend. Gleich nach dem Abheben wurde wortlos Champagner serviert.
Die zwei Suiten lagen nebeneinander. Erna fragte sich, wozu sie beide jeweils mehrere Räume mit eigener Dachterrasse brauchten, aber freute sich insgeheim über diese Großzügigkeit. Alles sah hier wertvoll aus. Die Möbel alleine mussten ein Vermögen gekostet haben. Das riesige Bett war so hoch, dass Erna kaum hochkam. Die Terrasse bot uneingeschränkten Blick aufs Meer. Die Holzdielen speicherten Wärme. Neben einem kleinen Pool gab es auch einen Whirlpool und eine mit einem Segeltuch überdachte Sitzlounge. Erna trat hinaus und sah Tino auf der anderen Terrasse aufs Meer blicken. Er winkte ihr zu.

„Wollen wir uns gleich oben an der Rooftop Bar zum Aperitif treffen? Wir können dann etwas schwimmen und später gehen wir schön Essen?"
„Gerne." Erna war so glücklich. Die Reise mit Tino war bisher so angenehm und unkompliziert verlaufen. Sie fühlte sich wohl in seiner Gegenwart. Im Flugzeug hatten sich ihre Arme mehrmals berührt und sie empfand es als sehr angenehm. Geld machte einfach attraktiv, da konnte sie sich nichts vormachen. Sie rasierte sich noch einmal schnell die Beine, schlüpfte in ihren besten Bikini und wickelte sich in einen Seidenkimono. Dann fuhr sie mit dem Lift hinauf zur Dachterrasse. Hier tauchte die späte Nachmittagssonne alles in ein goldenes, warmes Licht. Eine überdachte Bar mit mehreren Tischen wurde von einem niedrigen Geländer und darüber angebrachten Glasschieben schützend umrandet. Weiße und dunkelgraue Steinfliesen führten zu einem großen Pool, in dem ein paar Kinder plantschten, daneben sah man zwei Pärchen auf Ratanliegen entspannen.
Tino bestellte Prosecco, dieser wurde mit Oliven, Chips und Mortadellastückchen gereicht. Nach der Reise hatte Erna schon Appetit, wollte sich den Hunger für das Abendessen aber nicht nehmen. Sie trank daher nur den Prosecco, der ihr in der Hitze schnell zu Kopf stieg. Tino lehnte sich im Stuhl zurück und blickte zufrieden aufs Meer.
„Geht es dir gut, Erna?"
„Hervorragend." Sie ließ ihn wissen, wie gute es ihr tat, so verwöhnt zu werden.
„Wollen wir uns ein wenig abkühlen?"
Bald stiegen sie ins kühle Wasser, was Ernas Kopf wieder etwas klarer werden ließ. Sie legte ihre Arme an den Beckenrand, ihren Kopf darauf und ließ sich vom Wasser tragen. Auf einmal spürte sie Tinos Hände an ihren Hüften und bald umschlang er sie ganz mit seinen Armen. Sie hob ihren Kopf und bevor sie noch etwas sagen konnte, begann er stürmisch, sie zu küssen, seine Zunge schleckte sie regelrecht ab.

„Aber Tino, was machst du denn, nicht hier.“ Sie drückte ihn weg und er ließ ab, schaute aber etwas irritiert.
„Ich dachte, du wolltest ein Gentleman bleiben“, sagte sie etwas scharf.
„Sorry, es war zu verführerisch, verzeih mir. Ich werde mich ab jetzt benehmen“, er lachte und schwamm davon.
Erna wurde schlagartig klar, dass sie etwas zu naiv an das Ganze heran gegangen war und Tino wahrscheinlich nicht wirklich daran dachte, sich jetzt tagelang zurückzuhalten. Offenbar war ihre Einwilligung zur Mitreise für ihn auch eine Einwilligung zu viel mehr. Sie wusste nicht, wie sie aus der Nummer wieder herauskommen sollte. Oder wäre es an der Zeit, mit ihm aufs Ganze zu gehen? Dann würde sie wenigstens gleich wissen, ob es eine Zukunft mit ihm geben könnte. Das Küssen müsste sie ihm jedenfalls noch beibringen. Ein Aaron würde er nie werden.
„Nicht schon wieder“, hörte sie sich laut sagen, weil Aaron sich wieder in ihre Gedanken geschlichen hatte und die Gefahr drohte, ihre Zeit mit Tino zu vergiften.
Der Aufwand, eine zweite Suite zu mieten, nur um gut dazustehen, entlockte Erna ein Schmunzeln und Kopfschütteln.
„Worüber denkst du denn jetzt nach, Erna? Das würde ich gerne wissen.“ Tino schwamm heran und stellte sich neben sie.
„Das verrate ich dir vielleicht einmal, aber noch nicht jetzt“, sie grinste.
„Da bin ich dann aber mal gespannt.“ Er sah sie mit einem Blick an, der nicht mehr so nett und strahlend wie bisher war. Sie empfand ihn als lüstern und anzüglich. Erna ignorierte es.
„Mir wird langsam kalt hier, ich werde auf mein Zimmer, also, meine Suite gehen und mich für den Abend fertig machen. Wann treffen wir uns?“
„Ich hole dich in einer Stunde ab, gut?“

Erna wusste, dass er heute Nacht alles probieren würde, um sie herum zu kriegen. Sie wollte abwarten, wie sie sich mit ihm fühlte und wie weit sie gehen würde. Wenn es ein guter Weg war, um Aaron endlich aus ihrem Kopf zu kriegen, dann gut. Das Universum bot ihr offenbar diesen Mann und mehr mit ihm an, warum sollte sie nicht zugreifen? Es fühlte sich zwar nicht richtig gut, aber auch nicht schlecht an. So wie seine Küsse, fühlte sich mit Tino bisher alles geschmacksneutral an.

Das Restaurant lag direkt am Strand. Der laue Sommerwind streichelte ihre Haut und die Sonne ging als glutroter Ball im Meer unter. Nach einem köstlichen Essen mit Seeteufel, Spaghetti Vongole, Sorbet, einer Falsche Wein und zwei Fernet Branca, schlenderten sie langsam zum Hotel zurück. Erna hatte sich gut mit Tino entspannen können. Wenn man ihn ließ, redete er die ganze Zeit durch, was Erna diesmal sehr angenehm fand, da sie sich nicht um eine Unterhaltung bemühen oder selber erzählen musste. Seine Geschichten waren anregend und witzig. Sie fand immer mehr Gefallen an ihm, wenn auch das große Kribbeln bisher ausblieb. Der Alkohol hatte sie müde gemacht, aber sie fühlte sich zu gut aufgelegt, um schon schlafen zu gehen.
„Wollen wir noch einen Absacker an der Poolbar nehmen?“ Sie genoss alles hier und wollte jede Minute auf dieser Insel auspressen. Überall hörte man Italiener plaudern, es roch nach gutem Essen, Salz, Früchten oder Feigenbäumen. Rosmarin und Lavendel wuchs einfach am Rand der Straße. Entzückt von den vielen sinnlichen Eindrücken, wollte sie auch die warme Nacht und den Ausblick noch aufsaugen, so intensiv sie konnte.
Bei einem Campari Soda setzten sie sich an den Pool und ließen die Beine im Wasser baumeln. Die Beleuchtung im blauen Wasser gab ein schönes, romantisches Licht. Über ihnen strahlten tausend Sterne.
„Wenn das nicht romantisch ist, weiß ich auch nicht weiter.“ Tino strich ihr zärtlich mit dem Zeigefinger über den Arm.

Sie ließ es zu und beschloss, heute mit ihm so weit zu gehen, soweit er es wollte. Es wäre ihr egal, ob es zu schnell ginge oder was er sich dabei dachte. Sie könnte sich jetzt noch zwei Tage zieren, aber wozu sollte dieses Spiel letztlich gut sein. Wenn er sie wollte und mochte, dann auch, wenn sie sich heute schon auf ihn einließ. Er reizte sie nicht, aber sie wollte es tun, um ihn zu erfahren, um ihm näher zu kommen, um eine Zukunft mit ihm real werden zu lassen. Schließlich musste sie mit ihm ins Bett gehen können, sollte sie ein Leben an seiner Seite verbringen. Sie konnte es sich wunderbar vorstellen, weiter solchen Luxus zu genießen, dafür würde sie einige Kompromisse in Kauf nehmen.
Sie dachte kurz nach, ob sie nichts anderes als eine Art Nutte wäre, wenn sie Sex hergab, nur um mit ihm seinen Reichtum teilen zu können. Dann redete sie sich aber ein, dass es mit Tino anders wäre. Schließlich mochte sie ihn und es ging nicht nur um Sex, sondern um eine ernsthafte Partnerschaft. Sie würde sicher noch mehr Gefühle für ihn entwickeln.

Bald standen sie in seiner Suite und Tino hatte Erna mit ein paar routinierten Handbewegungen aus ihren Kleidern und in sein Bett befördert. Er ging zielgerichtet und ohne Vorspiel zur Sache. Kaum lag Erna, spreizte er ihre Beine und hatte schon sein Gesicht zwischen ihren Beinen. Sie wusste noch nicht einmal recht, wie ihr geschah. Sie empfand nichts, auch wenn sie noch so sehr versuchte, sich zu entspannen und Lust zu empfinden. Sie ließ ihn einfach machen und stöhnte hie und da auf, um Erregung vorzutäuschen, sie wollte nicht frigide wirken. Nach einigen Minuten kroch er an Ernas Seite und begann, ihre Brüste zu liebkosen und ihre Hüften zu streicheln. Dann glitt er mit der Hand zwischen ihre Beine. Erna wollte so sehr erregt sein, dass sie richtig ins Schwitzen kam vor lauter Anstrengung. Aber es passierte nichts. Sie merkte jetzt, dass Tino immer wieder seinen Körper zu ihr streckte, um berührt zu werden, aber sie konnte ihn nicht angreifen, etwas sperrte sich. Er roch sehr gut und sein gebräunter, durchtrainierter Körper sah unverschämt gut aus. Im Halbdunkel des Zimmers, das durch Laternen auf der Terrasse etwas beleuchtet wurde, sah sie die Linien seiner Muskeln. Jetzt stand er auf, schob Erna zum Kopfende, nahm ihre Beine in die Hand und legte sie auf seine Schultern. Erna schob ihn von sich weg und hauchte etwas von einem Kondom. Murrend verschwand er kurz, etwas später hörte sie ihn mit dem Gummi hantieren. Sie ließ ihn machen und hoffte, er würde später nicht von ihr verlangen, ihn zu befriedigen.
Er bewegte sich mechanisch und wie in einer gewohnten Routine.
Erna wartete ab und stöhnte hin und wieder. Er schrie bald laut auf. Dann rollte er sich zur Seite und nahm Erna in den Arm.
„Das war schön, ich mag dich, sehr“, hauchte er in ihr Ohr. Sie hörte es wie eine weit entfernte Stimme aus einem Radio. Es löste keine Regung in ihr aus.

Sie wurde auf sich selbst wütend, warum sie nichts empfinden konnte. Morgen würde sie es können, bestimmt, sie musste nur ihre Gedanken ändern und die Barrieren in ihrem Kopf überwinden.
Es gab auch andere Männer als Aaron. Es war letztlich alles Einbildung und sie konnte und wollte auch jemand anderen lieben. Warum sie diesen attraktiven Mann, der alles für sie sein wollte, nicht berühren konnte, dazu fehlte ihr jede Erklärung.
Am nächsten Morgen frühstückten sie gut gelaunt. Tino witzelte herum und schien mit seiner Ausgelassenheit zu zeigen, wie sehr er sich über die letzte Nacht freute. Offenbar war er erleichtert, dass sie es jetzt getan hatten.
„Erna, sag, ich weiß nicht, wie siehst du das, aber jetzt, nachdem wir letzte Nacht, du weißt schon, sind wir jetzt ein Paar? Kann man das so sagen?"
„Tino, du hast den Turbo eingeschalten was? Ist das denn so wichtig?"
„Ich weiß gern, woran ich bin und ich brauche da nicht ewig überlegen. Wir haben miteinander geschlafen und wir wollen beide das gleiche voneinander. Ich denke, wir verstehen uns gut, das wissen wir jetzt schon. Warum also nicht gleich klären, was im Raum steht."
„Ha, du bist einer von der sehr schnellen, entschiedenen Sorte, deswegen hast du wohl auch soviel Erfolg im Beruf?"
Er grinste und neigte seinen Kopf von einer Seite zur anderen
„Denke schon", jetzt sah er sie spitzbübisch an.
„Wenn es dir so wichtig ist, dann schlage ich vor, warten wir die Tage hier ab und dann können wir entscheiden, ob wir ein Paar sind, gut?"
Murrend willigte er ein. Wenn es nach ihm gegangen wäre, hätte er wahrscheinlich noch hier auf Sardinien geheiratet. Woher diese Eile kam, konnte sich Erna nicht erklären. Sie würde ihn in einem geeigneten Moment einmal fragen.

Am Strandabteil des Hotels waren schon Schirm und Liegen reserviert, es gab einen eigenen Kellner für diesen Abschnitt und eine Strandbar. Es lief leichte, chillige Musik und man sah nur Paare mittleren Alters, die sich bei Alkohol und kleinen Happen amüsierten.
Die Frauen trugen spezielle Bikinis, die man offensichtlich nicht überall von der Stange kaufen konnte, dazu extravagante Hüte oder Tücher um Hüften und Kopf. Man sah Prada-Strandtaschen, Blue Marine und Ralph Lauren Handtücher.
Der Prosecco, den Tino bestellte wurde in einem goldfarbenen Kübel gebracht, die Gläser hatten einen golden verzierten Rand.
Der Luxus gefiel Erna immer besser und es bestätigte ihr, dass sie das richtige Ziel verfolgt hatte. Als Tino neben ihr auf der Liege dahin döste, begann sie bei geschlossenen Augen zu meditieren. Sie stellte sich glückliche Zeiten mit Tino vor und erfand alle möglichen Situationen, in denen sie sich lachend, singend, knutschend mit ihm amüsierte. Dann stellte sie sich vor, wie sie Freundinnen vom tollen Sex mit ihm erzählte und wie sehr sie ihn begehren würde. Bei dem Teil mit dem Begehren fiel sie aber immer wieder aus ihrer Konzentration. Sie konnte ihren Geist doch sonst auch kontrollieren und damit ihre Emotionen. Es wäre doch gelacht. Alles läge in ihrer Macht. Auch das Begehren.
Etwas später schwammen sie im Meer, Tino umschlang sie mehrmals und küsste sie. Erna machte mit und versuchte wieder und wieder, Erregung oder Anziehung zu fühlen. Bisher gelang es ihr nicht. Sie merkte, dass sie sich zu sehr unter Druck setze und wollte es locker angehen. Seine Küsse waren aber einfach nur nasse Berührungen aus Spucke auf ihren Lippen.
Langsam bekam sie Panik, warum das nicht klappen wollte. Sollte der Traum von Mann und Luxusleben daran scheitern? An Chemie und Erotik? Das wollte sie nicht zulassen. Sie brauchte einfach mehr Zeit.

Tino kümmerte sich rührend um sie und wollte ihr jeden Wunsch von den Augen ablesen. Halbstündlich fragte er sie, ob sie Hunger oder Durst hätte oder sonst etwas brauchte. Sie lagen nebeneinander auf den Liegen und blickten aufs Meer, die Sonne wärmte ihre Haut, die Wellen rauschten. Tino nahm ihre Hand, massierte sie und rieb sie zart für fast eine Stunde. Erna genoss diese Zärtlichkeit und Wärme. Trotz dieser perfekten Situation konnte sie aber nicht abschalten. In ihr arbeiteten tausend Fragen und ein ungutes Gefühl im Bauch wurde immer stärker.
Dieser herzliche, wundervolle Mann an ihrer Seite, schien es wirklich ernst zu meinen. Und wie ernst war es ihr?
Sie verdrängte das Gefühl erneut und lenkte sich mit Smalltalk ab.
In dieser Nacht wollte sie ihn streicheln und küssen, ihn entdecken, denn er hatte es wirklich verdient, geliebt zu werden. Gerade ein Mann mit Geld wie er, von dem immer alle glaubten, dass er sowieso oberflächlich war und alles hätte, schien verletzlicher und liebesbedürftiger zu sein, als alle, die sie vorher gekannt hatte. Sie wollte ihm etwas schenken und ihm nicht weh tun.

Mit der liebevollsten Einstellung, die ihr möglich war, streichelte sie seinen nackten Körper und erkundete seine Haut. Aber es blieb bei mechanischen Versuchen und sie zwang sich zu jeder Bewegung. Es kam nicht aus ihr, es kam nicht aus einem Begehren, es kam aus ihrem Kopf, und der wusste nicht, wie man einen Körper liebkoste. Sie sah sich selbst zu und mit jeder Bewegung, wurde ihr klar, dass sie sich nicht zu etwas zwingen konnte, das entweder vom Himmel geschenkt war oder nicht.
So sehr sie sich dagegen wehren wollte, Chemie, Liebe und Begehren, das konnte man nicht kontrollieren. Gefühle kamen nicht aus Kontrolle, so sehr man seine Gedanken auch im Griff hatte.
Nein, sie musste ihn nicht lieben und sie konnte es nicht.

Sie erfand eine Ausrede und verschwand mit einer vorgetäuschten Magenverstimmung in ihrer Suite.
Am nächsten Morgen begrüßte Tino sie sorgenvoll und küsste sie, aber dieser Kuss schmeckte nur noch bitter und sie ließ ihn fast widerwillig geschehen. So konnte es nicht weiter gehen.
Kein Geld der Welt konnte das ersetzen, was man spürt, wenn man einem Menschen wirklich nahe sein will. Wenn man dieses Begehren, diese Liebe nicht spürte, dann könnte aller Luxus der Welt nichts mehr ausgleichen.
Es war erst der dritte Tag, aber bereits jetzt langweilte sie die Suite, der Pool und die Aussicht, weil sie es nicht mit dem Menschen teilen konnte, den sie liebte. Der Champagner widerte sie an, weil sie ihn durch Täuschung und Verdrängung erkaufte. Sie würde lieber in einem Strandbad am Starnberger See sitzen, zwischen Familien mit quengelnden Kindern und mit Aaron warmes Bier aus der Dose trinken, als hier weiter etwas zu leben, was sie nicht fühlte. Nicht unter diesen Bedingungen.
Sie hatte sich etwas vorgemacht. Es fiel ihr wie Schuppen von den Augen. Die Erkenntnis leuchtete in ihr auf, wie ein Feuerwerk, das sie befreite und in Sekunden einen Glücksstrom durch ihren Körper jagte. Sie hatte den Erfolg nur so sehr gewollt, weil sie ihn kontrollieren konnte, weil sie dachte, Geld lag in ihrer Macht und das würde sie nie verletzen. Sie jagte einer Sicherheit nach, weil sie das Trauma ihrer Kindheit heilen wollte. Dabei hatte sie auch als Kind nur Liebe und Freude gewollt. Sie war den falschen Lösungen hinterhergerannt.
Sollte Geld kommen, gut, aber was wäre es ohne wirkliche Bindung, Freude, Liebe und wahre Sinnlichkeit?

Sie liebte diesen Luxus und sie wünschte, sie könnte ihn immer haben, aber sie wollte ihn mit jemandem wie Aaron. Sie wollte Sicherheit, aber auch dieses Gefühl für ihn. Wenn sie sich also wirklich entscheiden musste, dann würde sie ihren alten Gral jetzt vom Thron stürzen und einen neuen daraufsetzen. Erfolgreich konnte sie immer noch werden, vielleicht, vielleicht auch nie. Jetzt brannte in ihr die Gewissheit, dass sie im tiefsten Herzen Sehnsucht nach Liebe und Beziehung hatte. Sicherheit würde sie nie finden, weder durch Geld noch durch Liebe. Dann eben Unsicherheit, Chaos, Schmerz und Armut, aber dafür Sinnlichkeit, Intensität und die Inbrunst eines erfüllten Herzens, dass das Leben so voll auskostet, wie es nur ein gieriges Herz kann.

„Erna?" Tino riss sie aus ihren Gedanken. „Alles in Ordnung?"

Er spürte, dass etwas in ihr vorging und seine Empfindsamkeit hatte wohl schon die Antennen ausgestreckt.

„Tino, ich weiß nicht, wie ich es dir sagen soll. Vor allem jetzt, weil du mich eingeladen hast und es ist alles so wunderbar."

Tino senkte den Kopf, drückte seine Hände ineinander und biss die Zähne zusammen.

„Erna, ich bin vielleicht ein alter reicher Trottel, aber ich spüre noch etwas und ich bin nicht dumm."

„Natürlich nicht." Sie sah auf die Tischdecke und rang nach Worten.

„Ich würde dich so gerne lieben. Ich habe es versucht, du bist so ein toller Mann, aber Gefühle kann man nicht erzwingen. Ich kann einfach nicht."

„Gibt es einen anderen? Mein Gott, ich frage ja schon wie im Film."

„Ist das denn wichtig? Ganz egal ob es jemanden gibt, ich liebe dich nicht, und du hast eine Frau verdient, die dich wirklich liebt. Dich, neben all dem Luxus, dich."

Sie nahm seine Hände in ihre und sah ihn liebevoll an.

„Es tut mir so leid, ich wollte dir niemals weh tun. Ich war nur zu naiv und zu sehnsüchtig und ich dachte, meine Gefühle könnten sich ändern.“
Er sah sie jetzt mit tränenerfüllten Augen an und lachte kurz auf.
„Besser jetzt als bei einer teuren Scheidung, die hab ich schon drei Mal hinter mir“, sie lachten jetzt beide.
„Ich danke dir, dass du so toll reagierst. Du könntest jetzt ja auch ganz anders sein.“ Erna hielt noch immer seine Hände.
„Natürlich. Was denkst du denn, ich werde jetzt alleine zurückfliegen und du kannst sehen, wie du heimkommst.“
Er sagte das so ernst, dass Erna es für einen Moment glaubte.
„Ist doch nur Spaß“, er zog jetzt seine Hände zurück und stand auf.
„Ich gehe mal zur Rezeption und sehe, ob wir früher zurückfliegen können. Was sollen wir jetzt noch hier, wäre ja total unpassend.“
Erna hoffte, sie könnten gleich abreisen. Wie sollten sie noch zwei Tage und Nächte hier überstehen.
Drei Stunden später saßen sie schweigend nebeneinander am Flughafen und warteten auf den Rückflug.
„Das war sicher der schlimmste Reinfall und das schlechteste Geschäft meines Lebens“, er verzog kurz sein Mundwinkel.
„Ich weiß, es tut mir leid, Tino, wirst du mir irgendwann verzeihen können?“
„Mal sehen.“ Er lehnte sich zurück und legte seinen Kopf in die zusammengefalteten Hände.
„Es gibt immer eine nächste, ich werde mich darüber hinwegtrösten.“
Erna sah ihn von der Seite an und musste schmunzeln. Sie mochte seinen Humor und seine Charakterstärke.
„Es ist so schade, denn ich mag dich wirklich und du bist ein feiner Kerl.“
Er sah weiter an die Decke und brummte zustimmend.

„Jetzt frag mich aber bitte nicht, ob wir Freunde bleiben, das kommt nicht in Frage!"
Jetzt konnte sie Tino nicht mehr auf ihre Geschäftsidee und seine Hilfe ansprechen. Diese Chance war damit verloren, aber sie würde es anders lösen, als sich zu verkaufen und ihre wahren Gefühle zu unterdrücken.
Je näher der Abflug kam, desto mehr beschäftigte sie nur noch ein Gedanke. Aaron und wie sie ihn überzeugen konnte, dass sie etwas kapiert und sich geändert hätte.
Sie würde jetzt alles versuchen, mit ihm klar zu kommen. Sie würde die Entfernung und seine Eigenheiten ertragen und sich nicht mehr verunsichern lassen. Sie würde alles tun, um diese Liebe leben zu können. Hoffentlich würde er sie zurückwollen und seine Worte noch gelten.

Der Abschied von Tino am Münchner Flughafen verlief kurz. Erna konnte es nicht erwarten, nach Hause zu kommen, die Tage und Ereignisse von sich abzuduschen und dann im Detail zu überlegen, wie sie Aaron kontaktieren wollte.
Sie schrieb Adele, ob alles gut gelaufen sei, dass sie früher zurück wäre, aber noch einen Tag brauche, um etwas zu erledigen.

Aarons Hoffnung, Erna würde auf ihn zukommen, schwand die letzten Tage immer mehr. Er wusste nicht, ob er etwas in ihre Richtung unternehmen oder sich mit anderen Frauen von dem unerträglichen Gefühl im Brustraum ablenken sollte.
Dann wieder hoffte er und sah stündlich auf sein Handy.
„Hans, wie geht´s? Alles gut bei Euch?" Aaron vermisste Hans und wollte kurz mit ihm reden. Vielleicht konnte er ihm raten, was er tun sollte.
„Aaron, schon komisch das du gerade jetzt anrufst. Ich muss dir leider etwas sagen, nichts Gutes." Hans klang besorgt.
„Was ist denn um Gottes Willen, spucks` aus."

„Valerie hat herausgefunden, dass wir uns kennen. Sie hat ein Foto von uns beiden am Handy gesehen. Es ist einfach passiert, es tut mir leid, sie hat mir aber hoch und heilig versprochen, Erna nichts zu sagen."
„Ich wusste, das würde bald passieren, aber bitte, Hans, sie darf nichts weitersagen. Ich bin ja schon so verzweifelt, was mit ihr ist, ich weiß nicht, ob ich noch abwarten soll."
„Dazu muss ich dir eben noch etwas sagen, und das mag ich eigentlich gar nicht, aber Valerie hat mir erzählt, dass Erna mit einem reichen Typen nach Sardinien gereist ist. Scheinbar ist sie jetzt mit dem zusammen. Es tut mir so leid, Aaron, aber dann ist sie nicht die Frau, die du suchst."
Aaron wurde schlecht und er hatte kurz das Gefühl, er müsste sich übergeben. Der Schock über diese Neuigkeit und das Bild, Erna würde mit einem anderen Mann zusammen sein, schlug in seinen Magen wie eine Faust.
„Aaron, bist du noch da?" Hans rief mehrmals ins Telefon, aber Aaron konnte nicht sprechen, er legte auf und sank auf seine Couch. Das Blut wich aus seinem Kopf und seinem Körper ins Unendliche, er fühlte sich zu schwach, um zu denken. Ihm wurde schwindelig, alles drehte sich. Er sah Erna vor sich mit einem anderen.
„Das ist nicht wahr", sagte er leise und verstört mehrmals vor sich hin.
„Das kann sie mir nicht antun, das kann nicht sein." Er starrte in die Luft und sah nur noch alles verschwommen. Er fiel in sich zusammen und verlor sich.
Minuten saß er so da, versuchte, seinen Schwindel unter Kontrolle zu bringen und wieder Kraft in seinen Körper zu bekommen.
Zitternd stand er auf und holte sich ein Glas Wasser, dann hielt er seinen ganzen Kopf unter den Wasserhahn und spülte danach seine Unterarme mit dem eiskalten Strahl, um wieder zu sich zu kommen.

Hans rief wieder an, er machte sich sicher Sorgen, aber Aaron konnte jetzt nicht sprechen, mit niemandem. Er legte sich aufs Bett und schaute zur Decke. Er wollte sterben. Ob ihm das gelänge, wenn er einfach für immer nur so da liegen bliebe? Das auf lautlos geschaltene Handy surrte ununterbrochen und wanderte am Tisch im Wohnzimmer über den Couchtisch. Irgendwann klirrte es laut. Aaron stand schwer und benommen auf, um nachzusehen, was passiert war. Das zitternde Handy hatte das Whiskeyglas von gestern Abend vom Tisch geschoben. Die Scherben lagen am Teppich. Für Aaron stellten sie jetzt das Ebenbild seines Innenlebens dar - ein Scherbenhaufen. Nie hätte er gedacht, dass Erna sich so schnell trösten würde und sich so belügen konnte, für Geld und Sicherheit. Wenn sie ihn jemals geliebt hätte, konnte sie so etwas nicht tun. Sie betrog sich selbst, ihn und das Leben, das sie gemeinsam hätten führen können. Sie hatte sie beide um ihr Glück betrogen. Wie konnte man seine Gefühle so verleugnen. Es konnten nie echte Gefühle gewesen sein, anders wäre das sonst niemandem möglich. Dass er sich so getäuscht hatte, er konnte es nicht begreifen. Diese Berührungen, diese Küsse, diese Chemie, dieses wortlose Verstehen und Spüren, diese Wahrheit ihrer Begegnung sollte eine Lüge gewesen sein? Nur eine Nacht mit bedeutungslosem Sex? Welche Zeichen hatte er übersehen? Oder hatte er alles überbewertet, weil er es so sehr wollte? Konnten Wünsche einem so viel vorgaukeln, einen wahnsinnig machen, Dinge sehen und fühlen lassen, die es gar nicht gab? War allen Ernstes ihr Trieb nach finanzieller Sicherheit stärker als jede Liebe? Egal, wie er es drehte, er konnte ihr das nicht verzeihen. Alles, woran er geglaubt hatte, wurde in einem Augenblick zerstört. Seine Träume, seine Suche, seine Sehnsucht, die Erinnerungen, die Liebe seiner Kindheit und alles, wofür er eingetreten war. Mit einem Wisch vom Tisch, zerbrochen, wie das Glas vor ihm. So schnell ging es. So schnell eine jahrelange Reise im Nichts verendet und tot. Leblos wie ein Fisch, der gedacht hat, er würde im Meer schwimmen, bis er

auf der Sandbank elendig vertrocknete. Er würde jetzt auch vertrocknen, in seiner Seele und in seinem Herz. Kein Wasser konnte ihn mehr zum Leben erwecken, in ihm war etwas abgestorben und er wusste, wie es weiter gehen würde. Es gab nur noch ein oberflächliches Leben mit vielen Frauen, eine nach der anderen, so, wie er es kannte. Vielleicht konnte er irgendwann wieder eine riechen, aber es konnte nichts mehr gerettet werden. Das, was er einmal damit verband, das hing für ewig an Erna. Die Tür zur weiten Zauberwelt seiner Liebesfähigkeit, die sie ihm geöffnet hatte, die hatte sie eben wieder brutal zugeschlagen. Die blauen Flecke im Herz würden nicht mehr heilen. Und der Schmerz, der ihn jetzt fast umbrachte, der ihm in der Brust saß, wie ein Wurm, der alle Kraft und Lust aus ihm saugte, den würde er nie wieder zulassen. Alles würde er jetzt zumachen, abspalten, verdrängen und sich nie wieder verletzbar machen.
Er holte sich eine Flasche Bourbon und setzte sich auf die Terrasse vor den Weinbergen. Er sah über Wien. Die Morbidität dieser Stadt würde zu seinem neuen Leben noch besser passen als vorher. Er würde emotional über Leichen gehen und nichts mehr fühlen. Der Mann mit dem eisernen Herzen. Seine lächerliche Suche nach dem Duft der Liebe und der Frau, die ihn verströmte, das war ein Märchen, dem er nachgejagt war. Nur eine Illusion. Jetzt war er aufgewacht. Er musste in Minuten erwachsen werden oder sterben. Zum Sterben war er zu feige, dann eben erwachsen werden und alles ausblenden, das weh tat.

Er trank schnell. Der Alkohol löste den Druck im Brustkorb, benebelte sein Gehirn, weitete seine Adern und wärmte. Ebenso ließ er alle Kontrollmechanismen verpuffen. Die Traurigkeit und der Schmerz brachen so aus ihm heraus, dass er schreiend und schluchzend über die Terrasse lief und immer wieder in die Nacht seinen Schmerz hinausschrie. Er schrie und schrie bis ihm die Adern aus dem Hals quollen, sein Kopf rot anlief und ihm der Druck im Kopf von Tränen und Alkohol schier den Schädel platzen ließ. Er weinte und weinte und schrie und wimmerte, bis er irgendwann völlig erschöpft und benommen aufs Bett fiel und einschlief.

Aaron wurde durch ein lautes Pumpern an der Eingangstür geweckt, es klingelte und klopfte Sturm. Er lag mit einem metallenen Geschmack und pelziger Zunge angezogen im Bett, sein Kopf dröhnte. Die Enttäuschung des gestrigen Abends brach sofort wieder über ihn herein. Das laute Klopfen und Klingeln hörte nicht auf. Aaron schleppte sich mit stechenden Kopfschmerzen zur Türe. Die Polizei stand vor der Türe. „Aaron Berger?“
„Ja.“ Aaron stand wie betäubt da und fand sich nicht zurecht.
„Wir wurden von Herrn Hans Walser alarmiert, nach ihnen zu sehen, weil er meinte, sie könnten sich selbst oder andere gefährden. Wir haben auch eine Psychologin mitgebracht, um abzuklären, ob wir sie zu ihrer eigenen Sicherheit einweisen lassen müssen.“
„Sind jetzt alle verrückt geworden? Ich habe Liebeskummer und was gesoffen, das ist alles!“
Eine kleine, blonde Frau streckte ihm die Hand entgegen und stellte sich vor.

„Sie müssen schon mit mir reden, sonst lassen wir sie hier nicht alleine.“ Sie nickte den Beamten zu, die sich zurückzogen. Aaron ließ die Tür offen und ging ins Wohnzimmer. Dort sah er auf sein Handy, das 30 Anrufe in Abwesenheit zeigte, alle von Hans.
„Warten sie eine Sekunde, ja. Ich gebe Herrn Walser nur Bescheid, dass ich mich nicht umgebracht habe und es auch nicht werde. Das ist ja alles lächerlich.“
Kopfschüttelnd rief er bei Hans an.
„Bist du irre geworden, Hans? Ich darf mich doch wohl besaufen und mal nicht drangehen? Du bist mein Butler, warst mein Butler und nicht mein Kindermädchen.“
Dann legte er wieder auf. Die Psychologin hatte sich schon gesetzt und ein Aufnahmegerät auf den Tisch gelegt. Sie musterte das zerbrochene Glas am Teppich und die leere Flasche am Tisch.
Nach einige Fragen und der Versicherung von Aaron, dass er einfach nur einen Aussetzer und zu viel Alkohol gehabt hätte, ließ sie sich abwimmeln.
Er stellte sich eine halbe Stunde unter die Dusche und entschied, dass dieses Theater ein Ende haben müsse. Er würde zu Erna nach München fahren, sobald sein Alkoholpegel und sein dröhnender Kopf es wieder zuließen und würde es mit ihr von Angesicht zu Angesicht klären. Sie sollte ihm persönlich sagen, dass sie diesen reichen Kasperl wirklich ihrer Liebe zu ihm vorzog. Es gab keine Vogel-Strauß-Methode und es ab kein Wegsehen. Es gab nur einen vernünftigen Weg, Klärung, aber mit Erna direkt.

Aaron warf sich zwei Kopfschmerztabletten ein und organsierte sich eine Fahrkarte nach München. Beim Zugfahren konnte er seinen Restrausch noch etwas ausschlafen und wäre heute Abend in München. Er wusste nicht einmal, ob Erna schon zurück wäre, er wollte Hans auch nicht fragen, ihm war jetzt alles zu viel. Er würde bei ihr läuten und zu ihrem Laden schauen, dann wüsste er schon, ob sie da war oder wann sie wiederkäme, falls er nur Adele antraf. Er wollte an den Ort, wo sie lebte, er wollte das Gefühl haben, in ihrer Nähe zu sein und auf sie zu warten, falls sie noch unterwegs war. Es tat ihm gut und linderte sofort seinen Schmerz, etwas zu tun. Aktion fühlte sich so viel besser an, als ohnmächtige Resignation. In der Premiumklasse des Zuges zog er die beiden Ledersessel zu einem Bett zusammen, legte sich den Sommermantel als Decke über und schlief bis München durch.
Dort checkte er wieder im Five Seasons ein und bezog diesmal nur ein kleines Zimmer. Mehr brauchte er nicht, er musste nur schlafen und auf sie warten. Alles andere war ihm völlig egal.

Erna schrieb schon den zwanzigsten Brief und zerriss ihn wieder. Sie hatte schon dutzende Male eine Nachricht an Aaron eingetippt und wieder gelöscht. Seine Nummer schon zehn Mal aufgerufen und dann doch wieder weggedrückt. Sie traute sich einfach nicht, ihn zu kontaktieren. Sie würde es nicht aushalten, wenn er jetzt einen Rückzieher machen würde. Erst so spät, vielleicht eben zu spät, dafür aber umso klarer und intensiver hatte sie erkannt, wie wichtig er ihr war. Wie sehr sie ihn wollte und liebte und dass sie zu allem bereit war. Sie schämte sich, sie hatte sich so unsicher und klein gezeigt, ihm großartig ihre Grundsätze vorgehalten, um jetzt Tage später vollkommen umzukippen. Wäre sie glaubwürdig? Würde sie sich lächerlich machen? Würde er denken, sie habe kein Rückgrat, keine Kraft? Würde er glauben, sie würde für ihn alles liegen und stehen lassen? Wäre das aber nicht inzwischen die Wahrheit? Stolz war kein guter Ratgeber, Angst auch nicht, und trotzdem siegte ihre Feigheit.
Sie ging nur noch auf und ab. Wie getrieben, wie ein Tier im Käfig, Flucht oder Angriff. Sie spielte es tausendmal durch. Sie malte sich alle Möglichkeiten aus.
„Erna, du gehst mir echt auf die Nerven mit deiner Nervosität. Bitte mach was, aber renne hier nicht herum, wie ein aufgescheuchtes Huhn."
Adele überdrehte die Augen und bot ihr eine Tasse Tee an.
„Tee? Seit wann trinke ich Tee?" Fauchte sie Adele an. Es tat ihr auch gleich wieder leid.
„Seit du beim nächsten Kaffee durch die Decke fliegen würdest, Frau 1000 Volt?" Adele streckte ihr die Tasse nochmal hin.
Erna nahm sie und trank schluckweise und hastig den heißen Tee.
„Ich bin ja keine Liebes-Expertin, aber eines weiß ich, Erna, man muss schon was tun für die Liebe und die Zeiten, in denen einer immer jagen und kämpfen musste, die sind vorbei. Ist bei uns Lesben nix Anderes. Die klassische Rollenverteilung, die war gestern."

„Aber Männer müssen jagen und er müsste Kämpfen. Wenn ich das tue, dann bin ich für ihn uninteressant." Erna verschränkte die Arme und klopfte mit dem Fuß gegen eine Schranktür.
„Hast du ihm aber nicht gesagt, dass du ihn nicht willst?" Adele hielt ihre Teetasse und blickte zu Erna.
„Ja, schon, aber er hat es sich gleich gefallen lassen und ist ohne Widerrede sofort verschwunden. Was ist das für ein Mann?"
„Er hat wohl auch seinen Stolz oder nimmt dich ernst, schon mal überlegt? Also, wenn mir eine sagt, dass sie mich sicher nicht will, dann nehme ich das ernst. Ist mir übrigens kürzlich grade erst passiert." Sie zwinkerte Erna zu und verzog ihren Mundwinkel.
„Autsch. Ja, Adele, du hast Recht, und das war ich, stimmt`s? Ich vertreibe alle, die mich lieben. Ich bin ein Liebesversager."
„Blödsinn, du denkst nur zu viel nach und leider das Falsche", sie grinste.
Die Worte hatte sie doch schon einmal so von Valerie gehört. Hatten denn die Anderen vielleicht Recht? Zerdachte sie alles und ruinierte damit ihr Gefühl?
„Was soll ich tun?" Bei der Frage wunderte sie sich, dass sie Rat bei einer zehn Jahre jüngeren lesbischen Frau suchte, die das Leben mit einer Lockerheit und Offenheit anging, die sie noch nie so leben konnte.
„Rede mit ihm, kontaktiere ihn, kläre es, steh zu deinen Gefühlen. Jetzt mal ganz ernst, was hast du zu verlieren?"

Auch diese Worte hatte sie schon mal gehört, nämlich aus ihrem eigenen Mund, als sie es zu Valerie sagte. Ja, selbst war man immer schnell darin, Ratschläge zu geben. Wenn es einen selber traf, hatte man die Hosen voll. Sie wusste, sie würde es nicht mehr lange aushalten, in der Ungewissheit und Hoffnung zu leben, ob und wie es mit Aaron noch zu kitten sei. Wenn er sie liebte, dann wäre es egal, wer den ersten Schritt machte. Und letztlich hatte sie gesagt, dass sie ihn nicht wollte. Sie musste ihren Stolz vergessen und endlich Mut zeigen, zu dem stehen, was sie fühlte und wollte.

„Aaron, ich bitte dich um ein Gespräch oder ein Treffen, ich möchte so Vieles mit dir besprechen. Inzwischen hat sich Einiges geändert. Bitte gib mir dir Chance, etwas zu erklären, alles weitere persönlich."
Sie schickte mit zitternden Fingern und rasendem Herz die Nachricht ab. Wie sollte sie die Minuten oder Stunden ertragen, bis er reagierte. Sie hatte es ihm auf WhatsApp geschickt, damit sie sehen konnte, wann er es gelesen hatte.

Aaron ließ sich kurz vor München vom Schaffner wecken und versuchte, seine Schläfrigkeit aus den Gliedern zu strecken. Er gähnte mehrmals und fühlte sich elend. Im Hotel wollte er sich frisch machen und dann weiter überlegen, ob er Erna in ihrer Wohnung aufsuchen sollte.

Er ging zu einem Taxi und ließ sich zum Hotel fahren. Dort angekommen, zog er sich erst einmal aus und sprang unter die Dusche. Er hoffte, das würde seine Lebensgeister wecken. Dann warf er Vitamin C Brause in ein Glas Wasser. Er musste Hans eine Nachricht schicken, damit er sich keine weiteren Sorgen mehr machte. Er suchte nach seinem Handy, aber konnte es nirgends finden, er durchsuchte alle Taschen. Zuletzt, so erinnerte er sich, hatte er es in seine Manteltasche gesteckt. Es musste ihm im Zug aus der Manteltasche gerutscht sein. Sofort rief er die Rezeption an, um dem Zugpersonal Bescheid zu geben. Er hoffte, sie würden es finden und sichern, darin war sein halbes Leben versteckt. Aber er konnte sich darüber nicht aufregen, denn sein Gedanke war nur bei Erna und wie sie reagieren würde, wenn er sie konfrontieren würde. Er hoffte nur, er würde sie nicht mit dem Anderen antreffen, denn dann würde er seine Erziehung vergessen und das erste Mal jemandem weh tun.

Erna schaute alle zwei Minuten auf ihr Handy. Falls es einmal piepste, traf sie fast der Schlag und sie ärgerte sich über jeden Kontakt, weil es nicht Aaron war. Sie sah zwei graue Häkchen an der Nachricht, die sie gesendet hatte, er war also online und musste zumindest gesehen haben, dass sie ihm geschrieben hatte. Auf seinem Display erschienen mindestens drei Sätze ihrer Nachricht, sie war fassungslos, dass er offenbar nicht einmal die ganze Nachricht lesen würde und es nicht für nötig befand, zu reagieren. Sie wusste nicht, ob sie weinen oder schreien sollte und wie lange sie noch warten würde, bevor sie ihn anrief, um ihm zu sagen, was er für ein arroganter Arsch war.

Nach einigen Stunden Warten im Laden, setzte bei Erna jetzt die blanke Panik ein, dass er sie nicht mehr wollte und ihr nicht einmal die Chance auf eine Erklärung geben wollte. Er ließ sie eiskalt anrennen und mauerte. Was das Schlimmste war, das man ihr in dieser Situation antun konnte. Sie hatte den ersten Schritt gemacht und er ließ sie verhungern. Diese Respektlosigkeit tat doppelt weh. Nicht nur die scheinbar fehlende Liebe und die hohlen Worte, die nichts bedeutet hatten, jetzt diese Kälte und Überheblichkeit, das setzte ihr richtig zu.
Sie fühlte sich immer kleiner und bedeutungsloser. Wie konnte sie jemals glauben, es wäre die große Liebe, wie naiv sie doch gewesen war.
„Adele, ich kann jetzt nicht alleine sein. Ich weiß, es ist viel verlangt, aber bitte geh mit mir was Trinken. Ein Glas Wein, irgendwo, ich werde sonst wahnsinnig, wenn ich allein in einer Wohnung sitze."
„Klar, ich lass dich jetzt nicht allein. So ein mieser Typ, du hast was Besseres verdient."
Nachdem sie die Abrechnung gemacht hatten, gingen sie ums Eck in die Vinothek, wo damals schon Valerie um Ernas Gesellschaft gebeten hatte. Und wie damals saß sie an der Bar und es ging wieder mal um die Männer. Frauen und Männer, wer hatte diesen Schwachsinn erfunden und wie konnte etwas zusammengehören, das so unterschiedliche Sprachen sprach, so unterschiedlich fühlte und offenbar ganz anderes im Leben wollte. Die größte Fehlplanung in der Evolution.
„Adele, ich glaube, dass lesbisch zu sein die einzig richtige Lösung ist. Ich beneide dich, du hast es einfacher. Schade, dass ich es nie sein kann, das wäre doch viel besser, als mit diesen Idioten."

„Täusch` dich da nicht, Erna, denkst du im Ernst, wir hätten es einfacher? Genau die gleichen Probleme, nichts Anderes, nichts leichter, auch wir haben die gleichen Geschichten. Es ist ein Problem der Liebe, des Begehrens, der Eroberung, der Beziehungen und nicht der Geschlechter. Es ist ein Kampf der Gefühle und der Wertigkeiten, des Commitments, der Inbrunst und des Mutes. Egal ob Weiber oder Männer, es ist das, was wir zu bewältigen haben."
„Wow." Erna sah Adele groß an, so viel philosophische Gedanken hätte sie dieser quirligen, jungen Frau gar nicht zugetraut. Vielleicht hatte Adele bereits mehr Lebenserfahrung gesammelt, als sie in ihren ganzen Lebensjahrzehnten. Weisheit sah man offenbar nicht jedem an und Pepesto mit seinem Bart, war auch nicht weiser. Sie stellte sich Adele mit einem weisen Bart vor und musste kichern wie ein kleines Mädchen.
„Machst du dich lustig über mich?" Adele runzelte die Stirn.
„Aber nein, ich dachte nur gerade an meinen Guru und dass du genauso gescheit bist wie er. Dem zahle ich viel Geld für das, was er sagt. Du bist ab jetzt meine Gurin."
„Deine was?" Adele lachte.
„Na die weibliche Form von Guru, was ist das dann?"
„Guruin?" Sie hielten sich die Bäuche und Tränen rannen.
„Ach wie gut das tut, so zu lachen, Adele. Ich habe echt einen Moment auf Aaron vergessen." Schon stülpte sich wieder eine schwarze Glocke über sie.
„Erna, ich als deine Guruin sage dir, wenn es sein soll, dann wird das noch. Wenn nicht, dann sollte es auch nicht sein. Ich bin eine alte Romantikerin. Auch wenn du es nicht glaubst, Liebe findet ihren Weg, immer, früher oder später."
„Bei mir eher später, wenn ich neunzig Jahre alt und verschrumpelt bin, dann finde ich die Liebe und sterbe am nächsten Tag!"
Adele streichelte Ernas Schulter. Sie konnte die Berührung als freundschaftliche Geste und Trost gut annehmen. Sie war froh, dass Adele so reif war, über ihre Abfuhr hinwegzusehen.

„Besser nur ein Tag wahre Liebe, als hundert Jahre lauwarme Durchschnittsvögelei." Adele prostete Erna zu.
„Wie witzig du bist. Ich danke dem Himmel, dass er dich mir geschickt hat!" Sie ließen die Gläser laut klingend aneinanderstoßen und bestellten statt einem weiteren Achtel eine Flasche.
„Aber Adele, heute werde ich nicht schwach, du weißt, ich steh` nicht auf dich." Das zweite Glas auf Ernas leeren Magen hatte ihre Zunge schon gelockert.
„Ja, es ist raus und ich hab`s kapiert. Auch Lesben brauchen gute Freundinnen. Auf unsere Freundschaft, wir Weiber müssen zusammenhalten!"
Sie tranken, redeten und umarmten sich. Erna war so dankbar, dass Adele da war und ihre Einsamkeit damit für diesen Abend verscheuchte. Adele war so jung und hatte ihren eigenen Freundeskreis, zudem war Erna ihre Chefin. Irgendwie spürte sie keine richtige Nähe, aber dieser Frauenabend und die spezielle Schwesternschaft, tat ihr gut. Es rettete sie über ihre blanke Ohnmacht wegen Aaron für ein paar Stunden hinweg.

Aaron stand vor Ernas Wohnung auf der Straße, die Fenster waren alle dunkel. Er läutete trotzdem. Niemand antwortete. Als er vorher am Laden vorbei gefahren war, konnte er auch niemanden mehr finden. Ob Erna noch mit ihrem Gönner auf Reisen war? Sollte er hier warten? Sollte er sie anrufen? Er würde sie lieber persönlich überraschen. Er ging zurück ins Hotel und nahm sich vor, morgen ganz früh vor dem Geschäft aufs sie zu warten.

Erna ließ sich müde vom schweren Rotwein auf ihr Bett fallen.

Sie war zu erschöpft zum Weinen, zu erschöpft von all den Erwartungen der letzten Zeit. Geld oder Liebe? Entweder - Oder? Das konnte doch nicht stimmen? Aber hier und jetzt gab es Weder - Noch. Nichts klappte. Sie hatte es vergeigt. Morgen würde sie ein neues Leben beginnen, ohne Aaron und ohne Tino. Ein Leben, das ganz neu geplant und erschaffen werden musste. Zuerst wollte sie aber einfach nur schlafen.

Aaron wachte immer wieder auf und sah fast stündlich auf die Uhr. Er konnte es nicht erwarten, bis es endlich sechs Uhr wurde und er aufstehen konnte. Er wollte schon um 7:00 Uhr vor Ernas Geschäft auf sie warten. Er hoffte, sie wäre mittlerweile von ihrer Reise zurückgekehrt. Er musste sie zur Rede stellen. Er würde die Wahrheit aus ihr herausschütteln, wenn es nötig wäre. Sie machte es sich zu einfach, so schnell durfte er nicht aufgeben. Er musste es von ihr hören, von Angesicht zu Angesicht, sonst würde er es nie abschließen können. Es konnte einfach nicht sein, dass die Frau, nach der er immer gesucht hatte, jetzt wegen finanzieller Gründe mit einem anderen davonging.
Endlich wurde es hell, Aaron zog sich rasch an und ging zu Ernas Geschäft. Die Stadt war noch menschenleer, es war sogar für die Lieferanten noch zu früh. Nur ein paar Tauben pickten dort und da etwas vom Boden auf. Aaron schien es, als wäre er allein in dieser Stadt. Die Müllabfuhr brachte jetzt etwas Leben in die Straße. Der Spätsommermorgen war kühl, es fröstelte ihn ein wenig, aber nirgends war etwas geöffnet, wo er sich einen Kaffee holen oder aufwärmen konnte. In dieser Stadt konnte man zwischen fünf und acht Uhr morgens nichts tun, außer warten.
Er setzte sich an den Sims des Auslagenfensters des gegenüberliegenden Friseurs. Falls Erna nicht kam, müsste Adele irgendwann auftauchen, dann könnte er sie fragen, wann Erna zurückkam.

Erna wachte mit einem dicken Kopf auf, noch liegend griff sie zu ihrem Handy, um zu sehen, ob Aaron sich gemeldet hatte. Kein Zeichen von ihm. Ihr fuhr die wütende Enttäuschung in den Magen und ins Herz. Sie hätte heulen und gleichzeitig wütend schreien können. Seiner Nichtbeachtung so ausgeliefert zu sein, nahm ihr den Atem. Sie würde sich etwas anderes überlegen, denn das ließ sie so einfach nicht auf sich sitzen. Erst einmal musste sie aber in den Laden gehen. Schließlich würde ihr wahrscheinlich nur eines in ihrem Leben verlässlich bleiben, ihr Geschäft und ihre Seifen. Sie raffte sich auf, aß lustlos ein Toastbrot und kippte einen Espresso hinunter. Alles schmeckte scheußlich, sie zwang sich zu ein paar Bissen. Sie duschte nicht, zog sich gedankenverloren das Kleid über, das am Haken im Bad hing, schminkte sich nicht und band ihr Haar nur locker zusammen. Es würden sie heute nur ein paar Kunden so sehen und es war ihr gerade egal, wie sie aussah. Das Ziel des Tages hieß, ihre emotionale Höllenfahrt zu überleben. Ihr tat der ganze Körper weh, sie fühlte sich schwach und verwundet. Liebe ist eigentlich so etwas wie Krieg, dachte sie sich. Sie lässt immer Verwundete zurück. Es gab nur keinen Sieger. Jeder würde verlieren, wenn er den anderen verletzte oder gehen ließ.

Sie radelte durch die frische Morgenluft, die ihren Kopf auslüftete. In den Glasscheiben der Auslagen blickte sie in ihr Spiegelbild. Wusste sie noch, wer sie war und was sie wollte, wenn Aaron jetzt nicht Teil ihres Lebens sein würde? Die Traurigkeit ließ ihr Tränen heiß über die abgekühlten Wangen laufen. Sie schmeckte das Salz und fand es bitter.
Sie stellte ihr Rad ab. Als sie an der Ladentür ankam, sah sie im Augenwinkel hinter ihr jemanden sitzen. Sie drehte sich um. Ihr Herz machte einen Sprung, als sie Aaron erkannte. Er hatte nicht geantwortet, aber war stattdessen extra nach München gereist? Das musste wohl sein Einverständnis sein, dass sie es noch einmal versuchen wollten. Ihr Herz pochte bis in die Schädeldecke, eine Energiefontäne sprühte durch ihren Körper, sie fühlte in Sekunden so viel Glück, dass sie es fast zerriss. Dass er jetzt hier saß, das war ein Ja.
Sie rannte freudig auf ihn zu. Er stand auf und bevor er etwas sagen konnte, hüpfte sie mit ihren Beinen hoch zu seiner Hüfte, umschlang ihn, umarmte ihn stürmisch und schrie: „Aaron, ich hab` dich so vermisst, ich bin so glücklich, dass du gleich gekommen bist, ich dachte schon, du antwortest nicht.“ Sie küsste ihn unaufhörlich auf den Mund und über sein ganzes Gesicht. Aaron wollte etwas sagen, aber sie erstickte jedes Wort in ihren Küssen und drückte ihn so fest an sich, dass er sich nicht mehr rühren konnte.

Aaron verstand überhaupt nichts mehr, wusste nicht, wovon Erna eigentlich redete. Sie würde sich wirklich etwas trauen, ihm jetzt so an den Hals zu fallen, wenn sie doch gerade mit einem anderen zusammen war.
Aaron nahm die glückselige Erna an den Armen und drückte sie sanft, aber bestimmt von sich weg.
„Erna, ich bin eigentlich gekommen, weil ich etwas von dir wissen wollte und ich kann überhaupt nicht verstehen, wie du so tun kannst, als wäre nichts?“
Erna sah ihn jetzt ganz verdutzt an, die Spannung wich aus ihrem Körper.

„Aaron, hast du meine Nachricht nicht bekommen? Ich dachte, du bist deshalb hier?“ Enttäuscht ging sie etwas auf Abstand.
„Welche Nachricht?“ Er schüttelte den Kopf. „Ach so, ich habe mein Handy im Zug verloren, ich hab keine Nachricht bekommen.“
„Warum bist du dann hier?“ Sie sprach leise, als ob sie Angst hätte, durch Lautstärke etwas kaputt zu machen.
„Frag jetzt nicht wie, aber ich habe erfahren, dass du mit einem reichen Mann verreist und jetzt mit ihm zusammen bist. Du hast dich also für das Geld entschieden und ich frage dich, Erna, ob das dein Ernst ist? Hast du mich nie geliebt? Kannst du das so einfach wegwerfen?“ Er biss die Zähne zusammen und unterdrückte Tränen.
„Aber woher? Ach, ist doch egal. Das habe ich dir ja alles sagen wollen, deshalb habe ich dir geschrieben.“ Sie nahm in an den Händen.
„Aaron, ich liebe nur dich! Ich war auf einer Reise, ja, aber genau da habe ich erkannt, was ich wirklich will. Ein Leben, eine Beziehung mit dir, egal wie die Umstände sind! Ich bin bereit, alles zu probieren. Ich werde mich ändern, ich möchte nur mit dir sein, wie auch immer das aussieht, und wenn ich nicht nach Wien kommen soll, das ist in Ordnung. Wenn du herumreist und wir uns selten sehen, ist das schlimm für mich, aber ich werde lernen, zu vertrauen. Du bist es einfach und dich will ich. Willst du mich denn noch?“
Aaron schossen jetzt Tränen der Erleichterung aus den Augen. Ihre Worte klangen wie ein Orchester in seinen Ohren, er hörte nur noch Musik und schwebte davon. Er drückte Erna an sich. Sie umarmten sich schweigend für viele Minuten, sagten nichts und badeten in diesem Glücksmoment. Endlich war alles klar.

„Erna, ich bin so glücklich und ja, wir werden das schaffen. Du kannst auch ganz bald nach Wien kommen, weißt du, ich bin umgezogen. Die bisherige Wohnung war so schrecklich, ich habe mich geschämt. Aber jetzt wird es anders und ich werd` dich glücklich machen. Du wirst sehen, es wird wunderbar. Du ahnst ja noch gar nicht, wie glücklich du uns beide gerade gemacht hast!"
„Adele kommt jetzt gleich und sperrt auf. Wir sollten ein ausgedehntes Frühstück im Bett einnehmen, was meinst du?" Sie lächelte ihn befreit an, er nahm ihre Hand und sie gingen wie auf Wolken zu Erna. Dort angekommen rannten sie ins Schlafzimmer, rissen sich die Kleider von ihren Körpern und liebkosten, küssten und schmeckten sich, als müssten sie ein ganzes Leben aufholen. Sie liebten sich immer wieder, bis der Kirchturm zwölf schlug. Vollkommen erschöpft von den Aufregungen der letzten Tage, dem Glück und der Liebe, beschlossen sie, etwas essen zu gehen. Sie schmiedeten Pläne, wann Erna nach Wien kommen konnte und wie sie die nächsten Wochen verbringen wollten.

„Hans, Hans, du ahnst nicht, was passiert ist. Es hat sich alles gewendet, ich bin so glücklich, ich war noch nie in meinem Leben so glücklich, gibt es das denn wirklich? Ich konnte nur noch springen und tanzen und schreien vor Ekstase!"
„Aaron, meine lieber, wie sehr ich mich für dich freue. Hat es sich also doch noch aufgeklärt und sie sich für das Richtige entschieden, Gott sei es gedankt."
„Ja, hat sie. Aber Hans, bitte, ihr müsst noch ein wenig mitspielen und nichts sagen. Valerie muss noch warten, sie darf nichts verraten. Ich möchte sie noch ein bisschen zappeln lassen und mit ihr den Alltagstest bestehen, bevor sie alles erfährt, dann aber mit einem Knall, wie sie es sich ihn ihren kühnsten Träumen nicht ausdenken könnte."

„Aaron, treibe es nicht zu weit, das hat sie nicht verdient. Wie lange willst du sie denn noch testen? Übertreibst du es jetzt nicht?“
„Ich muss es tun, ich fühle es. Ich will mit ihr noch zwei, drei Wochen Beziehung ohne Geld testen, dann lege ihr alles zu Füßen, was ich habe!“
„Wie du meinst. Ich find es nicht richtig, aber ich kenne deine Sturheit. Jetzt hast Du sie fast verloren und machst noch weiter? Pass auf, Aaron! Wann sehen wir uns denn wieder, kommt ihr dann nach Spanien?“
„Die Idee hatte ich auch schon, Hans. Und euch geht es gut? Wie läuft es?“
„Sie ist wunderbar, Aaron. Wir verstehen uns besser als erwartet, obwohl wir die ersten Tage nur im Bett waren. Wir werden weitersehen, ob wir auch miteinander reden können.“ Er lachte ins Telefon.
„Dann viel Glück. Lass es dir gut gehen, bis bald, lieber Freund.“
Aaron schmiedete Pläne, das liebte er. Es gab Einiges vorzubereiten. Zuerst einmal mussten eine Wohnung und ein Leben als armer Reporter in Wien her. Er würde seinen ewig arbeitslosen Bekannten Romeo fragen, ob er ihm für eine ordentliche Gegenleistung seine Ein-Zimmer-Wohnung zur Verfügung stellen würde. Das könnte gehen.

Aaron holte Erna am Hauptbahnhof ab. Sie fuhren mit der Straßenbahn zu seiner Wohnung, die er Romeo für drei Wochen abgeschwatzt hatte. Da Romeo sehr spartanisch eingerichtet war und kaum persönliche Sachen herumlagen, war es ein leichtes, das als seine Wohnung auszugeben.

Am Abend entführte er Erna in die Oper, auf günstige Plätze, in der dritten Reihe, am zweiten Balkon. Erna musste das Fernglas verwenden, um etwas von den Sängern zu sehen. Sie assen Apfelstrudel und Schnitzel in einem Gasthof und besuchten einen Jazzclub. Am nächsten Tag spazierten sie durch den Lainzer Tiergarten, anschließend gab es Kino und Würstelstand. Sonntag flanierten sie durch die Innenstadt bis Aaron Erna wieder zum Zug bringen musste.
Alles floss dahin, leicht und frei. Ihre Gefühle wurden immer stärker und Aaron fühlte sich neben ihr frei. Er spürte, sie liebte ihn so, wie er war und sie würde alles tun, um die Beziehung auch über die Ferne wachsen zu lassen. Als er sie verabschiedete, wusste er bereits, dass er nicht mehr wissen musste. Er würde jetzt alles, so schnell es ging, für die große Überraschung, in die Wege leiten.
„Erna, das nächste Mal komme ich nach München. Ich weiß aber nicht, ob ich es schon dieses Wochenende schaffen werde."
Sie blickte kurz etwas enttäuscht, dann lächelte sie.
„Ist gut, ich habe ja gesagt, ich nehme es so, wie es kommt. Diese drei Tage waren so wunderbar mit dir. Ich freue mich auf die nächste Dosis Aaron, auch wenn ich es nicht erwarten kann." Sie küssten sich.
„Die Sendung wird in ein paar Wochen ausgestrahlt. Das dauert alles noch ein bisschen, aber du hörst rechtzeitig von mir, wie es genau weitergeht."
Erna nickte nur und lächelte ihn verliebt an.
Er lief noch ein Stück neben dem Zug her, als sie abfuhr. Dann lief Aaron so schnell er konnte in sein richtiges zu Hause und begann, das große Finale zu planen.

Die Tage im Laden vergingen für Erna so langsam wie noch nie. Sie liebte ihre Arbeit, aber das Warten darauf, Aaron wieder zu sehen, zermürbte sie. Sie hatte ihm versprochen, sich zu ändern und sie wollte das auch. Sie musste einen Weg finden, es leichter zu nehmen und sich besser abzulenken. Auf jeden Fall würde sie weiter an ihrem Fokus für Erfolg und Geld arbeiten, denn die Liebe brauchte dafür kein Hinderungsgrund zu sein.
Erna hatte verstanden, dass es kein entweder oder betreffend Geld und Liebe geben müsse, sie entschied sich für ein sowohl als auch. Wenn sie auch den Weg in den Erfolg noch nicht genau kannte. Die Liebe war schon mal da, auch wenn sie jetzt auf Aaron und seine Situation Rücksicht nehmen musste. Wie gerne hätte sie den Alltag mit ihm geteilt und ihn jede Minute um sich gehabt. Männer schienen das so leicht wegstecken zu können, wenn der andere nicht da war. Frauen brauchten offenbar viel mehr Nähe. Warum auch immer ihr der Himmel diese Liebe gebracht hatte, sie wollte dieses Geschenk annehmen und nicht durch falsche Erwartungen oder zu großen Druck kaputt machen. Sie lernte, endlich zu vertrauen und daran zu glauben, dass alles seinen richtigen Weg ging und sich zu ihrem Besten fügen würde. Auch, wenn sie bisher nicht verstand, warum sie diesen Weg nehmen musste. Sie entschied sich, es anzunehmen und dem Lebensfluss zu folgen. Vor allem baute sie auf ihr gutes Gefühl und Aaron fühlte sich so gut an, wie nichts auf der Welt. Auch ihr Vorsatz, an sich zu arbeiten und alles gelassener zu nehmen, fühlte sich gut an. Irgendwann käme sie an ihr Ziel und dann wäre Aaron an ihrer Seite, um es mit ihr zu teilen. Die Liebe zu ihm erfüllte sie so sehr, dass ihr die finanzielle Unsicherheit nicht mehr so an die Substanz ging. Sie konnte hier auch ihre strengen Vorstellungen lockern. Das tat gut. Trotzdem knabberte sie daran, dass sie ihn so vermisste.

Adele zwitscherte fröhlich zur Tür herein.

„Hier, lag im Postkasten." Sie drückte Erna einen Briefumschlag aus dickem Büttenpapier mit eingelassenen Wasserzeichen in die Hand. Als Absender sah man zwei Initialen, die etwas dicker aus dem Papier hervortraten. AB, wer war AB, und was war das für ein auffälliger Brief?
Erna öffnete ihn hastig und zog eine gefaltete Karte heraus. Darauf stand `Einladung`.
Sie öffnete die Karte, darin lag ein Flugticket nach Mallorca. Sie las.
„Liebe Frau Bauer,
Sie werden hiermit herzlichst zur alljährlichen Sommerparty von Berger& Berger geladen. Die Feierlichkeiten finden auf unserem Anwesen in Mallorca statt. Die Anreise ist am Freitag den 12.09 abends vorgesehen. Die Rückriese wäre für den 14.09. geplant.
Alle Kosten inklusive Anreise und Unterbringung werden von uns übernommen. Wir brauchen von Ihnen nur ihre werte Anwesenheit und die Bereitschaft zum Genuss. Wir freuen uns, wenn sie mit uns ein Jubiläum feiern. Um welches es sich dabei handelt, wird erst vor Ort verraten.
Dresscode. Eleganter Chic.

Erna lies die Karte fast fallen und zitterte vor Aufregung. Wusste aber nicht, ob sich jemand geirrt hatte oder sich einen Scherz mit ihr erlaubte.
Wer war Berger und Berger und wie kamen die dazu, sie einzuladen?
„Und? Was ist es? Sieht nach einer Hochzeitseinladung aus? Wer schreibt dir?" Sie schaute neugierig in die Karte.
„Wow, das gibt es ja nicht, du Glückliche, aber wer ist das?"
„Keine Ahnung." Erna schüttelte ungläubig den Kopf.
Sie sah noch einmal ins Kuvert und entdeckte noch ein schmales Papier.

„Liebe Frau Bauer, wir haben über den Sender Oktopus von ihrer Seifenproduktion erfahren und überlegen, mit ihnen einen Piloten für eine Serie zu starten, mit der wir unsere Tochterunternehmen ausstatten. Wir würden gerne das Angenehme mit dem Nützlichen verbinden und ihren Besuch auch gleich für erste Gespräche nützen. Wir freuen uns auf ihre Ideen und eine mögliche künftige Zusammenarbeit".

Erna fiel das Blatt fast aus der Hand und sie beinahe in Ohnmacht. Sie musste sich setzen. Adele sah ihr den Schock an und holte Wasser.

„Etwas Schlimmes?" Adele sah besorgt drein.

„Im Gegenteil. Ich glaub, ich spinne, träume ich? Das ist doch alles nicht wahr!"

Sie schüttelte unaufhörlich den Kopf, sah auf das Schreiben, sah wieder zur Adele und fuchtelte mit dem Papier um sich, während sie aufgeregt die Hände auf ihre Schenkel klopfte.

„Das gibt es nicht! Ist das deren Ernst? Wahnsinn, Wahnsinn, ich glaube es nicht, das kann nicht sein. Wenn das klappt, aber wie kommen die auf mich? Es ist zu gut, um wahr zu sein. Ob das ein Fake ist?"

Während Erna noch immer aufgeregt und mit rotem Gesicht vor sich hinredete, las Adele auch den Brief. Sie schrie auf, umarmte Erna und bald hüpften beide Arm in Arm durch das Geschäft.

„Das ist spitze, Erna. Das ist die Chance."

„Das ist schon in zwei Wochen. Ich muss gleich Aaron anrufen und es ihm erzählen."

Im Laden vorne hörte man Erna im Hinterzimmer nur noch aufgeregt quieken und Aaron die Geschichte erzählen. Erna kam mit hochrotem Kopf zurück und lächelte, wie in Trance vor sich hin.

„Was muss ich jetzt alles tun? Soll ich die Seifen gleich mitnehmen? Was zieh ich da an? Und wie gehe ich jetzt vor? Ach Gott, ist das aufregend. Ich kriege gleich einen Herzinfarkt!" Sie fächelte sich Luft zu.

Adele gratulierte ihr und gab ihr den Rat, auf jeden Fall ein paar Exemplare ihrer besten Seifen einzupacken und auch die neuste Produktion mitzunehmen. Sicher wäre sicher.
Adele und Erna setzten sich jetzt an den Laptop und googelten Berger und Berger.
„Hm, denen gehören ganz viele Handelsketten und irgendwas mit Spezialverbrennungsanlagen.
„Die Biowindel-Verbrennungsanlage Altschweder wurde als Patent verkauft. Aha."
Adele las aus einem Artikel laut vor. Sie murmelte Informationsfetzen vor sich hin, die sie beim Überfliegen der Seiten aufschnappte. Es gab Unmengen von Artikeln. Auf der Webseite der Firma sahen sie sich einige Fotos der Geschäftsführer an, die in dunkelblauen und dunkelgrauen Anzügen in die Kamera grinsten.
„Das sagt mir alles nichts, und damit fange ich auch nichts an. Warum die meine selbstgemachten Seifen wollen, das versteht aber auch niemand."
„Kann dir doch egal sein. Hauptsache, du machst ein riesen Geschäft. Die haben sicher Unternehmen weltweit."
„Ich muss das erst verarbeiten, es fühlt sich so unwirklich an."
„Was sagt Aaron?" Adele klickte noch immer auf der Webseite herum.
„Er findet es natürlich großartig und sagte, ich soll da unbedingt hinfliegen. Er würde sich dafür dann die Woche darauf frei nehmen und zu mir kommen." Erna hatte kein Interesse mehr an der Seite. Zu viele kleingedruckte, graue Textfelder ermüdeten und gaben nichts her, was ihre Neugierde befriedigen konnte. Was sich genau hinter diesem Unternehmerkoloss verbarg, würde sie auf Mallorca hautnah erfahren.

Erna saß mit einigen wenigen Passagieren in der ersten Klasse. Auch ohne Tino hatte sie es in die First-Class geschafft. Als sie an ihn dachte, tat er ihr kurz leid. Sie wünschte ihm eine Frau, die ihn so schätze und liebte, wie er es mit seinem großen Herz verdient hatte. Man würde ihm immer Unrecht tun, wenn man ihn nur als den smarten Geschäftsmann sah, der sowieso alles hatte. Also ob er nicht auch ein verletzlicher Mensch wäre, der sich nach Liebe sehnte. Sie schickte ihm gute Gedanken. Jetzt kam ihr auch Pepesto in den Sinn und was er wohl sagen würde, wenn er sie jetzt so sähe. Er würde sicher „Bravoo!“ rufen. Sie musste bei dem Gedanken daran schmunzeln. Er hatte Recht behalten, die Wege sind so, wie wir sie uns niemals ausdenken können. Sobald man dem folgt, was sich gut anfühlt und vertraut, fügt sich alles. Sie wollte noch mehr vertrauen.
Das Flugzeug hob ab und die Mittagssonne schien durchs Fenster, als ob sie mit Erna sprechen würde, dass ihr Abenteuer jetzt erst begonnen hätte. Sie fühlte sich trotz der Vorfreude auch unsicher, weil sie nicht wusste, was sie dort erwarten würde.
Am Ausgang der Halle wartete ein Chauffeur vor einem weißen Rolls Royce auf sie.
„Madame, nehmen sie Platz“, der Fahrer öffnete die Wagentür. Sie ließ sich auf die beigen Ledersitze fallen und sog den Geruch des samtigen Leders ein. So also roch Reichtum. Würde man sie jetzt in ein Hotel fahren?
Zuerst ging die Fahrt durch Palma. Ihre Augen wussten nicht, wohin sie zuerst schauen sollten und es stresste sie fast, alle Eindrücke aufnehmen zu wollen. Meer, Strand, Menschen, Palmen, Straßen Künstler, Geschäfte, Hausfassaden, alles glitt wie ein Film an ihr vorbei.

„Wenn sie in den Mittelteil fassen, Madame, finden sie eine Erfrischung nach der Reise." Sie öffnete die Klappe. Eine kleine Flasche Wasser und ein Piccolo Champagner standen in einem Kühlbehälter, daneben zwei Gläser. In zwei Schalen lagen Chips, Oliven und Schokopralinen. Die Aufregung vor der Begegnung mit ihren Gastgebern verschloss ihr den Magen, sie konnte keinen Bissen hinunterkriegen. Sie nahm sich nur etwas von dem gekühlten Wasser.

Jetzt bewegte sich der Wagen langsam aus der Stadt hinaus auf Landstraßen. Sie mussten schon eine dreiviertel Stunde gefahren sein. Erna hatte sich bereits mit dem Kopf an die Lehne gestützt und ihren Körper langsam entspannt.

„Wie lange fahren wir?" fragte sie jetzt unsicher.

„Entschuldigen sie Madame, wie wenig umsichtig von mir, verzeihen sie, dass ich sie nicht informiert habe. Ab jetzt wird es ungefähr noch eine Stunde dauern."

„So lang?" entfuhr es ihr. Der Chauffeur nickte.

Sie nahm noch ein paar Schluck Wasser. Alkohol durfte sie jetzt keinen trinken, sie musste auf dieser Reise ins Ungewisse einen klaren Kopf bewahren.

Nach weiteren langen Kilometern bogen sie jetzt in eine kleine Straße ein, die sich einen Berg hinaufschlängelte. Die Vegetation wurde immer karger und trockener, bald sah man nur noch trockene Flechten, Buschwerk und verdorrte kleine Bäume. Der Wagen arbeitete sich schwerfällig, Meter um Meter höher und schlängelte sich behäbig durch jede Kurve. Erna wurde es etwas flau im Magen. Wo würde sie nur hingebracht werden? Konnte sie dem Ganzen noch trauen? Wenn es so abgeschieden war, wer weiß, was man dort vorhatte. Sie wäre allem und jedem ausgeliefert, keiner würde ihr helfen können. Jetzt schlich sich ein wenig Angst in die Vorfreude. Unsicher setzte sie sich gerade auf und versuchte, etwas zu erspähen, ein Haus, einen Hinweis, einen Menschen. Jetzt nahm das Auto noch einmal eine starke Rechtskurve und es schien Erna, sie wären den Berg nicht nur hoch, sondern auch um ihn herum, auf die andere Seite der Insel gefahren.
Auf einmal tat sich vor ihnen die Küste auf, sie blickte weit über das Meer, die Straße wurde jetzt von Blütenbüschen und Hecken begrenzt. In der Ferne, auf einem Felsplateau, zu dem Hügel in Terrassen aufstiegen, tauchte ein riesiges Anwesen auf. Es thronte, wie ein überdimensionaler, glatter Würfel über der Insel. Mit offenem Mund sah sie jetzt auch noch einen Hubschrauber darüber kreisen und hinter dem Würfel verschwinden. Er schien dort gelandet zu sein.
„Oh mein Gott", musste sie laut sagen, um ihrem Erstaunen Ausdruck zu geben. „Das ist ja der pure Wahnsinn, ist das schön!"
Jetzt zitterte sie nur noch, denn sie konnte sich nicht vorstellen, dort eingeladen zu sein und fragte sich, welche Menschen sich dort versammeln würden. Sie fühlte sich klein und mickrig und zweifelte kurz, ob sich nicht alles um einen Irrtum handelte. Einen traumhaften, unwirklichen Irrtum.

Ein metallenes Tor öffnete sich langsam. Die Limousine fuhr in einen mit weißem Kies bedeckten Vorhof.

Als die Reifen des Wagens auf den Steinen knirschten, kamen zwei Angestellte herausgelaufen. Erna wurde die Tür geöffnet. Man begrüßte sie spanisch und eine Dame in einem Kleid mit Schürze, wies ihr lächelnd an, ihr zu folgen. Sie gingen über Wege, die mit Marmorplatten gepflastert und von Blütenbüschen und Kakteengärten umgeben waren. Sie kamen nach einigen Biegungen zu einer dunkelgrauen Eisentür. Dahinter konnte man Stimmen und das Plätschern von Wasser hören.
Die Frau vor ihr öffnete die Eisentür. Ein paar breite Stufen führten hinunter zu einem riesigen Innenhof. Man sah einen langen, festlich gedeckten Tisch, einen riesigen Pool und die weite Aussicht auf das Meer. Weiter hinten standen Leute in Gruppen. Bevor Erna die Situation erfassen konnte und begann, die Menschen in einiger Entfernung näher zu fokussieren, hörte sie auf einmal eine bekannte Stimme.
„Erna, endlich bist du da! Ich hab` es schon nicht mehr ausgehalten." Erna drehte sich um und sah in Valeries leuchtende Augen. Valerie drückte Erna an sich, küsste sie auf die Wange und drückte ihr ein Glas mit einem gelben Getränk in die Hand.
„Valerie? Was machst du denn da? Wie? Was?" Erna fand keine Worte mehr und fürchtete, verrückt geworden zu sein.
„Wir warten schon alle auf dich." Valerie grinste und zog Erna an der Hand mit sich. Sie stolperte, benommen von der Überraschung und bis zur Auflösung irritiert, hinter ihr her und versuchte, etwas oder jemanden zu erkennen. Sie sah in lachende Gesichter, Menschengruppen, die sie jetzt alle freundlich grüßten, die sie aber nicht kannte. Was machte Valerie hier und wer war Wir? Wer wartete schon?
„Erna! Endlich! Wie schön, dass du angekommen bist." Hans kam ihr lachend entgegen, breitete seine Arme aus und umarmte sie kurz.
„Gehört das alles dir? Oder seid ihr auch eingeladen? Ich kenne mich nicht aus!"
Valerie und Hans lachten.

„Das können wir uns nur zu gut vorstellen. Du wirst dich noch mehr wundern, mach dich auf was gefasst.“ Sie lachten wieder und kicherten jetzt wie zwei Schulkinder bei einem Streich.
„Klärt mich jetzt bitte jemand auf? Ich komme mir langsam blöd vor!“ Erna stand verschwitzt und erschöpft da und spürte, wie ihre Knie langsam versagten.
„Ich muss mich setzen.“ Hans stützte sie und Valerie holte schnell einen der Stühle vom Tisch.
Sie setzten Erna in den Schatten.
„Er ist aber auch gemein. Er musste es inszenieren, ich konnte es ihm nicht ausreden.“ Hans lächelte immer noch amüsiert. Erna hörte ihn wie in Watte gepackt aus der Ferne sprechen.
„Trink mal was, alles ist gut.“ Valerie nahm Ernas Hand und drückte sie.
Hans ging Richtung des Haupthauses, das sich L-förmig um die Terrasse legte. Er schob eine riesige Fenstertüre auf und rief in den Raum:
„Sie ist da! Komm endlich! Sie ist da! Und fertig mit den Nerven!“
Erna wunderte sich, mit wem Hans sprach und woher er und Valerie ihre Gastgeber kannten.
Sie wurde das Gefühl nicht los, als ob sie hier die Hauptperson wäre und alle auf sie gewartet hätten. Jetzt schnappte sie wohl vollends über.
Sie nahm einen Schluck vom gelben Getränk. Die zitronig schmeckende Limonade erfrischte sie ein wenig. Sie sah hoch und bemerkte, wie die Schiebetür wieder aufging und Aaron herauskam. Er ging jetzt in ihre Richtung. Als er sie entdeckte, blickte er zu ihr und lächelte entspannt. Erna beobachtete das alles wie in Zeitlupe, sie sah jede Mimik wie vergrößert und sehr langsam. Als ob jemand die Zeit ausgedehnt hätte. Es dauerte viele lange Sekunden, bis Aaron vor ihr stand.

„Da bist du ja endlich. Endlich hier, in meinem richtigen Leben. Ich muss dir nämlich etwas gestehen. Ich bin ein anderer, als ich vorgegeben habe.“ Er nahm sie an den Armen und zog sie langsam hoch, drückte sie kurz an sich und schaute ihr dann tief in die Augen.
„So leid es mir tut, Erna, ich habe dich angelogen und dir etwas vorgemacht.“ Erna versagten wieder die Beine, aber Aaron hielt sie fest.
Sie konnte nichts sagen. Ihr Gehirn schien zu Matsch geworden zu sein.
„Ich bin leider reich und das alles gehört mir. Es ist eine lange Geschichte und ich freu` mich so darauf, sie dir endlich zu erzählen. Ab sofort kannst du dich im Luxus baden Erna, mit mir.“
Erna sah zu Hans, zu Valerie, dann wieder zu Aaron. Die anderen Gäste hielten sich vornehm zurück und taten so, als würden sie es nicht beobachten.
Erna setzte sich jetzt wieder, Aaron kniete vor ihr nieder und hielt ihre Hand.
„Ich muss mich fangen, ich verstehe nicht.“ Erna wusste zwar, dass gerade etwas Wundervolles passierte, aber es schien so unwirklich, als ob sie gleich aus einem Traum aufwachen würde. Das konnte alles nicht wirklich passieren und sie musste träumen oder man würde hier einen verdammt guten Film drehen, in der man sie unfreiwillig in die Hauptrolle gesteckt hätte.
„Erna, ich bin ein Millionenerbe. Du hast den Jackpot geknackt, mich. Ich musste allerdings sicher gehen, dass du mich meinst, deshalb das ganze Theater.“
Erna konnte noch immer nichts herausbringen. In ihr tobte ein Gefühlssturm.
„Komm, ich zeig dir einmal dein Zimmer.“ Valerie streckte ihr die Hand entgegen, um sie vom Sessel hochzuziehen.
„Lass sie einmal ankommen, Aaron und das alles verdauen,“ Valerie lachte den Männern zu, zog Erna vom Stuhl hoch und nahm sie mit ins Haus.

Sie gingen durch ein loftartiges Wohnzimmer, weiter durch einen Flur mit vielen Türen. Am hinteren Ende wartete eine breite Treppe aus Stein mit einem Geländer aus Glas. In den Stufen waren Leuchtstrahler eingelassen. Oben von der Galerie gingen auch wieder Zimmer ab, Erna bekam nicht viel davon mit, weil sie immer noch ganz benommen war. Am Kopfende der Galerie öffnete Valerie die Tür zu einem Zimmer mit Doppelbett, großen Sitzmöbeln und einem weiten Ausblick aufs Meer.
„Schau dir das an!" sie winkte Erna zu sich.
Erna folgte und kam jetzt an das angeschlossene Bad. Große Sandsteinfliesen gaben dem Raum Wärme. Von der ebenen Regenfalldusche und in der Mitte freistehenden Badewanne konnte man über die raumhohe Fensterfront auch direkt aufs Meer sehen.
Erna wurde von dem ganzen Luxus fast erschlagen und ließ sich in das weiche Bett fallen.
„Ich glaub, ich werde verrückt. Ist das jetzt alles wahr oder wache ich gleich auf und wir sitzen in unserer Küche?"
„Ist ein bisschen viel auf einmal, was? Ich wurde ja schrittweise an diesen Irrsinn herangeführt, aber du kriegst die volle Ladung ab. Was haben wir für ein Glück, ist es nicht unfassbar?" Sie saß am Bett und strahlte Erna an.
„Ich kann es nicht glauben. Ich kann es einfach nicht glauben." Erna sah zur Decke. Dann setzte sie sich langsam auf.
„Was hat denn Hans mit Aaron zu tun und wer ist Berger und Berger?"
„Du wirst es nicht glauben." Valerie schüttelte den Kopf.
„Tu` ich schon die ganze Zeit nicht."
Jetzt konnte Erna das erste Mal lächeln, das kühle Zimmer tat ihrem Kreislauf gut, die überhitzte Aufregung wich klareren Gedanken.
Valerie holte einen Krug Wasser von der Anrichte.
„Hans ist Aarons Butler, ein richtiger Butler!" Sie kicherte wie ein kleines Mädchen.
„Echt?" Zu mehr Sinnvollem war Erna noch nicht fähig.

„Mhm“, nickte Valerie fröhlich.
„Berger und Berger gehört Aaron, also, seiner Familie, also, gehörte seinen Eltern. Aber die sind schon tot, er hat alles geerbt.“
„Der heißt gar nicht Meier?“
Valeries schüttelte belustigt den Kopf.
„Aaron Berger, Adoptivsohn, Erbe, Privatier, so viel Glück muss man einmal haben.“
Sie sah aus dem Fenster aufs Meer.
„Es ist so schön hier und mit Hans ist es so wunderbar und dann noch der ganze Luxus. Es ist fast zum Durchdrehen, weil es so schön ist, das muss man einmal verkraften.“
Sie lachte Erna an.
„Stimmt, Glück muss man aushalten. Ich brauche wohl noch länger, um das alles zu kapieren.“
„Hat dein spirituelles Zeug doch gewirkt, hätte ich nie gedacht.“ Sie stand auf und goss sich auch Wasser ein.
Jetzt erst dachte Erna wieder an ihre spirituellen Techniken, an ihre Meditationen, an ihre Ziele und Visionen. Mit einem Schlag wurde ihr klar, dass sich alles erfüllt hatte. Auf einmal und auf eine Art und Weise, die alles übertraf. Noch hatte sie das Geld nicht, aber sie war sich sicher, Aaron hatte jedes Wort ernst gemeint und sie könnte mit ihm seinen Reichtum genießen. Es gab also wohl doch Liebe und Geld zusammen. Es gab Glück auch, ohne ein immenses Opfer dafür bringen zu müssen.
„Sag mal, meinst du, er hat das mit der Einladung wegen gemeinsamer Geschäfte ernst gemeint oder war das nur ein Trick, um mich herzulocken?“
Valerie zuckte mit den Schultern. „Keine Ahnung, das musst du ihn schon selber fragen. Darüber haben wir nicht gesprochen.“
Sie seufzte. „Weißt du, wie schwer das war, dicht zu halten?“
„Du wusstest davon?“

„Ja, hatte es durch Zufall herausgefunden, dass die beiden sich kennen. Und dann durfte ich nichts erzählen, weil Aaron ja unbedingt wissen wollte, ob du ihn wirklich liebst. Gott sei Dank, hat das geklappt, ich bin schon schier an die Wand gegangen, ob du es nicht vergeigst mit deinen komischen Ansichten."
Erna musste lachen, denn Valerie hatte definitiv recht, um ein Haar hätte sie es vergeigt.
„Dann lass ich meinen Traummann nicht länger warten, ich muss zu ihm. Ich schmeiß` mich nur schnell unter die Dusche und zieh mir was anders an. Sind ja alle todschick da unten."
Erna nahm alle Kraft und Konzentration zusammen, um sich jetzt in Windeseile schön zu machen und dann mit aller Ruhe die offenen Fragen mit Aaron zu klären. Vielleicht gab es dafür heute Abend aber auch noch keine Gelegenheit. Schließlich hatte Aaron einige Gäste, die wohl schon längere Zeit herumgestanden waren und auf den Beginn des Essens warteten.

Als Erna in einem weißen Sommerkleid und erfrischt wieder nach unten kam, empfing sie Aaron mit einem glücklichen Lächeln.
„Jetzt beginnt unser wahres Glück. Ich kann dir nicht sagen, wie glücklich ich bin, denn ich weiß, dass du mich wirklich liebst, so wie ich bin. Ich will dir alles zu Füßen legen, ich habe immer schon darauf gewartet, das alles mit jemandem zu teilen. Wie es genau weiter gehen wird, das werden wir dann die nächsten zwei Tage besprechen, gut? Heute wollen wir nur genießen, dass wir hier sind und uns haben. Ohne Gedanken über weitere Pläne, aber ich habe viel mit dir vor, Liebes." Er küsste sie vor allen.
Dann drehte er sich zu den Gästen um.

„Darf ich euch die Frau an meiner Seite vorstellen, die Liebe meines Lebens! Feiert mit mir, dass ich sie finden durfte!“ Alle applaudierten. Erna war es etwas peinlich, gleichzeitig genoss sie die Aufmerksamkeit und von Aaron offiziell als die Frau in seinem Leben vorgestellt zu werden.
„Nur eines noch Aaron, das mit meinen Seifen, war das nur ein Einfall, um mich herzulocken oder hast du da wirklich was vor?“
„Morgen, mein Schatz, morgen. Aber nur so viel, deine Seifen müssen in die Welt und deine Idee auch. Wir werden da auf jeden Fall was machen, was ganz Großes, wenn du willst.“ Er prostete ihr zu, dann zu den Gästen und lud alle ein, am Tisch Platz zu nehmen.

Es wurde ein rauschendes Fest gefeiert, in dieser Nacht in Spanien. Die Liebe und die Überraschung breiteten ihre glückselige Stimmung über alle Anwesenden aus. Jedes Mal, wenn Erna Aaron ansah, gab es ihr ein wohliges Ziehen in Herz und Bauch. Wenn sie an sein Vermögen dachte, sprang ihr Herz auf und ab, aber sie konnte es noch nicht richtig begreifen.

Als sie nach dem Dessert mit ihrem Espresso in der Hand, kurz an die Mauer ging, wo die Terrassen zum Meer hinabfielen und sie aufs Wasser blickte, piepste das Handy in ihrer Abendtasche.
Sie las die Nachricht:
„Ich habe dich auf einmal vor mir gesehen. Eingetaucht in strahlendes Licht, ich sehe nur Licht um dich, große Freude und ein Leuchten. Es muss dir also bestens gehen. Du hast ein großes Ziel erreicht, ich gratuliere dir, Magierin. Du hast erschaffen und du warst immer am Weg, auch wenn du es mir nicht glauben wolltest. Der Himmel hatte es mir längst gesagt. Mach weiter so und jetzt kannst du endlich vertrauen, denn das war erst der Anfang. Dein Weg geht weiter. Gehe ihn weise. Blessings, Peace and Love, Pepesto.“

Er war also doch kein echter Mensch, sondern ein Himmelsgesandter. Wie konnte er in diesem Augenblick wissen, wie es ihr ging und, dass sie es geschafft hatte? Was sollte denn jetzt noch kommen und das toppen? Mehr als diesen wundervollen Traum konnte es doch nicht geben? Sie war sich nicht sicher, was er meinte, aber sie hatte gelernt, dass der Mensch sich immer weiter entwickeln würde. Sie musste sich immer weiter ausdehnen, denn nach jedem Erfolg kam der nächste Entwicklungsschritt. Sie war gespannt, was das bei ihr sein würde. Eine neue berufliche Aufgabe? Die Beziehung zu Aaron, die sich immer mehr vertiefte? Familie? Oder ganz neue Erfahrungen? Sie freute sich auf alles, das jetzt kommen würde und genoss das Gefühl ihrer Kraft, alles zu erschaffen. Jetzt wusste sie, dass sie es konnte und manifestiert hatte, was sie gerade erlebte. Sie spürte nur noch Glück und nur noch diesen Augenblick.
Aaron kam zu ihr und legte seine Hand auf ihre Schulter. Dann umarmte er sie von hinten und hielt sie umschlungen. Sie schauten beide aufs Meer, er küsste ihren Hals.
„Erna, kannst du dir vorstellen, meine Frau zu werden? Ich wollte zuerst eine riesen Sache daraus machen, aber jetzt spüre ich, dass dies der Moment ist, klein, aber richtig. Ich will keinen Tag mehr warten, um dich das zu fragen und ich finde wir müssen auch nicht mehr warten, lass es uns tun."
Sie drehte sich zu ihm, nahm seine Hände, Tränen erfüllten ihre Augen.
„Ja, Aaron. Ja, ich kann mir nichts Schöneres vorstellen, als mit dir mein Leben zu teilen und die Frau an deiner Seite zu sein, ganz offiziell."
Sie küssten sich innig.
„Ihr zwei, dazu habt ihr später auch noch Zeit. Jetzt kommt her zu uns." Hans stand am Tisch und winkte sie zu sich.
„Ich will feiern." Er hob sein Glas.
Aaron lachte und nahm Erna an der Hand.
Sie feierten bis spät in die Nacht.

Am nächsten Morgen wachte sie in Aarons Armen auf.

Er sah sie an.
“Hast du mich beim Schlafen beobachtet?“
„Natürlich“, er grinste.
„Sag mal Aaron, als deine Frau, darf ich da noch Seife und Parfum verwenden?“ Sie sagte es scherzhaft, aber sie fürchtete fast, er würde es verneinen.
„Erna, ich weiß ja jetzt, wie gut du riechst. Hin und wieder vielleicht, machst du mir die Freude, dich ganz pur zu genießen.“ Er küsste ihren Bauchnabel, sie kicherte.
„Aber sonst, da werden wir alle deine Seifen ausprobieren und du wirst bestimmt noch hunderte Rezepte erfinden, wie ich dich kenne.“
Sie strahlte ihn an.
„Als erstes machen wir aber ein Konzept für deine Kaffee-Idee. Das wird toll.“
Er stand auf und verschwand auf einmal.
Er kam zurück in einem Seidenmorgenmantel und mit einem kleinen Etui. Er kniete sich vor das Bett und öffnete die Schachtel. Ein zarter Ring mit einem wunderschönen Brillanten glitzerte ihr im Sonnenlicht entgegen.
„Das muss jetzt schon noch sein, meine liebe Ehefrau. Willst du mich?“
Sie nickte, dann steckte er ihr den Ring an.
„Frau Erna Berger, das klingt schön.“
Wie in einem Blitzlichtgewitter fielen jetzt alle Puzzlesteine ihres Weges zu einem passenden Bild zusammen. Sie sah alle ihre Sorgen, Schritte, Visionen und Meditationen vor sich. Sie begriff, dass jeder Umweg und jede Verzweiflung sie genau hierhergebracht hatten.
Die scheinbaren Misserfolge und falschen Wege waren doch immer genau auf Spur gewesen.
Das Universum hatte es besser gewusst, denn sie konnte nicht ansatzweise die Dimensionen erahnen.
Jetzt begann das größte Abenteuer ihres Lebens. Das umfassende Glück, das sie nicht kannte.
„Ich liebe dich, Aaron“, sie küsste ihn zärtlich, er blickte sie dankbar und erfüllt an.

„Dich zu lieben ist das größte Geschenk. Egal, was weiter passiert, dafür bin ich jetzt schon unendlich dankbar."

Aaron sah in die Augen seiner Frau, die, die er so lange gesucht hatte.
Er hatte nach einem Duft gesucht, aber nicht den Duft einer Frau, sondern den Duft der Liebe. Es ging um jenes Gefühl, das er nur einmal so intensiv erleben konnte, damals am See in seinen Kindertagen. Warum es ihm ausgerechnet jetzt endlich zufiel, das konnte er nicht erklären und er hoffte, es würde lange halten. Er wollte alles dafür tun. Erna würde schon für Reibung und Abwechslung sorgen und ihn genug fordern, dessen war er sich sicher.
Jeden Tag würde er danken und sich daran erinnern, wie kostbar jeder Moment mit ihr war.
Jetzt wusste er, wie Liebe duftet.

Printed in Poland
by Amazon Fulfillment
Poland Sp. z o.o., Wrocław

70879276R00141